Le mariage d'une héritière

SUSAN MALLERY

Le mariage d'une héritière

éditions Harlequin

Titre original : LIP SERVICE

Traduction française de SYLVIE CALMELS-ROUFFET

Photos de couverture

Fleurs : © TOM GRILL/ICONICA/GETTY IMAGES
Mariée : © TODD PEARSON/PHOTODISC RED/GETTY IMAGES

83-85, boulevard Vincent-Auriol 75646 PARIS CEDEX 13.

Service Lectrices — Tél. : 01 45 82 47 47
www.harlequin.fr

ISBN 978-2-2802-1148-2 — ISSN 1950-277X

Chapitre 1

— J'aimerais que vous épousiez ma fille.

Quoi ? Skye Tristan faillit en lâcher le plateau qu'elle tenait déjà tant bien que mal en équilibre, et, le souffle coupé, renonça à entrer dans le bureau de son père.

Jed Tristan n'aurait-il donc jamais fini de la surprendre ? Et que cherchait-il ? A s'acheter un gendre — ou bien plutôt à vendre une de ses filles ? Difficile de trancher. En tout cas, quelle situation humiliante…

Elle colla l'oreille à la porte capitonnée du bureau.

— Vous voulez que j'épouse Izzy ? demandait T.J. Boone.

— Non. Skye.

— Ah.

« Ah » ? Voilà tout ce qu'il trouvait à dire. Clouée sur place, Skye attendit la suite, l'amertume cédant le pas à la contrariété tandis que les secondes s'égrenaient et que la réponse de T.J. Boone tardait à venir.

— Hum… J'imagine que ça pourrait marcher avec elle aussi, finit-il tout de même par conclure.

De mieux en mieux. Charmant. Romantique à souhait. Le genre de paroles à vous faire battre le cœur. Devant tant d'enthousiasme, comment ne pas avoir envie de se *jeter au cou* de T.J. Boone !

— Sale crétin égoïste ! marmonna-t-elle entre ses dents, sans savoir avec certitude si l'insulte s'adressait à T.J. ou à son père.

Tous deux la méritaient. Si elle n'avait pas été une maîtresse de maison accomplie, sans parler d'être une fille obéissante et bien élevée, elle aurait poussé la porte du bureau et leur aurait jeté leur verre de whisky à la figure, avant de quitter la maison pour ne jamais y remettre les pieds !

La main sur la poignée de la porte, elle se força à inspirer lentement puis à s'imaginer immergée jusqu'au menton dans un bain de mousse parfumée, et sirotant un verre de vin blanc pour se détendre. Voilà, elle était calme et sereine, à présent. Parfaitement détendue. Et elle allait se conduire comme il le fallait. En gentille fille dévouée.

Elle ouvrit la porte du bureau et s'avança posément dans la pièce. Jed et T.J. se tenaient debout, près du billard. Son père ne prit pas la peine de la regarder, mais T.J., lui, eut l'air brusquement gêné. S'inquiétait-il qu'elle ait pu entendre la conversation ? Elle lui sourit et lui tendit son verre, tout en regrettant de ne pas avoir pensé à cracher dedans juste avant.

— T.J…, dit-elle.

— Skye.

Il était plutôt beau garçon et charmant, dans le genre blond aux yeux bleus, tiré à quatre épingles, avec son costume hors de prix. Seulement, Skye ne retenait que le peu d'enthousiasme qu'il avait manifesté à l'idée de l'épouser. « Hum… J'imagine que ça pourrait marcher avec elle aussi »…

Elle posa le plateau sur un guéridon et se tourna vers son père.

— Autre chose, papa ?

— C'est tout, Skye.

— Dans ce cas, bonsoir, messieurs.

Son devoir de maîtresse de maison accompli, elle quitta la pièce en rageant en silence, et s'engagea dans l'escalier. Au troisième étage, elle longea le couloir jusqu'au bout. Là, doucement, elle ouvrit la dernière porte sur sa gauche et entra dans la chambre de sa fille.

Dans la journée, c'était un espace lumineux aux couleurs vives. Un lit à baldaquin pour enfant faisait face à la fenêtre ouverte sur la prairie. La nuit, les ombres glissaient sur les murs, mais la petite Erin, en dépit de ses sept ans, n'avait pas peur de l'obscurité. En fait, elle n'avait peur de rien. Une qualité héritée de son papa, songeait souvent Skye avec envie.

Erin dormait, roulée en boule sous les couvertures. Skye s'assit au bord du lit et contempla son enfant.

— Je t'aime, ma chérie, murmura-t-elle en se penchant pour effleurer de ses lèvres le front de la fillette, et s'imprégner de la douce chaleur de son petit corps.

Erin remua dans son sommeil et tourna la tête.

Alors, Skye se leva, ferma la porte aussi doucement qu'elle l'avait ouverte, et franchit les quelques pas qui la séparaient de sa propre chambre, de l'autre côté du couloir. Elle y trouva sa sœur, Izzy. A plat ventre sur le lit, celle-ci regardait la télé.

— Tu n'as donc pas de télévision dans ta chambre ? soupira Skye.

— Si, mais je préfère la regarder chez toi. C'est plus sympa. Qui est le gars que papa a invité ?

— T.J. Boone. A choisir entre toi et moi, c'est toi qu'il préfère.

Izzy se redressa, étonnée, et s'assit en tailleur. Ses boucles brunes ébouriffées formaient un halo autour de sa tête.

— Pardon ?

Skye passa dans la salle de bains, tourna le robinet pour remplir la baignoire et versa dans l'eau une dose d'huile pour le bain parfumée au jasmin. Tout en regardant la mousse se former, elle répondit :

— J'ai entendu notre père dire à T.J. qu'il aimerait le voir épouser sa fille. T.J. a immédiatement demandé s'il s'agissait de toi. Hélas, Jed lui a précisé que c'était *moi* l'objet de la vente.

A la suite de cette mise au point, T.J. est resté silencieux un très, *très* long moment — avant de convenir finalement que je pourrais peut-être faire l'affaire. De toute évidence, il ne sautait pas de joie. Il aurait préféré que ce soit toi.

Izzy bondit.

— Mais enfin, qu'est-ce que tu racontes ? T.J. est certainement ravi à l'idée de t'épouser. Tu es superbe !

Skye revint dans la chambre.

— Flûte, j'ai oublié de monter une bouteille de vin.

Superbe, c'était très certainement exagéré, mais Skye ne se sentait pas le courage de refuser un compliment.

— Aucune importance, soupira-t-elle. De toute façon, je ne vais pas laisser notre père me choisir un mari. J'ai déjà donné.

— Ça c'est sûr !

Des années plus tôt, Skye avait, en effet, épousé l'homme choisi par son père. Parce que c'était ce qu'il voulait. Parce que c'était ce qu'il attendait d'elle, ce qu'elle devait faire, croyait-elle à l'époque.

— A vingt-sept ans, j'ai tout de même le droit de décider de ma vie, non ?

— Tout à fait, acquiesça Izzy, avant de hausser les épaules avec une grimace fataliste. Enfin… si on veut.

Skye ferma les yeux et laissa échapper un soupir exaspéré.

— Merci. Dis tout de suite que je suis une carpette.

— Mais non, pas du tout ! protesta Izzy. Tu prends tout de travers.

— Excuse-moi. Je ne suis pas d'humeur très gaie, ce soir. Descends donc parader devant l'invité de notre père, histoire de lui montrer ce qu'il rate.

— Tu ne préfères pas que je reste te tenir compagnie ? demanda Izzy, visiblement soucieuse.

— Non merci. Je vais prendre un bain et flotter dans un océan de dénigrement.

Au fond, T.J. Boone n'était pas pour grand-chose dans son humeur chagrine — elle ne s'intéressait ni à lui ni à aucun autre homme. Elle était surtout contrariée de constater que son père s'imaginait toujours pouvoir diriger sa vie. Cela dit, à qui la faute ? Jusqu'à présent, elle n'avait jamais rien fait qui puisse l'en dissuader. Au contraire. Les désirs de Jed Tristan étaient des ordres et elle s'y pliait systématiquement.

— Skye… Ne m'oblige pas à te chanter « Ça ira mieux demain » jusqu'à ce que tu demandes grâce. Essaie au moins de sourire.

Amusée malgré elle, Skye esquissa une grimace qui se voulait un sourire et capitula.

— D'accord, d'accord. Je vais m'efforcer de me montrer positive. Et maintenant, fais-moi plaisir, descends semer le trouble chez ce cher T.J. Boone. Et ne t'inquiète pas pour moi, j'ai juste besoin de sommeil.

— Sûre ?

— Certaine.

Après un dernier coup d'œil hésitant, Izzy quitta la chambre.

Skye retourna dans la salle de bains, ferma le robinet, et rassembla ses cheveux en un chignon. Puis elle se déshabilla, se glissa dans la baignoire et ferma les yeux, s'obligeant à respirer calmement, lentement. Malheureusement, en dépit de ses efforts, elle ne pouvait empêcher la conversation surprise entre son père et T.J. Boone de résonner dans sa tête. Et ça la rendait folle de rage. Contre elle-même. Parce qu'elle faisait partie de ces gens qui se soumettaient, qui respectaient les règles et faisaient ce qu'on attendait d'eux. Par faiblesse. Pour ne pas ébranler la fragile tranquillité de leur petit monde.

— Je déteste ces gens-là, dit-elle à haute voix.

Alors, pourquoi était-elle l'une d'entre eux ?

***

Izzy attendit que T.J. Boone sorte de la maison.

Ayant passé une bonne partie de son enfance à se faufiler dans l'ombre pour espionner ses sœurs aînées qui semblaient être les seules à avoir le droit de s'amuser, elle avait l'habitude de se déplacer comme un chat.

Quand elle fut certaine qu'il ne l'avait pas repérée, elle s'approcha de lui par-derrière, sur la pointe des pieds, et claironna d'une voix forte :

— Salut !

Elle se retint pour ne pas éclater de rire, quand elle le vit faire un bond accompagné d'un juron étouffé.

— Vous m'avez fait une de ces peurs !

— Tant mieux. J'ai cru comprendre que nous serions bientôt frère et sœur. C'est chouette. J'ai toujours rêvé d'avoir un grand frère.

Même si T.J. Boone la dépassait d'une bonne vingtaine de centimètres, Izzy n'était pas le moins du monde impressionnée. Encore moins intimidée ou gênée. Elle n'était pas là pour un combat à la loyale, mais pour mettre à genoux ce sale type prétentieux. Et pour arriver à ses fins, elle était prête à employer toutes les armes. L'effrayer en arrivant par surprise n'était qu'une petite mise en jambes avant de passer aux choses sérieuses.

— Frère et sœur ? s'étonna T.J.

— Vous allez bien épouser Skye, non ? En tout cas, c'est ce qu'elle prétend.

T.J. jura. Cette fois de façon plus agressive.

— M…, elle a entendu !

Il se tenait sur la plus haute marche du perron, tout au bord. Izzy songea une seconde à le pousser, juste pour le plaisir de le voir dégringoler l'escalier et perdre sa prestance.

— Il paraît que vous avez hésité quand Jed vous a offert

la main de Skye. Je ne peux pas le croire. Elle est dix fois mieux que vous.

— Attendez une minute. Si j'ai hésité, ce n'est pas à cause de Skye. Votre sœur est une très belle femme, mais…

— Mais vous craignez que votre *équipement* ne soit pas à la hauteur ? coupa Izzy avec un sourire narquois.

Nullement déstabilisé, T.J. lui rendit son sourire.

— La vérité, c'est que la proposition de votre père m'a pris de court, répondit-il en s'adossant à l'un des piliers qui soutenaient le porche. Et pour votre gouverne, sachez qu'aucune femme ne s'est jamais plainte de mon « équipement ».

— La plupart sont trop polies, rétorqua Izzy du tac au tac. Quand nous sommes déçues, nous nous contentons d'en parler entre nous.

T.J. haussa un sourcil et la détailla sans vergogne des pieds à la tête, l'œil appréciateur.

— Vous avez un sacré culot.

— J'ai beaucoup d'autres choses que vous ne verrez jamais.

— On parie ?

D'un naturel combatif, Izzy appréciait que son adversaire rende coup pour coup ; en revanche, elle n'appréciait pas que T.J. Boone puisse flirter ouvertement avec elle alors qu'il était sur le point d'accepter la main de Skye pour plaire à Jed Tristan.

— Mon père ne le prendrait pas bien, s'il savait que vous vous amusez à semer la discorde entre ses filles. Croyez-moi, c'est le genre d'homme qu'il ne faut surtout pas se mettre à dos.

— Et si je lui disais que c'est vous que je préfère épouser ? Il n'y verrait peut-être pas d'objection.

— Même si vous réussissiez à le faire changer d'avis, je ne vous laisserais pas poser la main sur moi.

— Ça m'a tout l'air d'un défi.

Ignorant sa remarque, Izzy reprit :

— Que les choses soient claires. Si vous faites de la peine à ma sœur, c'est à moi que vous aurez affaire. A côté, un tête-à-tête avec un serpent à sonnette sera une partie de plaisir.

T.J. baissa les yeux, puis releva la tête avec un petit sourire rusé.

— Vous imaginez avoir le dessus sur moi ?

— Absolument. Je suis la reine des coups vaches.

— Ça tombe bien, moi aussi.

Izzy imprima cette information pour plus tard.

— Et maintenant, bonsoir, monsieur Boone. Je vais de ce pas rapporter notre petite conversation à Skye. La loyauté entre les sœurs Tristan n'est pas une légende. Un conseil, ne l'oubliez jamais.

— Qu'est-ce qui vous fait croire que j'aie besoin de vos conseils ?

— Il est écrit « amateur » sur votre front.

Mitch Cassidy s'arrêta à l'entrée du ranch. Voilà plus de huit ans qu'il n'avait pas remis les pieds dans cet endroit où il avait grandi. Il s'était donc attendu à quelques changements — mais certainement pas à *ça*.

Il regarda fixement les mots inscrits sur l'enseigne de bois surmontant le portail métallique qui marquait symboliquement l'entrée du ranch.

Ranch Cassidy. Bœuf bio garanti sans hormone. Elevage de volailles en plein air.

— C'est quoi, ce bazar ?

Il ne savait pas ce qui l'indignait le plus. Les mots *Bœuf bio garanti sans hormone* ou le terme *volailles*.

— Nous élevons des poulets, maintenant ? s'indigna-t-il à haute voix.

Il détestait les poulets, des bêtes bruyantes et sales. Ici, c'était le Texas, et, depuis plus d'un siècle, les Cassidy y élevaient du bétail. C'était ce qui avait fait leur fortune. Evidemment, on élevait quelques volailles pour la consommation domestique et privée. Mais, dans ce cas, ces stupides volatiles demeuraient parqués à l'abri des regards. Et personne ne se vantait d'en avoir !

Bon sang, son mollet gauche lui faisait un mal de chien. Machinalement, Mitch se pencha pour le masser, avant de se souvenir une fraction de seconde trop tard que ce serait inutile. Il avait été amputé sous le genou. Il ne faisait plus partie des commandos des Marines, troupes d'élite de la marine américaine. Voilà pourquoi il rentrait chez lui, au Texas.

Ravalant un juron, il s'engagea sur la piste caillouteuse en direction de la ferme.

Dans un monde parfait, il serait tranquillement revenu au ranch et aurait repris le cours de son existence comme si de rien n'était, comme si les années qui venaient de s'écouler n'avaient jamais existé. Malheureusement, il était bien placé pour savoir que rien n'était parfait en ce bas monde. La vie réservait parfois de drôles de surprises.

Entre les clôtures convergentes, le chemin privé s'étirait sur plus d'un kilomètre. Derrière ces mêmes clôtures, il y avait des chevaux d'un côté, de l'autre des taureaux et des vaches. Une véritable fortune sur pied.

Les pneus de la camionnette crissèrent sur le gravier quand Mitch prit le virage. Derrière le bosquet d'arbres, la maison familiale où il avait passé son enfance se dressa soudain. C'était une grande bâtisse à deux étages, avec un porche couvert qui occupait toute la longueur de la façade. Les fleurs et les hautes herbes se balançaient doucement sous la brise. On aurait presque pu croire à un paysage de carte postale.

Fidela se tenait sous le porche. Elle s'élança vers lui à la seconde où elle l'aperçut, le forçant à piler à quelques mètres de la maison. Fidela… A cinquante ans, elle courait comme une adolescente ! Elle arriva sur lui avant même qu'il ait mis le pied par terre. Il faillit en perdre l'équilibre — le temps que les muscles de sa cuisse gauche se raidissent pour le maintenir debout sur sa nouvelle et douloureuse prothèse.

— Te voilà enfin de retour ! s'écria Fidela, ses grands yeux noirs emplis de larmes. J'ai tant prié depuis que tu es parti ! Dieu en a eu assez de m'entendre chaque jour lui demander de te ramener.

Elle prit le visage de Mitch entre ses mains, qu'elle laissa glisser sur ses épaules, ses bras, comme pour s'assurer qu'il était bien là, bien réel.

— J'ai l'impression que tu as encore grandi depuis que tu es parti. Mais tu as besoin de te remplumer, mon garçon. Et cette tristesse dans ton regard... Tu es revenu pour de bon, hein ? Tu vas voir, le ranch te redonnera la santé et la joie de vivre. Tu iras t'occuper des bêtes avec Arturo et, pendant ce temps, je cuisinerai tes plats préférés jusqu'à ce que tu sois trop gros pour monter à cheval.

Elle lui sourit à travers ses larmes, puis le serra contre elle avec une force surprenante pour une femme si frêle.

Mitch ferma les yeux. Fidela faisait partie de sa vie depuis toujours. Arturo l'avait épousée et amenée au ranch Cassidy alors que Mitch n'était encore qu'un bébé. Pendant que son époux s'occupait du bétail, Fidela aidait aux tâches domestiques de la maison. Les parents de Mitch avaient la bougeotte. Ils détestaient rester trop longtemps au même endroit. Et quand ils quittaient le pays pour un de leurs nombreux voyages, Arturo et Fidela s'occupaient de lui, l'entourant de leur affection comme s'il était leur propre fils.

Mitch la serra à son tour dans ses bras, doucement, timidement, partagé entre les souvenirs et l'envie de tout oublier. Il veillait à garder l'équilibre, soucieux de ne pas faire de mouvements brusques et de bien placer son centre de gravité. Toutes ces choses si simples qu'il avait autrefois tenues pour acquises.

— Je t'ai préparé des *enchiladas* comme tu les aimes. Il y a aussi de la tarte aux pommes et un flan. Ta chambre est prête, au rez-de-chaussée. Pour le moment, bien sûr. C'est ce que le docteur nous a conseillé quand il a appelé. Juste pour le moment. Ensuite, tu pourras retrouver ta chambre à l'étage.

Mitch se demanda ce que le médecin avait bien pu leur dire d'autre. Il était conscient d'avoir été un patient difficile. Il avait découragé plus d'un psychologue, des gens qui croyaient que tout pouvait se résoudre par la parole, mais ce n'était pas vrai. Il ne voulait plus entendre parler de toutes ces foutaises — comme quoi rien n'arrivait jamais par hasard et que lorsqu'une porte se fermait devant vous, une autre s'ouvrait. Qui pouvait savoir ce qu'il ressentait ? Qui pouvait comprendre ? Lui, tout ce qu'il voulait, c'était retrouver sa vie d'avant l'explosion, quand il tenait encore sur ses deux jambes.

Une sensation d'étouffement lui comprima soudain la gorge. Il ne pouvait pas parler. Il fallait qu'il bouge, qu'il s'éloigne, le temps de se ressaisir.

— Il faut que j'y aille, dit-il en s'écartant de Fidela pour retourner à la camionnette. Je reviendrai.

Elle le regarda, les lèvres tremblantes d'une émotion qu'il ne voulait pas voir. Pas reconnaître. La plupart du temps, il s'agissait d'un sentiment de pitié. Normal, après tout.

Il claqua la portière et mit le contact. Puis il se mit à rouler sans but. Du moment que c'était loin d'ici, c'était tout ce qui comptait.

Il contourna la grange et prit la piste qui montait vers les pâturages. Les clôtures avaient l'air neuves et en bon état. Sur sa gauche, il aperçut ce qui ressemblait fort à des volailles. Il choisit donc de regarder droit devant lui, jusqu'à la crête d'où le regard embrassait les terres Cassidy. Au loin, le bétail formait une tache sombre. D'ici, il semblait n'y avoir eu aucun changement.

Mitch descendit de voiture, réprimant une grimace de douleur quand le poids de son corps se porta sur sa jambe gauche. Il en avait trop fait, trop vite, dédaignant l'avis des médecins. Il était censé s'habituer progressivement à sa prothèse en utilisant des béquilles ou un déambulateur pour se déplacer. Mais pour lui, c'était hors de question.

Il boitilla jusqu'à un gros rocher sur lequel il s'assit. Puis il remonta la jambe gauche de son jean et dégrafa la prothèse. La cicatrice était encore très enflammée. Cependant, le chirurgien militaire qui était intervenu sur le terrain, en Afghanistan, avait fait de son mieux, et il lui serait toujours reconnaissant. Pas ravi, mais reconnaissant.

Il avait terriblement souffert, physiquement et moralement. Les premiers temps, il s'était laissé sombrer, abruti par les calmants et le désespoir. Puis, un jour, sans savoir pourquoi, il avait regardé autour de lui et réalisé qu'il n'était pas le seul à souffrir. Comparée au sort d'autres soldats blessés au combat comme lui, la perte de sa jambe n'était pas si terrible, en fin de compte. Et puis, surtout, son copain, Pete, avait risqué sa vie pour le sauver. Il s'était fait tirer dessus alors qu'il le traînait à l'abri. Mitch lui devait de s'en être sorti…

Le martèlement régulier des sabots d'un cheval le tira de ses pensées. Il voulut se lever, et, répondant à d'anciens réflexes, faillit s'étaler de tout son long. Il se rattrapa au rocher et réussit à garder l'équilibre. Mais avant qu'il ait pu remettre la prothèse en place, le cheval et son cavalier étaient là, devant lui.

Ou plutôt, la cavalière.

Et la seule personne au monde dont il ne voulait plus jamais entendre parler.

Pourquoi *maintenant*, bon sang ? Fallait-il qu'elle le voie en position de vulnérabilité ? Franchement ridicule ? Fallait-il qu'elle le voie comme l'infirme qu'il était devenu ? Décidément, la vie n'était pas juste !

Mitch sentit la colère flamber en lui. Une colère brûlante qui ne demandait qu'à exploser pour tout détruire.

— Qu'est-ce que tu fiches sur mes terres ? lança-t-il. Va-t'en !

Ignorant l'injonction, la cavalière le salua.

— Je viens d'apprendre ton retour.

Elle descendit de cheval et ôta son Stetson.

En dépit des années écoulées, Skye Tristan était restée exactement la même, telle que dans les souvenirs que Mitch gardait d'elle. Son opulente chevelure rousse contrastait avec son teint de nacre. Ses yeux immenses, aussi verts que la prairie au printemps, l'observaient sans ciller. Elle était belle. Beaucoup trop belle, tout en courbes sensuelles et tentatrices.

— Puis-je te demander si tu vas bien ? s'enquit-elle.

— A ton avis ? Je n'ai rien à te dire. Va-t'en.

Elle portait un jean et un T-shirt à manches longues, moulant, ce qui ne fit qu'attiser la colère de Mitch.

— Je n'ai pas envie de partir, rétorqua-t-elle calmement.

Mitch baissa les yeux ; Skye ne portait pas d'alliance.

— Qu'est-il arrivé à ton époux ? Papa t'a demandé de le larguer, lui aussi ?

— Ray est mort, répondit Skye en soutenant son regard.

Mitch marqua une pause.

— Je vois, dit-il avec un sourire cynique. Tu mènes désormais la vie d'une riche veuve. A moins que Jed n'ait déjà décidé de te trouver un autre mari ? Qui est l'élu, cette fois ? Un vieil industriel ou un riche banquier ?

***

Le Mitch Cassidy d'autrefois, celui dont Skye se souvenait, était un garçon charmant, attentionné, qui filait à cheval aussi vite que le vent et dont les baisers lui faisaient perdre la tête. Certes, la guerre changeait un homme, mais jamais Skye n'aurait imaginé que Mitch Cassidy puisse un jour devenir cet étranger glacial et cynique.

Sa dernière remarque était particulièrement cruelle.

— Je suis désolée pour ta blessure.

— Merci. Je dormirai certainement mieux maintenant que je le sais.

Sous le trait de l'ironie, Skye se raidit et fixa Mitch.

— Ce rôle de salaud sarcastique, tu me le réserves ou tout le monde en profite ?

Mitch lui tourna le dos. Une forme de réponse, sans doute, même si ça manquait de précision.

Pourtant, il lui avait tellement manqué…, songea-t-elle tristement, en contemplant les larges épaules qui lui étaient si familières. Ses cheveux bruns étaient coupés court comme l'exigeait le règlement militaire. Ça lui allait bien. Il avait une cicatrice sur la joue dont Skye ne se souvenait pas. Elle se souvenait pourtant parfaitement de chaque détail du corps de Mitch Cassidy. Il avait été son premier amour, son premier amant. Fut un temps, elle aurait traversé les flammes par amour pour lui. Mais la seule chose qu'elle n'avait pas osé faire, c'était défier son père.

— J'aurais aimé que les choses tournent différemment…

Les mots lui avaient échappé malgré elle. Elle avait voulu parler du passé. Mais Mitch se tourna si brusquement vers elle, le regard noir, les lèvres pincées, qu'elle comprit qu'il croyait qu'elle parlait de sa jambe.

— Garde ta pitié, marmonna-t-il entre ses dents. Je n'ai pas besoin de…

Avant de finir sa phrase, il perdit soudain l'équilibre, chancela et voulut se rattraper au rocher. Skye se précipita pour passer un bras autour de sa taille et le retenir dans sa chute. Seulement, il était plus lourd qu'elle ne le pensait et elle se sentit déraper tandis qu'il l'entraînait dans sa chute.

Le sol était dur. Elle atterrit sur le dos, Mitch sur elle. Le choc lui coupa le souffle.

— Ça va pas, non! s'exclama-t-il en se redressant vivement. Tu t'imagines quoi? Etre suffisamment costaud pour m'empêcher de tomber? Non, mais regarde-toi!

De toute évidence, il était furieux. Ce qui à tout prendre était préférable à son comportement glacial.

— Je suis plus costaud que j'en ai l'air, rétorqua Skye. Je pourrais très bien te botter les fesses si je voulais.

— Sur quelle planète?

— Zorgon.

C'était une de leurs reparties favorites, autrefois, et Mitch ne put contenir un sourire. Skye s'en aperçut. Hélas, ce sourire s'évanouit aussitôt et l'expression glaciale figea de nouveau le visage de Mitch.

— N'essaie pas de faire comme si rien ne s'était passé et que tout allait bien entre nous, lui jeta-t-il.

Parce que ce n'était pas possible? Parce qu'il ne voulait pas? Elle insista.

— Tu m'as manqué, Mitch…

— Tu aurais dû y penser avant de me plaquer pour un autre, répliqua-t-il sèchement.

— Je n'avais pas le choix.

— Bien sûr que si! Comme d'habitude, ton père a claqué des doigts et tu as obéi, en plaçant la barre le plus haut possible.

Skye s'assit.

— Tu ne sais pas de quoi tu parles.

— Ah bon ! En quoi ai-je tort ?

En rien. C'était bien le plus embêtant.

Skye réprima un soupir découragé.

— Mitch, s'il te plaît…

Ils se tenaient assis face à face. Elle pouvait se noyer dans ses yeux, deviner la texture de ses cheveux, s'enivrer de son odeur encore si familière, tandis qu'une douce chaleur se répandait en elle. Et pourtant, il était totalement différent de l'homme qu'elle avait connu autrefois.

C'était comme si les années écoulées étaient à la fois inexistantes… et larges comme un gouffre qui les séparerait. Rien n'existait plus que cet instant où l'homme qu'elle avait tant aimé, avec une sorte de désespoir, était à la fois le même et un autre, si lointain et si proche.

— Mitch…, murmura-t-elle, avant de l'agripper par le revers.

Et sans plus réfléchir, elle l'embrassa.

L'espace d'un moment, il ne se passa rien. Juste le contact de leurs lèvres. Aucune réaction de la part de Mitch. Alors, elle se pressa davantage contre lui. Comme il ne réagissait toujours pas, elle comprit.

Elle s'était trompée. Elle ne lui avait pas manqué…

Les joues en feu, elle s'écarta et voulut se redresser. Mais, contre toute attente, il l'attrapa par la taille et la força à se rasseoir. Et là… Là, il l'embrassa à son tour, avidement, presque violemment.

Skye l'enlaça, s'accrocha à lui, s'enivrant du contact de son corps, souple, fort et brûlant de désir, tout près du sien — exactement comme autrefois. Il semblait encore plus musclé, plus étoffé en dépit de sa minceur. Leurs langues se cherchèrent, se prirent, se découvrirent de nouveau. Toutes les émotions étouffées explosèrent : le désir, l'amertume, la tristesse, et aussi la colère, la passion.

La pulsation qui battait en elle enfla encore tandis que Mitch continuait à l'embrasser avec fièvre, la pressant contre lui. Une telle démonstration de désir l'effrayait et la ravissait tout à la fois. Depuis Ray, elle n'avait pas connu d'homme. Elle avait même cru son corps desséché pour toujours. Après tout, elle était veuve et maman d'une petite fille. Le sexe n'avait peut-être plus sa place dans sa vie ? se disait-elle.

Quelle erreur ! A présent, elle avait l'impression que le désir de Mitch la ramenait à la vie ! S'abandonnant à la vague, elle flottait, loin de toute réalité. Quand Mitch repoussa son T-shirt, elle s'entendit gémir. Et quand il se saisit, entre ses dents, de la pointe d'un sein, elle crut défaillir de plaisir. Le souffle court, elle le maintint contre son cœur. Lui aussi la désirait comme un fou. Elle le sentait contre elle, puissant, palpitant.

Bientôt, d'ailleurs, il la fit rouler sur le dos, pesant de tout son poids sur elle, et l'embrassa encore et encore, tandis qu'il faisait glisser la fermeture Eclair de son jean et cherchait la tiédeur moite de son intimité.

Ils étaient dehors, en plein jour, couchés dans l'herbe. N'importe qui aurait pu les surprendre… Se connaissant, Skye aurait dû être choquée, gênée mais, sous les doigts habiles de Mitch qui la caressaient, elle n'arrivait plus à penser. Elle ne pouvait que retenir son souffle dans l'attente de la jouissance.

Instinctivement, elle se cambra pour s'offrir davantage.

C'était trop rapide, songea-t-elle confusément. Trop rapide et pourtant si incroyablement parfait que pour rien au monde elle n'aurait voulu que Mitch s'arrête. Exigeant toujours plus, elle se cambra encore.

Sans cesser de la caresser, Mitch abandonna ses seins pour s'emparer de nouveau de sa bouche. Elle était tout près de l'orgasme, il le sentait forcément ; alors, il roula à son tour sur le dos et déboutonna son pantalon.

— Viens sur moi, ordonna-t-il d'une voix rauque.

Skye obéit. Elle arracha ses vêtements puis, les yeux clos, elle s'agrippa aux épaules de Mitch, tandis qu'il l'empoignait par les hanches. L'instant d'après, il la possédait, lui arrachant un gémissement. Accord parfait. Réunion tant espérée, songea-t-elle fugitivement, tout en s'emplissant de lui — lui qui lui avait appris les plaisirs de l'amour.

Il se mit à creuser ses reins. Lentement d'abord, puis puissamment, de plus en plus profondément. Skye contenait une extraordinaire jouissance.

La tension se fit plus forte. La caresse du soleil sur son dos était brûlante. Glissant une main entre leurs corps unis, Mitch la caressa, la fit crier. Skye frissonnait de tous ses membres, emportée par la force de l'orgasme qui se préparait.

Et soudain, elle vacilla à en avoir le vertige…

Elle jouissait toujours quand elle sentit Mitch s'abandonner à son tour.

Puis vint cet étrange moment, fait de paix et de tension, d'accomplissement et de sidération. De souffles qui s'apaisent…

Skye reprit pied. Une fourmi grimpait sur son bras. Soudain, elle se sentait gênée. Et terriblement vulnérable, ainsi exposée au regard de Mitch, son jean sur les chevilles, le T-shirt remonté sur ses seins. Mitch referma la braguette de son propre pantalon. En deux secondes, il était rhabillé, alors qu'elle, elle… Sa nudité était exposée au monde entier.

Pendant qu'elle bataillait pour se vêtir à son tour, Mitch s'était relevé et, appuyé contre le rocher, il la regardait faire. Elle devait lutter pour garder l'équilibre tant elle se sentait bouleversée physiquement et moralement.

Quand elle fut enfin habillée, elle leva les yeux sur lui, ne sachant quoi dire.

Mon Dieu… Ce regard sombre. Comme Mitch la mettait mal à l'aise ! Il était indéchiffrable. Ses lèvres esquissaient un drôle de sourire.

— Merci, ma belle. C'était exactement ce dont j'avais besoin. La prochaine fois que tu voudras te faire culbuter, appelle-moi et je verrai si je peux faire quelque chose pour toi.

La gifle atteignit son but. Skye pâlit, avant de rougir de honte. Sans un mot, elle retourna vers son cheval, prit son chapeau et se cacha dessous ou presque. Puis, elle se mit en selle et s'éloigna au grand galop.

Une fois à bonne distance, elle laissa enfin libre cours aux larmes qui brûlaient ses yeux. Sur qui pleurait-elle ? Sur elle-même ? Sur Mitch ? Sur l'époque où ils étaient jeunes et amoureux fous l'un de l'autre ? En fait, elle pleurait sur tout ce qu'ils avaient perdu.

Chapitre 2

Mitch grimpa dans la camionnette et reprit le chemin du ranch. Il s'arrêta à une centaine de mètres des bâtiments qui constituaient le cœur de la ferme. Il ne se sentait pas prêt à faire face à Fidela ou à qui que ce soit d'autre.

Quand il avait rouvert les yeux sur le navire hôpital et compris ce qui lui était arrivé, il s'était dit qu'il était temps de rentrer à la maison, qu'il était prêt à retourner au pays. Et maintenant qu'il était de retour, il avait la désagréable impression de ne pas être à sa place. Ce n'était plus chez lui. Tout avait changé… même lui. Surtout lui.

Il coupa le moteur et se renfonça dans son siège.

Il avait mal partout, mais ce qui le faisait le plus souffrir, c'était ce que les médecins appelaient « les douleurs fantômes ». Ils lui avaient donné un fascicule traitant des différents moyens de soulager ces douleurs, depuis le massage jusqu'à un ramassis d'idioties concernant les énergies positives qu'il n'avait même pas pris la peine de lire. Il avait suffisamment de volonté pour supporter la souffrance.

L'après-midi était bien avancé et le soleil descendait déjà sur l'horizon. Le temps passait. Trop lentement cependant au goût de Mitch. Il aurait voulu être plus vieux d'une année. Voire de cinq. Pour ne plus avoir à se préoccuper de s'habituer à tous ces bouleversements…

Malgré lui, Mitch ne put empêcher son corps de se tendre au souvenir de l'intensité du plaisir que Skye avait su lui donner. Sans se soucier des années qui les avaient séparés, elle s'était donnée à lui sans réserve, avec passion. Comme autrefois... Ensuite, il l'avait blessée délibérément. Il avait voulu lui faire mal. Parce qu'elle le méritait.

Il avait lu la souffrance dans son regard vert et n'en ressentait aucun remords. Il espérait seulement que cette souffrance la garderait désormais éveillée toutes les nuits, en l'empêchant de respirer. Il voulait qu'elle n'éprouve rien d'autre que des regrets.

Malheureusement, sa soif de vengeance ne suffisait pas à effacer le désir. En cet instant même, il avait de nouveau envie de Skye. Envie de se glisser en elle, de la goûter, de la caresser. Leur étreinte avait été trop brève. Il rêvait de recommencer. Il sentit son sexe se gonfler de sève tandis qu'une bouffée de désir le submergeait. Alors, il serra les dents. Pas question de donner du pouvoir à Skye Tristan.

Hélas, comment lui résister? Ou se mentir à lui-même? Quels que soient ses griefs à l'égard de Skye, le feu couvait toujours. Vivace. En fait, il ne s'était jamais éteint. C'était...

Quelque chose bougea dans l'ombre.

Mitch se redressa sur son siège. A travers le pare-brise, il distingua un coyote. Machinalement, il tendit le bras derrière son siège, avant de réaliser qu'il n'avait pas de fusil. De toute façon, compte tenu de la direction prise par l'animal, ça n'avait pas d'importance, décida-t-il.

La silhouette efflanquée se déplaçait avec une assurance synonyme soit de grande habitude, soit de grosse faim. Le coyote se glissa dans la basse-cour à travers une brèche. Les poulets se mirent à courir en tous sens, se heurtant à la clôture. Profitant de la panique, le prédateur referma ses mâchoires d'acier sur le cou d'un infortuné volatile et se retira tranquillement avec son dîner.

Mitch remit le moteur en route et se dirigea vers le bâtiment principal. Comme il se garait, il aperçut Arturo sous le porche, un fusil à la main.

— Tu l'as vu faire ? demanda aussitôt celui-ci. J'ai réparé la clôture pas plus tard qu'hier après-midi. Ces maudits coyotes passent leur temps à rôder, en quête d'une proie facile. Si j'étais sorti une seconde plus tôt, j'aurais pu l'abattre.

Mitch n'avait pas revu Arturo depuis plus de huit ans. Mais en dépit de quelques cheveux blancs, le régisseur du ranch Cassidy n'avait guère changé. Il était toujours aussi grand et costaud, le visage buriné par le soleil.

Enfant, Mitch adorait regarder les vieux westerns. Il voyait alors en Arturo la version *latino* de John Wayne — grand, fort et courageux, capable de mettre au tapis n'importe quel costaud d'un crochet du droit.

— C'est bon de te revoir, dit-il en grimpant sous le porche.

Le vieil homme posa son fusil sur le banc, près de la porte, et prit les mains de Mitch dans les siennes.

— Je suis content que tu sois de retour. Tu nous as manqué, mon garçon. Chaque soir, Fidela priait pour que tu nous reviennes sain et sauf.

— Elle me l'a dit.

— Elle se faisait du souci. Moi aussi.

Le regard d'Arturo était plein d'amour. Il avait toujours été là pour Mitch, bien plus présent que ne l'avait jamais été son propre père.

Prudemment, en prenant soin de garder l'équilibre, Mitch donna l'accolade à Arturo qui le serra fort contre lui.

— Tu as l'air en forme. Un peu maigre, peut-être, mais Fidela va te remplumer. Apprête-toi à manger comme quatre. Tu sais comment elle est.

— Justement, en parlant de se remplumer, dis-moi que nous n'avons pas de poulets, grommela Mitch.

— Au contraire, nous en avons beaucoup, même sans compter celui qui vient de disparaître.

— Les coyotes peuvent bien tous les emporter, je m'en fiche.

Arturo s'écarta, l'air surpris.

— Pourquoi dis-tu cela ? Ce sont tes poulets.

— Je n'en veux pas. Nous sommes éleveurs de bétail depuis des générations, point. Qu'est-ce que c'est que cette histoire de volaille et de bœuf bio ? C'est quoi la suite ? Militer pour la sauvegarde des hiboux et des ragondins ?

Croisant les bras sur sa large poitrine, Arturo fronça les sourcils.

— Il y a sept ans, je t'ai envoyé un rapport détaillé t'expliquant les changements que j'envisageais et te demandant ton accord pour les mettre en œuvre.

— Je ne l'ai pas lu, reconnut Mitch, en cherchant des yeux un endroit pour s'asseoir, car il avait un mal de chien.

— Et les relevés de comptes bancaires, tu les as lus ? s'enquit Arturo, l'air plus curieux qu'agacé.

— Quelques-uns seulement.

Mitch en avait cependant assez vu pour savoir qu'il y avait pas mal d'argent sur les comptes et que le ranch avait prospéré pendant son absence.

— L'industrie du bétail n'est plus la même, précisa Arturo. Les exigences des consommateurs ont changé. Ils veulent manger sainement. Ils ne veulent plus d'antibiotiques dans leur viande. Ils veulent trouver dans leurs assiettes des volailles élevées en plein air et pas dans des cages. Nous nous sommes donc adaptés à la demande. Le bœuf garanti sans hormone signifie…

Mitch n'écoutait déjà plus les explications. Pour lui, seul comptait le fait que rien ne serait jamais plus comme avant. Un siècle de tradition d'élevage balayé en un clin d'œil. Il avait l'impression de débarquer sur une autre planète.

Il s'avança vers la porte, souffrant le martyre à chaque pas. Son dos le faisait aussi terriblement souffrir.

— Les marchés ont évolué, tu vas devoir te mettre au courant, insista Arturo.

— C'est toi qui t'occupes du ranch.

— Mais c'est toi le patron, Mitch. Ce ranch t'appartient. Tout ce que j'ai fait, je l'ai fait pour toi.

Mitch se retourna vers Arturo. Il savait qu'il était sincère. Qu'il avait voulu bien faire.

— Je ne veux rien de tout ça, dit-il lentement. Ni des poulets, ni du bœuf bio. Ce que je veux, c'est que les choses redeviennent ce qu'elles étaient. Comme avant.

En réalité, il parlait de lui. Il en était conscient. Arturo aussi, sans doute.

Comme il franchissait le seuil de la maison, il trébucha sur le pas de la porte et serait tombé si Arturo ne lui avait pas saisi le bras pour le retenir.

Refusant son aide, Mitch marcha aussi dignement que possible jusqu'à la pièce que Fidela avait convertie en chambre. Une fois réfugié à l'intérieur, il ferma la porte et se laissa tomber sur le lit.

Ses orteils remuaient, sa cheville bougeait, son mollet se contractait. Il pouvait les sentir. C'était réel, aussi réel que la douleur… et la perte.

Plus rien n'était comme il l'imaginait. Tout avait été détruit, bousillé. Même lui. Surtout lui…

Skye termina d'étriller son cheval avant de s'avancer vers la maison. Pour une fois, la vue de la belle bâtisse blanche se dressant haute et fière contre le bleu du ciel texan n'allégea pas sa peine. Déchirée entre la honte et les frissons de plaisir qui agitaient encore son corps, elle n'était guère en état d'apprécier l'architecture de Glory's Gate.

Dans le vestibule, elle troqua ses bottes contre une paire de sandales. Un rapide coup d'œil à l'horloge lui indiqua que ses ébats dans la prairie l'avaient mise en retard sur son emploi du temps.

Jed Tristan offrait un cocktail ce soir-là à une centaine de ses relations triées sur le volet. Une douzaine d'entre elles seulement auraient la faveur de dîner avec le maître des lieux. Le repas n'était pas un problème en soi. Jed Tristan offrirait le restaurant à ses invités privilégiés. Mais avant cela, Skye devait s'assurer que tout était prêt pour le cocktail et que la soirée serait parfaite. Pas moins. Chez les Tristan, on faisait les choses bien ou on ne les faisait pas du tout.

Elle gagna son bureau installé au rez-de-chaussée. C'était ici qu'elle organisait les multiples réceptions données par son père. Elle disposait pour cela d'une simple table rectangulaire sur laquelle trônaient un PC et un Rolodex rassemblant les coordonnées de tous les fleuristes, traiteurs et artistes dans un rayon de trois cents kilomètres. Un placard contenait les dossiers concernant l'organisation de toutes les réceptions dont elle s'était chargée. A raison de quatre ou cinq par mois depuis huit ans, Skye commençait à manquer de place. Les dossiers ne consignaient pas seulement les menus, mais également les listes d'invités, les boissons, les décorations, les morceaux de musique sélectionnés, le personnel employé pour l'occasion, ainsi que tous les articles de presse relatant l'événement et même les relations sociales qui avaient pu être nouées.

Ces informations étaient également enregistrées sur le PC. Deux ans plus tôt, le chargé des réceptions de la Maison Blanche était venu à Glory's Gate s'inspirer des méthodes d'organisation de Skye.

Il ne s'agissait pas d'une technologie de pointe et ce n'était même pas très intéressant comme occupation, songea-t-elle en mettant l'ordinateur en marche. Mais c'était quelque chose qu'elle savait faire. *Skye Tristan — Maître ès Organisation de Réceptions.*

Si Jed s'était remarié, son épouse s'en serait occupée. Mais comme ce n'était pas le cas, il était normal que ce soit l'une de ses filles qui s'en chargeât. Naturellement, ni Lexi ni Izzy ne s'étaient montrées intéressées. Seule Skye s'était pliée aux exigences paternelles.

« Comme d'habitude », se dit-elle tristement. Mais aujourd'hui, cette tâche présentait au moins l'avantage de lui occuper l'esprit. Parce que, en cet instant même, si elle n'avait pas eu à penser à la couleur des serviettes et à la décoration florale, elle aurait cédé au chagrin.

Elle était consciente que Mitch avait délibérément voulu l'humilier. Elle comprenait même pourquoi. D'accord, il avait gagné la première manche. Et après ? Elle survivrait. La dureté des mots finirait par s'estomper. Comme pour ce qu'elle venait de vivre dans ses bras, d'ailleurs — du sexe, c'était tout. Elle finirait par se convaincre que ce n'était rien de plus qu'un cadeau de bienvenue au pays. Un petit peu plus personnel que des fleurs, tout de même, conclut-elle avec un cynisme qui ne lui ressemblait pas. En réalité, elle avait l'impression de se tenir sur une corde raide : d'un côté le cynisme, de l'autre le chagrin. Et elle faisait de son mieux pour basculer du côté cynique, car elle savait que les larmes ne résolvaient jamais rien.

Un coup d'œil sur sa montre lui rappela que le traiteur n'allait pas tarder à arriver. Elle gagna la cuisine, juste à temps pour voir trois camionnettes se garer devant l'entrée de service.

Elle accueillit les employés et bavarda un instant avec Diane, la directrice, qui avait déjà assuré des douzaines de cocktails pour la maison et connaissait parfaitement son travail.

Dix minutes après, Skye montait se préparer dans sa chambre. Mitch et elle avaient fait l'amour presque avec sauvagerie dans la prairie, à même le sol, en plein milieu de l'après-midi, et elle s'en ressentait encore. Ça ne lui ressemblait pas, de s'abandonner ainsi, sans pudeur. Elle qui était d'un naturel prudent et réservé, présidente de l'une des principales œuvres caritatives du pays, veuve et mère d'une fillette, elle ne se serait certainement pas permis…

Eh bien, si ! Elle s'était abandonnée, justement, sans retenue, au plaisir physique. Un plaisir qu'elle n'avait pas connu depuis plus de huit longues années. Son désir pour Mitch ne s'était pas éteint avec le temps. Il brûlait toujours en elle.

— A quoi ai-je donc pensé ? murmura-t-elle pour elle-même, en atteignant le palier.

Il n'y avait pas de réponse. Justement, parce qu'elle n'avait *pas* pensé.

Izzy était de nouveau étendue sur son lit, un roman dans les mains.

— Si tu n'aimes pas ta chambre, on peut t'en trouver une autre, observa Skye.

Izzy releva les yeux de son livre.

— J'adore ma chambre. Je voulais seulement te parler avant l'arrivée des invités.

— Tu ne vas pas assister au cocktail ?

Izzy sourit.

— Certainement pas. Allons, Skye, tu sais très bien que ces soirées sont ennuyeuses à mourir. Jed attend de moi que je me comporte comme une dame du monde.

— Ce que tu n'es pas, plaisanta Skye.

— Exactement, acquiesça Izzy en bondissant sur ses pieds.

Skye la regarda faire avec un sourire attendri.

Izzy était l'enfant terrible de la famille. Elle n'avait peur de rien. Sauf de perdre sa liberté. A peine avait-elle terminé le lycée, qu'elle s'était trouvé un travail, passant de monitrice de ski à maître nageur, son dernier job en date étant actuellement un poste de plongeur-soudeur sur une plate-forme de forage dans le golfe du Mexique.

— Au fait, comme convenu, je me suis débrouillée pour croiser T.J., l'autre soir. Nous avons discuté.

— J'espère que tu n'as rien dit qui puisse me mettre dans l'embarras, gémit Skye.

D'un naturel plutôt direct, sa sœur cadette ne se montrait pas toujours très subtile dans ses approches.

— Tu crois vraiment que je ferais une chose pareille ?

— Pas de façon délibérée, mais…

— J'ai été extrêmement polie, l'interrompit Izzy. Tu aurais été impressionnée.

— Je n'en doute pas une seconde, marmonna Skye, en se demandant à quel moment cette conversation allait lui donner envie de rentrer dix pieds sous terre. Raconte.

— Tu ne m'avais pas dit qu'il était plutôt beau garçon.

— Bof! Ce n'est pas mon type. Pas le tien non plus, d'ailleurs. Il est tout ce qu'il y a de plus conventionnel. Le genre de gars que tu détestes.

Izzy ne fit pas de commentaire. Elle s'avança vers la coiffeuse et contempla un instant son reflet dans le miroir.

— Il est du coin ? J'ai l'impression de l'avoir déjà vu.

— Possible. Il a fréquenté le même lycée que nous. Il est d'un ou deux ans plus âgé que Lexi.

— Intéressant, observa Izzy en se retournant vers Skye, songeuse. Il s'agit donc d'un gars friqué qui rêve d'être encore plus riche et, naturellement, Jed Tristan peut l'y aider… Une vieille histoire dont on ne se lasse jamais. Au fait, il m'a draguée.

Skye ne releva pas et se contenta de retirer son jean.

Pour Izzy, tous les mâles de la création ne pouvaient faire autrement que de flasher sur elle et de la draguer.

— Si tu as faim, passe dans la cuisine après le cocktail, dit-elle en se dirigeant vers la salle de bains. Il restera sans doute quelques-unes de ces mini pizzas dont tu raffoles.

Izzy la suivit.

— Je suis sérieuse, Skye. Il m'a draguée. De toute évidence, je lui plais.

S'exhortant à la patience, Skye se dit que ce serait puéril de sa part de lever les yeux au ciel avec un soupir exaspéré, même si elle en avait très envie.

— D'accord, Izzy. Merci de me prévenir.

— Je te le dis pour ton bien, Skye. Ce gars-là est sans scrupule. S'il t'invite à sortir avec lui, réfléchis bien. Sois prudente.

Skye avait eu un après-midi riche en émotions. D'abord la joie de revoir Mitch, le plaisir de faire l'amour avec lui, puis son rejet, l'humiliation. Elle était fatiguée, confuse, honteuse. Et elle en avait marre d'avoir l'impression que tout allait de travers par sa faute.

— *Prudente* ? répéta-t-elle. Pourquoi faudrait-il que je sois prudente ? Je vois… C'est toi qui plais à T.J. Par conséquent, s'il fait mine de s'intéresser à moi, c'est uniquement parce que Jed le paie pour ça, hein ?

Izzy recula d'un pas.

— Je n'ai jamais dit ça.

— Inutile. C'est parfaitement clair. Je ne suis rien. Un être asexué, dont aucun homme ne voudrait dans son lit, à moins d'être acheté ou totalement désespéré.

Mitch lui avait-il fait l'amour parce qu'il était désespéré ou simplement en colère ?

— Ce n'est pas ce que j'ai voulu dire, protesta Izzy. Et tu le sais très bien. Ecoute, je lui en voulais parce qu'il t'avait fait de la peine et je suis allée le lui dire. On a discuté et il m'a fait des avances. C'est tout.

— Si je comprends bien, tu as voulu prendre ma défense et ça s'est terminé par un flirt, ironisa Skye. Merci. J'apprécie ton soutien.

— Tu ne sors jamais et tu ne connais rien à ce genre de gars, s'emporta Izzy. J'essaie seulement de t'aider.

— Je n'ai pas besoin de ton aide.

— Très bien. Sors avec lui. Fais ce que papa te dit. De toute façon, tu n'es bonne qu'à ça. Lui obéir au doigt et à l'œil !

Sur ce, Izzy tourna les talons et claqua violemment la porte de la chambre derrière elle.

Sous l'effet de la colère et de l'indignation, l'espace d'une fraction de seconde, Skye chercha quelque chose à lancer contre le mur pour se défouler. Mais elle se ressaisit aussitôt. Elle était trop raisonnable pour ce genre de comportement puéril.

Quant à Izzy, elle était trop égocentrique pour comprendre le point de vue des autres. Elle avait cependant raison sur un point. Skye se pliait à toutes les exigences de leur père. Elle était la mère idéale, la sœur idéale, la fille idéale. Une réputation somme toute fragile — être surprise à faire une nouvelle fois l'amour dans l'herbe avec Mitch Cassidy pourrait bien ruiner cette réputation.

Et Skye ne serait pas contre…

— Quel choix musical original ! commenta la femme du député conservateur du Texas, en détaillant le groupe de quatre lycéens engagé pour la soirée. Il s'agit de…

— Hip-hop, précisa Skye. Ils se font un peu d'argent de poche en se produisant sur scène. Je les ai entendus jouer le mois dernier et je les ai trouvés formidables.

— Intéressant, commenta son interlocutrice.

Son ton était rien moins que poli. Elle trouvait très certainement la musique « affreuse », mais elle était trop bien élevée pour exprimer le fond de sa pensée. De toute façon, Skye s'en moquait. Elle appréciait ces jeunes gens et leur musique. C'était tout ce qui comptait.

Elle s'excusa et s'immergea dans la foule des invités, offrant à chacun un sourire accompagné d'un petit mot de bienvenue.

La soirée se déroulait à merveille, pourtant, Skye se sentait plus tendue que d'ordinaire, sans doute à cause de sa prise de bec avec Izzy. Elle détestait se disputer avec ses sœurs. Leur mère ayant disparu et Jed étant ce qu'il était, elles ne pouvaient compter que les unes sur les autres.

Elle se promit de parler avec Izzy après le cocktail pour essayer d'arranger les choses.

— Pour le moment, ça se passe bien, observa Jed en passant près d'elle.

Skye hocha la tête. Venant de son père, ce n'était pas un compliment, mais plutôt une forme d'avertissement — même s'il n'y avait pas eu d'accroc jusqu'à présent, la soirée n'était pas terminée. Une catastrophe restait toujours possible.

— As-tu remarqué que chaque réception organisée par mes soins s'est toujours parfaitement déroulée ? marmonna-t-elle en regardant la silhouette de son père s'éloigner.

— Parler toute seule à voix haute ne fait jamais très bonne impression.

Skye se tourna vers l'importun.

T.J. Boone.

— Tant mieux. Les gens me prennent pour une folle et n'osent pas s'approcher, ce qui me donne davantage d'espace pour respirer. Comment allez-vous ? Si vous cherchez Izzy, ce n'est pas ici que vous la trouverez. A moins que ma compagnie puisse faire l'affaire.

T.J. Boone esquissa une grimace éloquente.

— Vous avez donc entendu.

— Les nouvelles circulent vite dans Tristanville.

— Et les portes de Glory's Gate ne sont pas assez épaisses.

Posant une main dans son dos, il la guida vers un coin de la pièce.

— Je suis désolé. Je ne pense pas que ça change quoi que ce soit, mais sachez que je suis sincèrement navré. Ma remarque n'avait cependant rien de personnel à votre égard. Je voulais seulement faire comprendre à votre père que je n'étais pas à sa botte. Croyez-moi, vous êtes une femme ravissante, Skye. Et si j'avais montré à Jed le moindre intérêt pour vous, il en aurait profité pour affirmer son pouvoir sur moi. Pas question de lui faire ce cadeau.

Skye était bien placée pour comprendre.

— Ce n'est pas grave. Je ne vous en veux pas.

— Dans ce cas, accepteriez-vous de dîner avec moi un de ces soirs ou suis-je définitivement grillé à vos yeux ? Ce n'est pas ma faute si votre père insiste pour nous jeter dans les bras l'un de l'autre.

— Je sais, répondit Skye avec un sourire songeur. Quoi qu'il en soit, je ne vous connais pas assez pour avoir une bonne ou une mauvaise opinion de vous.

— Il est facile d'y remédier.

Les yeux de T.J. Boone étaient d'un bleu profond et il portait le costume traditionnel texan avec beaucoup de classe. Il aurait pu être l'homme de ses rêves.

— Vous avez flirté avec Izzy ?

Le regard bleu ne vacilla pas.

— Nous avons bavardé. Elle m'a surtout menacé de me botter les fesses pour ce que j'avais dit. Vous ai-je précisé combien j'étais désolé ?

— Plutôt deux fois qu'une. Mais vous n'avez pas répondu à ma question. Avez-vous dragué ma sœur ?

— C'est une question piège. Si je réponds oui, je passe pour un coureur de jupons sans scrupule. Si je réponds non, vous allez penser que je ne l'aime pas.

Amusée, Skye lui sourit.

— Peut-être.

Se penchant vers elle, il lui murmura à l'oreille :

— Ce soir, c'est vous que j'invite à sortir avec moi, Skye. Dites oui.

Il ne lui faisait pas battre le cœur et c'était aussi bien ainsi, songea-t-elle. C'était en quelque sorte l'assurance qu'il ne le lui briserait pas.

— S'il vous plaît, insista-t-il.

Elle hésita une seconde, puis hocha la tête.

— D'accord pour un dîner.

Mitch remonta la chaussette en grimaçant. Même le contact du coton était douloureux. Il en avait trop fait, trop tôt, et il en payait le prix. Son médecin l'avait prévenu. Il lui avait conseillé de calmer le jeu, d'être patient. Mitch n'avait pas écouté.

Malgré la douleur qui irradiait dans toute sa jambe, il se mit debout. La souffrance était supportable. Plus supportable en tout cas que de boitiller sur des béquilles avec une jambe de pantalon vide.

Il quitta la chambre et se dirigea vers la cuisine. Il n'avait pas vraiment faim, mais s'il ne se montrait pas, Fidela viendrait le chercher. La veille, il avait éteint la lampe dans sa chambre et feint de dormir. Fidela n'avait pas osé le déranger, mais il ne réussirait pas à lui échapper bien longtemps. Fidela était tenace. Autant lui faire face maintenant. Ce ne pouvait être pire que d'affronter l'obscurité.

Dans l'obscurité, le passé refaisait surface. Il revenait le hanter. Il se souvenait combien il avait été amoureux de Skye. Ils étaient si heureux, alors… Il se souvenait aussi de son chagrin et de son incrédulité quand elle lui avait annoncé que c'était terminé entre eux.

Dans l'obscurité, il ne cessait de revivre l'explosion. Il se souvenait du courage de Pete qui l'avait sauvé, en le tirant à travers les lignes ennemies, sans faiblir, même quand il avait été touché à son tour. Pete s'était vite rétabli et avait repris le service en Afghanistan. Alors que lui, Mitch Cassidy, avait été définitivement réformé.

Mitch savait que la perte de sa jambe n'était pas la fin du monde et que plus vite il surmonterait l'épreuve, plus vite il accepterait sa vie telle qu'elle était désormais, plus vite l'obscurité perdrait son pouvoir angoissant sur lui.

Il s'avança dans la cuisine.

Debout devant le plan de travail, Fidela préparait une pâte dans un saladier.

— Bonjour, dit-il, avant de froncer les sourcils en apercevant une fillette assise à table. Qui est-ce ?

Il ne l'avait encore jamais vue, mais le visage auréolé de boucles rousses et illuminé de grands yeux bleus lui semblait familier.

Laissant retomber sa cuillère dans le bol de céréales, la fillette se leva d'un bond, rayonnante.

— Vous voilà enfin ! Fiddle disait que vous reviendriez à la maison et ça fait très longtemps que je vous attends.

Elle s'approcha et, dans un geste naturel, lui toucha le bras comme pour s'assurer qu'il était bien réel.

— Fiddle et moi, nous avons prié pour vous tous les jours. J'ai aussi parlé de vous à l'école et nous avons envoyé des cartes aux soldats. Avez-vous reçu la mienne ? J'avais mis votre nom sur l'enveloppe. Elle était rose. Je sais bien que c'est une couleur de fille, mais c'est joli. Et comme vous êtes un héros, je me suis dit que je devais vous envoyer quelque chose de très joli. Fiddle m'avait promis que vous rentreriez et vous voici !

— C'est qui cette…

Il ravala ses paroles. Difficile de faire plus rustaud.

— Comment t'appelles-tu ?

— Erin. Vous avez beaucoup manqué à Fiddle et Arturo. Arturo ne disait rien, mais je voyais bien dans ses yeux qu'il était triste. Fiddle, elle, parlait de vous tout le temps. Alors, c'est comme si je vous connaissais. Vous m'avez manqué à moi aussi. Vous avez faim ? Fiddle nous prépare des crêpes. J'en aurais bien mangé une, mais j'ai préféré vous attendre. C'est plus poli. Vous voulez une crêpe ?

Fidela s'essuya les mains sur un torchon.

— Bonjour, mon garçon, dit-elle en posant les mains sur les épaules de la fillette. Je te présente Erin.

— Je le lui ai déjà dit, observa la fillette avec un sourire ravi.

— La fille de Skye, précisa doucement Fidela à l'adresse de Mitch.

Bien sûr… Les cheveux roux, le regard — même si celui de Skye était vert, pas bleu.

Il avait sous les yeux la preuve vivante de la trahison de Skye. L'enfant qu'elle avait eu avec un autre homme.

La colère tapie au fond de lui se réveilla.

— Qu'est-ce qu'elle fait là ? aboya-t-il.

Fidela le foudroya du regard.

— Erin passe ici très souvent me dire bonjour et me tenir compagnie.

Le sourire sur le visage de la fillette avait disparu.

— Je suis venue vous voir, dit-elle d'une voix soudain devenue hésitante. Je voulais faire votre connaissance.

Mitch sentit le souffle lui manquer. La douleur lui faisait l'effet d'un couteau mal aiguisé lui déchirant la poitrine. *La fille de Skye.* L'enfant qu'ils auraient dû avoir ensemble, si Skye l'avait épousé comme elle le lui avait promis, au lieu de le repousser parce que son père le lui avait demandé, pour épouser un de ses partenaires en affaires, un vieil industriel riche comme Crésus.

— La pâte est prête. Je vais faire les crêpes, dit Fidela à Erin. Sors les assiettes, chérie.

— D'accord, acquiesça la fillette en glissant un regard

inquiet sur Mitch, avant de courir chercher les assiettes dans le buffet.

Dans la fraction de seconde suivante, Fidela s'était approchée de Mitch et lui avait saisi le bras.

— Ce n'est qu'une petite fille, chuchota-t-elle. Elle n'a rien fait de mal. Tu n'as aucune raison de lui en vouloir.

Mitch baissa les yeux. Fidela avait raison. Erin n'était pas responsable des actes de sa mère. Et lui n'était pas tombé si bas qu'il puisse passer sa rage sur une enfant innocente.

Il hocha la tête.

Fidela resserra l'étreinte de ses doigts sur son bras.

— Ça va, dit-il.

Alors seulement, elle le lâcha et retourna devant les fourneaux, tandis que Mitch boitillait jusqu'à la table devant laquelle Erin se tenait, intimidée. Il se força à lui sourire.

— Je suis content de te rencontrer, Erin, dit-il, se sentant stupide, mais déterminé à faire un effort.

Le sourire revint sur le visage de la fillette.

— Vous voulez que je vous apporte une tasse pour le café ? Je sais où elles se trouvent.

— Avec plaisir.

Il s'assit sur une chaise.

— Merci, dit-il quand elle posa un mug bleu devant lui.

Fidela servit le café, tandis qu'Erin s'installait face à lui, reprenant son babillage.

— Vous devez être content d'être rentré à la maison. Moi, je serais affreusement triste de partir d'ici. Etiez-vous triste ? Aviez-vous des amis, là où vous étiez ? Moi, j'ai beaucoup d'amis et j'ai des chevaux aussi. Je sais monter à cheval.

— Erin monte tous les jours à cheval, intervint Fidela. Elle monte d'ailleurs très bien pour une petite fille.

Erin éclata de rire.

— Fiddle, je ne suis plus petite ! Je pousse comme la mauvaise herbe.

Elle sourit à Mitch avant de préciser :

— C'est ce que maman dit. Vos amis vont venir vous voir ? Avez-vous pris l'avion pour rentrer à la maison ? J'ai pris l'avion une fois. Je n'ai pas eu peur du tout. Maman dit que je n'ai peur de rien. C'est bien, non ?

La fillette continuait son monologue. Elle débordait d'énergie. Une énergie que Mitch lui enviait. Ces derniers temps, il avait l'impression que le simple fait de se tenir debout lui pompait toutes ses forces.

Tant qu'il ne pensait pas à Skye, il pouvait supporter de voir Erin devant lui. Elle le regardait, des étoiles plein les yeux.

— Fiddle dit que vous avez eu des médailles pour votre courage et que vous avez sauvé notre pays.

Mitch jeta un coup d'œil à la femme qui l'avait élevé.

— J'ai seulement aidé, précisa-t-il.

— Mais vous êtes très courageux. Vous êtes un héros.

Mitch fronça les sourcils.

— Je ne suis pas un héros.

— Mais si ! insista Erin, en écarquillant les yeux. Tout le monde le sait.

Il s'apprêtait à protester, mais se ravisa. Après tout, les enfants pouvaient penser ce qu'ils voulaient. Ils apprendraient les dures réalités de la vie bien assez tôt.

Fidela posa une crêpe sur chacune de leurs assiettes.

Erin prit sa fourchette.

— J'ai prévenu maman qu'il y aurait des crêpes, mais elle n'a pas voulu se lever. Elle a dit qu'elle était fatiguée.

Aussitôt, Mitch se demanda si Skye avait elle aussi passé une nuit blanche. Les souvenirs étaient-ils venus la hanter ? S'était-elle souvenue comme ils avaient été heureux ensemble ? Ses paroles l'avaient-elles blessée ?

Il fit taire sa culpabilité, en se répétant une fois de plus qu'elle n'avait eu que ce qu'elle méritait.

Les crêpes étaient délicieuses. Meilleures que dans son souvenir. Il en avait mangé trois quand Erin lui demanda soudain :

— Vous pouvez monter à cheval sans votre jambe ? J'espère que oui, comme ça nous pourrons aller galoper ensemble. Ça vous fait mal ? Vous avez une nouvelle jambe, hein ? Fiddle m'en a parlé. Je peux voir ?

Mitch se figea, ne sachant que dire. Personne, en dehors de l'hôpital, ne lui avait parlé aussi ouvertement de sa mutilation. Il ne savait pas s'il était censé apprécier l'attitude directe de la fillette ou s'il aurait préféré qu'elle se taise.

Fidela s'approcha et toucha l'épaule d'Erin.

— Tu ne devrais pas poser tant de questions à la fois, chérie.

— Je sais, soupira Erin. Je parle trop. Tout le monde me le dit. A moi aussi, il m'arrive de ne pas vouloir parler de certains trucs.

— Nous pourrons en parler plus tard, déclara Mitch, se surprenant lui-même.

Erin rayonna.

— D'accord. Au fait, c'est bientôt mon anniversaire. Je vais faire une fête, la semaine prochaine. Vous viendrez. Il y aura du gâteau à la crème. Vous aimez le gâteau à la crème ?

— Une fête d'anniversaire ? Je, hum…

— Ça se passera chez moi, la maison juste à côté. Vous trouverez facilement, insista Erin d'une voix pleine d'espoir.

Là encore, Mitch se surprit à vouloir ménager les sentiments de l'enfant. Mais il n'était pas question qu'il mette les pieds à Glory's Gate.

— Erin, je…

— Je vais avoir huit ans et c'est très important. Maman me le dit souvent, parce que huit ans, c'est…

Mitch n'écoutait plus. Il avait l'impression d'une sorte de bourdonnement.

Huit ans… Erin allait avoir huit ans.

Pas besoin d'un prix Nobel de mathématiques pour comprendre. Mitch se souvenait parfaitement de la dernière fois où il avait fait l'amour avec Skye. Il se rappelait où, quand et comment ils s'étaient fondus l'un dans l'autre, en promettant de se marier.

Mitch dévisagea Erin, examinant la forme de sa bouche, la façon dont elle tenait sa tête haute. Il crut voir dans ses doigts, dans ses gestes…

Les crêpes qu'il avait mangées lui pesaient soudain sur l'estomac. Il était sidéré. La réalité venait de le frapper de plein fouet sous les traits d'une fillette de huit ans.

Erin était sa fille. Skye avait mis au monde son enfant et elle le lui avait caché.

Chapitre 3

Skye concluait son discours prononcé devant le Club des femmes d'Austin. Elle avait commencé par quelques anecdotes amusantes, avant de terminer par les statistiques consternantes concernant les quelque douze millions d'enfants américains vivant dans des foyers ne disposant pas de revenus suffisants pour les nourrir. Un chiffre que sa fondation entendait réduire.

— Il me reste quelques minutes pour répondre à vos questions.

Une jeune femme en tailleur rouge se leva.

— Comment se fait-il que *vous*, la fille de Jed Tristan, l'une des plus grosses fortunes du pays, vous vous intéressiez à ces enfants ? Vous n'avez certainement jamais connu personne qui se soit un jour couché le ventre vide.

Ce n'était pas la première fois que Skye avait à répondre à ce genre de question cynique et ça l'agaçait toujours autant. Fallait-il avoir un cancer pour donner des fonds à la recherche ? Fallait-il avoir été victime d'une catastrophe naturelle pour aider la Croix-Rouge ? Autant de répliques qu'elle avait sur le bout de la langue et qu'elle taisait. Car elle savait que la question était posée davantage par curiosité que comme une attaque personnelle.

— Ma fille avait un an, quand elle est tombée dans l'escalier, commença-t-elle. Elle s'était ouvert le front et, en bonne mère qui se respecte, j'ai complètement paniqué.

Il y eut des rires dans l'assistance. Skye poursuivit :

— Je l'ai emmenée à l'hôpital où elle a été soignée, et pendant que nous attendions pour remplir les papiers de l'assurance, j'ai acheté une boîte de crackers au distributeur automatique. C'est alors qu'une petite fille d'environ sept ans s'est approchée et m'a demandé si j'allais tous les manger.

Le public ne riait plus. Skye revivait cet instant. La fillette était blonde, d'une minceur douloureuse. Ses vêtements flottaient sur elle.

— Je lui ai donné la boîte de crackers et je lui ai demandé qui l'accompagnait. Elle me répondit que sa maman venait d'être amenée aux urgences. Elles vivaient dans la rue et n'avaient pas mangé depuis trois jours. J'ai aussitôt emmené l'enfant à la cafétéria prendre un repas chaud. Quand l'assistante sociale est arrivée, elle n'a pas paru surprise des conditions de vie de cette petite fille. C'est une situation courante dans certains quartiers tout près de chez nous.

Skye reprit son souffle.

— Je suis rentrée chez moi et je me suis occupée de ma fille. Mais je ne pouvais oublier cette enfant. Je désirais faire quelque chose pour elle. Je suis donc retournée voir l'assistante sociale pour me proposer comme famille d'accueil. Elle était débordée. Et je me suis entendu dire qu'elle n'avait pas de temps à perdre avec les riches qui essayaient de se donner bonne conscience en parrainant un gamin. J'étais une Tristan, je n'avais qu'à faire quelque chose d'utile pour les milliers d'enfants qui vivaient le ventre vide.

Skye haussa les épaules.

— J'étais furieuse et déçue, mais au fond de moi, je savais que cette femme avait raison. J'ai donc décidé de créer la fondation avec le capital hérité de ma mère. Cette fondation assure aujourd'hui les repas de plus d'un million d'enfants par an, aux Etats-Unis. Ça ne veut pas dire un repas par-ci par-là. Non, il s'agit de trois repas par jour, pour chaque enfant. Notre objectif est de faire en sorte qu'aucun enfant sur cette

Terre n'ait plus jamais faim. C'est un objectif ambitieux, mais je suis certaine que nous pouvons réussir. Comme quoi, une boîte de crackers peut parfois faire bouger les choses.

Se penchant davantage vers le micro, Skye ajouta :

— Et vous, que faites-vous pour changer le monde ?

La femme au tailleur rouge se rassit.

Les questions se poursuivirent encore pendant quelques minutes. Après quoi, Skye bavarda avec les bénévoles de l'association et prit les chèques de généreux donateurs, avant de courir à l'aéroport attraper la navette pour Dallas. Deux heures plus tard, elle était de retour dans son bureau à la fondation.

— Bravo ! lui lança Elsa, sa secrétaire. J'ai déjà eu trois appels de personnes désireuses de participer à notre action. Je leur envoie les dossiers d'adhésion dès maintenant.

— Formidable, renchérit Skye en lui tendant les chèques. Plus nous serons nombreux à nous intéresser au problème, plus nous aurons de chances de le résoudre.

Elle retira sa veste de tailleur et ses escarpins à talons hauts. Au quotidien, elle s'habillait en jean et T-shirt, mais quand elle devait présenter la fondation, prononcer un discours ou lever des fonds, elle revêtait sa tenue de femme d'affaires.

— Glenna aimerait vous voir, dit Elsa. Ça a l'air important. Je vous rappelle que vous donnez une interview téléphonique au *LA Times* dans une heure.

La fondation disposait d'un excellent département de relations publiques, mais la presse tenait à parler à Skye Tristan en personne.

— J'ai de quoi étayer mes réponses ?

Elsa lui tendit un dossier contenant les statistiques actuelles sur la faim aux Etats-Unis, les détails des dépenses de la fondation, la liste des donateurs et des différentes façons de participer à l'action contre la faim, chacun selon ses moyens.

— Parfait. Merci, Elsa. Vous pouvez m'envoyer Glenna.

Skye eut juste le temps d'envoyer deux e-mails avant que la directrice du service administratif ne franchisse le seuil du bureau.

Glenna était une femme d'une quarantaine d'années, courtisée par toutes les associations caritatives du pays pour ses compétences professionnelles. L'un des premiers succès de Skye avait été de la gagner à sa cause.

Glenna referma la porte derrière elle. Les cheveux bruns coupés court, le regard pétillant, elle avait le sourire facile. Mais pas cet après-midi-là.

— Nous avons un problème, annonça-t-elle en s'asseyant face à Skye. Un de plus. Et de taille !

Skye n'aimait pas ça. Deux mois plus tôt, quelqu'un était allé raconter au procureur du comté que la fondation servait de couverture au blanchiment d'argent de la drogue. Les accusations n'étaient pas fondées, mais Skye et son équipe avaient dépensé beaucoup d'argent, de temps et d'énergie pour prouver leur innocence.

— J'ai trouvé ça sur internet, précisa Glenna en lui tendant deux articles. Ils paraîtront sous peu dans la presse. En résumé, ils disent que nos dirigeants reçoivent des salaires astronomiques, des primes, ainsi que de multiples avantages en nature. L'argent qui devrait servir à nourrir des enfants disparaît dans le financement de voitures, de voyages et de réceptions. Vous auriez, dit-on, détourné pas moins d'un million de dollars.

Skye réprima un cri d'indignation.

— Je ne perçois aucun salaire, dit-elle, en s'efforçant de conserver un ton calme.

— Je sais. Nous ne versons également aucune prime. Tout ceci n'est qu'un tissu de mensonges. J'ai contacté les journalistes et nous aurons une entrevue avec chacun d'entre eux. Je veux savoir qui leur a fourni ces informations et pour quelle raison ils les ont diffusées sans vérifier leur véracité auprès de nous. L'un des journalistes prétend avoir reçu ces renseignements d'un membre de la fondation.

Skye eut l'impression de recevoir un coup de massue sur le crâne.

— C'est complètement dingue.

— Je m'en occupe, commenta Glenna. Je voulais juste vous prévenir.

— Merci, Glenna. Tenez-moi au courant.

Une fois seule, Skye prit le téléphone et composa un numéro de portable qu'elle connaissait par cœur.

— Où es-tu ? dit-elle dès que sa sœur répondit.

— A cinq minutes de la fondation. Pourquoi ?

— Tu peux passer ? Il faut que je te parle.

Cinq minutes plus tard, Lexi Tristan s'avançait dans le bureau de Skye.

— Qu'est-ce qui se passe ?

Propriétaire d'un établissement de remise en forme, Lexi aurait pu servir de modèle pour sa propre publicité avec sa peau parfaite, sa chevelure d'un blond d'or pâle cascadant sur ses épaules et sa silhouette longiligne, bien qu'elle fût enceinte de trois mois. Elle était de ces filles que l'on considérait généralement avec un mélange d'intimidation, d'incompréhension et d'envie, une de ces privilégiées de la nature.

Skye l'embrassa et la conduisit vers le canapé.

— J'ai de nouveau entendu parler de Garth, commença-t-elle.

— Notre diable de demi-frère s'est manifesté ?

— En quelque sorte. Apparemment, l'info donnée au procureur concernant le blanchiment d'argent par la fondation n'était que la première phase de son attaque. Nous avons à présent quelqu'un qui raconte aux journalistes que nous nous octroyons des salaires royaux et des primes, sans parler d'un fonds destiné à financer des voyages et autres loisirs.

Lexi prit les articles que Skye lui tendait. Elle leur jeta un bref coup d'œil.

— Nous aurions dû nous douter qu'il n'en resterait pas là.

Quelques mois plus tôt, les deux sœurs avaient reçu les premières menaces de Garth Duncan. Elles s'étaient d'abord demandé ce que leur voulait cet homme d'affaires prospère. Il leur avait suffi de creuser un peu pour apprendre qu'il était leur demi-frère. Le fils illégitime de Jed Tristan.

Bien que Jed ait affirmé lui avoir versé, ainsi qu'à sa mère, de quoi vivre confortablement pour le restant de leurs jours, Garth cherchait à se venger des Tristan. De tous les Tristan. Il avait donc commencé à lancer des attaques contre Lexi, Skye et leur père. Il semblait à présent vouloir intensifier le tir.

— Glenna va s'en occuper, expliqua Skye. Mais les journalistes ne sont pas stupides. Ils ont forcément vérifié leurs sources avant de publier. Ce qui signifie que Garth leur a donné des informations telles qu'elles soient parfaitement crédibles. Bon sang, pourquoi faut-il qu'il s'acharne sur nous ?

— Parce que nous représentons la famille qu'il n'a jamais eue, lui rappela Lexi. Il est jaloux. Je me demande juste ce qui a déclenché sa réaction. Pourquoi maintenant ? Pourquoi a-t-il attendu si longtemps ?

— Il a sans doute pris le temps d'élaborer un plan. Un plan qui promet d'être particulièrement efficace. Cette fois ce n'est pas le procureur qui va intervenir, mais la Direction générale des impôts qui risque de remettre en cause notre statut d'association à but non lucratif. Et si l'affaire s'ébruite dans la presse, plus personne ne voudra financer la fondation. Les accusations font la une des journaux, mais les rétractations viennent en dernière page. Alors, naturellement, on ne se souvient que des accusations.

Sous l'effet de la frustration, Skye ferma les yeux.

— Je peux comprendre qu'il nous déteste et veuille nous

faire du mal. Mais au final, ce sont des enfants qui vont payer. Cela n'a-t-il donc aucune importance ?

Lexi secoua la tête.

— Pas pour lui.

Skye se leva et s'avança vers la fenêtre.

— Je me suis totalement investie dans cette fondation. Je voulais faire bouger les choses et j'ai réussi. Quand j'ai le moral à zéro, quand j'ai l'impression de ne rien faire de ma vie, la fondation me rappelle ce qui est important — qu'en fin de journée, je puisse compter le nombre de repas servis et les vies dont nous avons momentanément amélioré le quotidien. Je ne laisserai personne m'enlever ça.

Lexi s'approcha.

— Garth ne gagnera pas, déclara-t-elle en passant un bras autour des épaules de sa sœur. D'une façon ou d'une autre, nous finirons par l'arrêter.

— J'aimerais te croire, murmura Skye.

Les deux sœurs retournèrent s'asseoir sur le canapé.

— On dirait qu'il y a autre chose qui te tracasse, observa Lexi en la regardant d'un œil soucieux. D'habitude, tu ne te laisses pas abattre si facilement.

Skye se renversa contre les coussins.

— C'est vrai. Il y a beaucoup de choses qui me tracassent en ce moment…

Elle hésita.

— Mitch est de retour. Nous nous sommes revus.

Stupéfaite, Lexi ouvrit de grands yeux.

— Quand ? Ça s'est bien passé ? Comment va-t-il ?

— Il est différent. Il y avait un bout de temps qu'on ne s'était pas vus et il a traversé pas mal d'épreuves. Mais je ne pensais pas…

« Qu'il serait devenu méchant », acheva-t-elle en son for intérieur.

Skye avait une totale confiance en Lexi, mais elle ne se

sentait pas le courage de lui dire ce qui s'était réellement passé avec Mitch lorsqu'ils s'étaient revus, quelques jours plus tôt.

— En fait, je ne le connais plus vraiment. C'est juste un garçon que j'ai fréquenté quand je n'étais encore qu'une gamine.

— C'est ce que tu dis, commenta Lexi. Pour te convaincre qu'il n'est plus rien pour toi. Mais si son retour te chamboule à ce point, c'est qu'il compte encore. Au moins un petit peu.

Skye resta silencieuse un instant, avant de murmurer :

— Il m'en veut toujours.

— C'est normal. Mitch t'adorait et tu en as épousé un autre.

— Je n'avais pas le choix.

Skye tourna les yeux vers Lexi, craignant qu'elle ne lui dise le contraire — qu'on avait toujours le choix. Mais ce n'était pas si simple. Skye avait onze ans quand elle avait perdu sa mère. Depuis ce jour tragique, elle avait tout fait pour ne pas perdre l'amour de son père — même renoncer à Mitch.

— Je sais, murmura Lexi. Cependant, Mitch ne pouvait pas comprendre. Vous étiez fous l'un de l'autre. Il s'est senti trahi. Il était impossible pour lui d'accepter la fin de votre histoire d'amour.

Sentant les larmes lui monter aux yeux, Skye se redressa brusquement et opta pour la dérision.

— Depuis quand parles-tu comme une femme sensée ? D'habitude, c'est moi la personne raisonnable de la famille. Celle qui garde la tête sur les épaules.

— Ne t'en fais pas, ce n'est que momentané, plaisanta Lexi. Il suffit que je pense à Cruz pour redevenir incapable d'une pensée rationnelle.

Le simple fait de prononcer le nom de son fiancé fit rayonner la jeune femme. Skye faisait de son mieux pour ne pas être jalouse, mais c'était difficile. D'autant qu'elle savait ce que c'était que d'être follement amoureuse…

Elle avait aimé son mari, mais n'avait pas éprouvé pour lui la passion dévorante qu'elle avait connue avec Mitch. Une passion qui l'avait consumée… longtemps après son mariage. Encore un de ses secrets dont elle avait honte.

Comme si elle avait lu dans ses pensées, Lexi reprit :

— Tu étais si jeune quand tu as choisi d'épouser Ray.

— Parce que tu crois que j'ai fait le mauvais choix ? Je pense au contraire avoir fait ce qu'il fallait. Ce que je devais faire.

— Je sais.

Skye n'en était pas si certaine. Lexi considérait probablement qu'elle avait renoncé à l'amour pour une vie sans risque, sans surprise, à l'abri de toute passion. Comment pouvait-on faire un tel choix à dix-huit ans ? Peut-être méritait-elle de payer pour ça.

— Si je n'avais pas épousé Ray, Erin ne serait pas là. Et il m'est impossible d'imaginer la vie sans ma fille.

— C'est vrai, acquiesça Lexi. Elle est formidable et tu as beaucoup de chance de l'avoir. C'est le plus important, non ?

— Oui, murmura Skye.

— Quant à Mitch, reprit Lexi. Pourquoi t'inquiéter ? Ce n'est pas comme si vous habitiez sur le même palier. Vous n'allez pas vous croiser tous les jours.

— Tu as raison. Il est revenu, nous nous sommes parlé, fin de l'histoire.

Il était un peu plus de 16 heures quand Skye vit la porte de son bureau s'ouvrir à la volée sur un Mitch visiblement furieux. Elsa essaya de s'interposer.

— Désolée, Skye. Je lui ai expliqué que vous étiez occupée, mais il a insisté.

A en juger par son air féroce, Mitch avait fait plus qu'insister.

— Ce n'est pas grave, Elsa, la rassura Skye. Mitch et moi sommes de vieux amis.

Manifestement peu convaincue, la secrétaire hocha la tête et les laissa seuls.

— Assieds-toi, proposa Skye en désignant la chaise face à son bureau.

— Non merci. Je n'en ai pas pour longtemps.

Il était beau, songea-t-elle. Furieux, mais beau comme un dieu. Il avait meilleure mine que la dernière fois qu'ils s'étaient vus et les rides de souffrance autour de ses yeux s'étaient estompées.

Etrangement, malgré ce qui s'était passé entre eux, en dépit de ce qu'il lui avait dit et de son attitude odieuse, elle était heureuse de le voir. Elle mourait d'envie de lui tendre la main et de le serrer contre elle. Et bien plus encore… ce qui soulevait un certain nombre de questions concernant sa santé mentale.

— Tu as l'air en colère, dit-elle en croisant les bras. Pourtant, s'il y en a une qui devrait être furieuse, c'est moi.

— Tu me prends pour un imbécile ?

— C'est une question piège ? répliqua Skye du tac au tac.

Mitch l'ignora.

— J'ai fait une rencontre intéressante, dimanche matin. J'ai fait la connaissance d'Erin.

Skye ouvrit la bouche et la referma.

Elle ne savait quoi dire. Sa fille avait l'habitude de prendre son petit déjeuner chez Fidela, le week-end. Si Skye était debout, elle l'y emmenait. Sinon, c'était Arturo qui venait la chercher à cheval. C'était une habitude chère à Erin.

— Je comprends, finit-elle par dire d'une voix triste. Tu ne veux pas voir ma fille sur ton ranch. Ecoute, Mitch, je sais que ce n'est pas facile pour toi, mais Erin n'y est pour rien. Fidela et Arturo non plus. Ils la considèrent comme leur petite-fille. Ils n'ont pas eu d'enfants. Toi qui es comme un fils pour eux, tu peux comprendre, non ? Ne me demande pas d'interdire à Erin d'aller là-bas.

Mitch fronça les sourcils.

— Tu penses que c'est ça le problème ? Que ta fille vienne manger des crêpes avec Fidela ?

— Oui, répondit Skye d'une voix prudente. Sinon, quoi d'autre ?

— Intéressante question. Erin m'a invité à son anniversaire. Elle va avoir huit ans la semaine prochaine, n'est-ce pas ?

— Oui…

Mitch fit un pas vers Skye.

— Tu croyais que je ne me douterais de rien ?

— Mais de quoi parles-tu ?

Skye avait l'impression qu'il était sur le point de la mettre en pièces. Pour quelle raison ? Parce que sa fille allait avoir huit ans ?

— J'ai fait le calcul, dit-il d'une voix pleine de rage. Bon sang, pourquoi m'as-tu caché qu'Erin était ma fille ?

Skye eut l'impression que la pièce vacillait. S'ils avaient été en Californie, elle aurait juré que c'était le séisme du siècle. Incrédule, elle dévisagea Mitch, l'estomac noué.

— Ne joue pas les étonnées, lui dit-il. Je me rappelle fort bien la dernière fois où nous avons couché ensemble. C'était le soir où je t'ai demandée en mariage.

— Je m'en souviens, murmura Skye.

Elle se souvenait de chaque instant de cette merveilleuse soirée.

Il plissa les yeux.

— Ose prétendre qu'elle n'est pas de moi.

— Elle n'est pas de toi.

Le masque de Mitch se fissura, trahissant sa confusion. Mais il se reprit.

— Je ne te crois pas. Soit c'est ma fille, soit tu n'es qu'une putain.

Skye tressaillit sous l'insulte. Ce dernier mot lui avait fait l'effet d'une gifle.

— Si Erin est l'enfant de Ray, c'est que tu as sauté dans le lit de ce vieillard dès votre premier rendez-vous, insista Mitch.

Il esquissa un sourire cruel.

— Remarque, ça ne m'étonne pas. Il semble en effet que tu n'aies pas besoin de préliminaires. De l'herbe, du soleil et un gars de bonne volonté te suffisent.

Comme Skye levait la main pour le gifler, il lui saisit le poignet et le serra brutalement.

— Dis-moi, murmura-t-il. Comment c'était au lit avec ce vieillard ?

Skye sentit les larmes brûler ses yeux. S'arrachant à l'étreinte de ses doigts sur son poignet, elle recula d'un pas, la gorge serrée.

Elle n'avait pas couché avec Ray dès leur première rencontre. Ils avaient attendu le troisième rendez-vous. C'était elle qui avait voulu coucher avec lui pour savoir si elle en était capable. Elle avait pleuré pendant leur étreinte et il l'avait bercée dans ses bras en lui disant qu'il ne voulait pas la rendre malheureuse et que si l'idée de coucher avec lui la dégoûtait, il comprendrait et n'insisterait pas. Il s'était montré si attentionné et compréhensif qu'elle avait été tentée de lui avouer qu'elle n'aimerait jamais personne d'autre que Mitch. Mais c'était sans compter Jed. Devinant ses hésitations, il l'avait prise à part et l'avait menacée. Si elle repoussait son ami Ray, il la considérerait comme morte et il ferait en sorte de ruiner Mitch.

Skye l'avait cru, mais elle ne pouvait imaginer la vie sans Mitch. Les menaces ne changeaient rien à leur amour. Elle était sur le point de désobéir à son père quand les circonstances avaient finalement décidé de son destin. Elle était enceinte de Ray.

Prenant une inspiration, elle essuya ses larmes du revers de la main et regarda Mitch droit dans les yeux.

— Erin n'est pas de toi, dit-elle clairement.

— Je ne te crois pas. J'exige un test ADN et je n'hésiterai pas à te traîner en justice si tu refuses.

Au fond d'elle-même, Skye comprenait sa réaction. Compte tenu de leur histoire et de la chronologie des événements, il était normal qu'il puisse penser qu'Erin était sa fille. Elle-même l'avait d'ailleurs secrètement espéré.

Quoi qu'il en soit, le raisonnement de Mitch était simple. Erin était sa fille ou bien la femme qu'il aimait l'avait trompé avec un autre, dès le lendemain de sa demande en mariage.

Skye songea un instant à lui expliquer qu'Erin portait au bas du dos une tache de naissance caractéristique, héritée du côté de Ray. Mais elle doutait que Mitch veuille l'écouter.

— Je suis d'accord pour le test ADN à condition que tu n'en parles pas à Erin, dit-elle calmement. Je ne veux pas qu'elle s'inquiète.

— Tu n'es pas en position de dicter tes conditions.

Skye redressa le menton.

— Erin n'est qu'une enfant. Elle ne mérite pas de se retrouver au milieu de cette histoire. Et si tu crois sincèrement qu'elle est ta fille, tu ne veux certainement pas la bouleverser ou lui faire de la peine. Alors, avant de lui parler de quoi que ce soit, attendons les résultats du test.

Mitch la dévisagea. Son regard sombre restait inflexible.

— D'accord. J'appellerai le labo d'analyses pour organiser le prélèvement.

Sur ce, il tourna les talons et quitta la pièce.

Skye le regarda s'éloigner. Il marchait lentement, mais d'un pas assuré. Si elle n'avait pas su, elle n'aurait jamais deviné qu'il avait été blessé à la guerre.

Une fois seule, elle renversa la tête contre le dossier de son siège et ferma les yeux.

Comment Mitch pouvait-il la croire capable de lui cacher son enfant ? S'il la connaissait encore un tant soit peu, il aurait dû savoir qu'elle n'aurait jamais fait une chose pareille.

Mais de toute évidence, elle aussi était devenue une inconnue pour lui, conclut-elle tristement. Il ne voyait que le mal en elle. Quand il apprendrait la vérité sur Erin, il saurait qu'elle n'avait pas menti, mais Skye avait le sentiment que ça n'arrangerait rien…

Mitch se tenait debout au milieu de l'écurie. L'odeur des chevaux et du foin était la même que dans son souvenir, pourtant il avait l'impression d'être un parfait étranger. C'était comme si cet endroit, autrefois si familier, ne servait désormais qu'à lui rappeler toutes les choses qu'il ne pourrait *plus* jamais faire.

Monter à cheval, par exemple. Il pourrait toujours utiliser le montoir pour se hisser en selle, mais une fois sur le cheval, il lui serait difficile de tenir en équilibre avec une seule jambe valide. Et puis surtout, il était impossible de diriger une monture avec le talon droit uniquement.

Frustré, il poussa un soupir. Il en serait probablement réduit à faire le tour de ses terres au volant d'une camionnette comme un vieillard.

— J'ai quelque chose pour toi.

Mitch se retourna. Arturo s'avançait vers lui, en tenant par la bride un cheval bai.

Surpris, Mitch recula d'un pas et faillit tomber dans la

paille quand le talon de sa prothèse se prit dans une latte du plancher.

— Voici Bullet, déclara Arturo en caressant les naseaux de l'animal. Je l'ai habitué à être monté et dirigé uniquement du côté droit. Il est vigoureux et rapide. Il a aussi du caractère. Je me suis dit que vous auriez au moins ça de commun.

Mitch serra les poings.

— Je n'ai pas besoin de cheval.

— Peut-être, mais je te l'offre, répliqua Arturo sans se départir de son calme. De toute façon, c'est avec ton argent que je l'ai acheté.

La repartie du vieil homme aurait dû le faire sourire, mais Mitch n'était pas d'humeur à plaisanter. Il détestait tout — le ranch, les poulets, les bœufs bio. Il détestait voir chaque soir la chaussette imbibée de sang. Il détestait les cauchemars qui le tenaient éveillé toutes les nuits. Il détestait cette vie où plus rien n'allait comme il voulait.

— Tu meurs d'envie de remonter à cheval, insista gentiment Arturo. Je le sais.

— Fiche-moi la paix !

Visiblement blessé, le vieil homme dévisagea celui qu'il considérait comme un fils.

— Très bien, dit-il.

Puis, laissant tomber les rênes, il sortit, le laissant seul avec le cheval.

Mitch resta immobile, comme figé sur place. Il se faisait l'effet d'une véritable ordure. Arturo essayait simplement de l'aider et voilà le résultat…

Entendant un bruit de pas, il crut qu'Arturo était revenu. Mais quand il tourna les yeux vers l'entrée de l'écurie, il comprit qu'il s'était mépris.

— Tu es encore plus méchant que je ne le croyais, déclara Skye en s'avançant. On dirait que ça te plaît de faire souffrir ceux qui t'aiment.

Mitch serra les poings. Elle était la dernière personne qu'il voulait voir. Pire, elle venait d'être témoin d'une part de lui-même qu'il avait du mal à maîtriser. Une part d'ombre qu'il haïssait.

— Arturo t'adore, insista-t-elle. Il essaie de te le montrer.

Calmement, elle flatta l'encolure de l'animal.

— Qu'y a-t-il de mal à cela, Mitch ? Pourquoi t'en prendre à Arturo ?

— Ne t'en fais pas pour lui. Il est capable de se défendre.

— Tu es toute sa famille. Il ne devrait pas avoir à se défendre contre toi.

Excédé par le regard vert qui le jugeait, Mitch laissa libre cours à son amertume et à sa rancœur.

— Sors d'ici !

Skye le regarda un instant fixement, et s'approcha pour se planter délibérément sous son nez.

— Tu vas me sauter dessus ? dit-elle en le défiant du regard. Tu veux me frapper peut-être ? On dirait que tu as besoin de passer tes nerfs sur quelqu'un. Pourquoi pas sur moi ? Je le mérite, non ?

— Tu as pris goût aux rapports sadomaso, ces derniers temps ? ricana Mitch.

Skye rougit, mais ne baissa pas les yeux.

— Je sais que tu as vécu des choses pas faciles, Mitch. Mais tu es revenu chez toi. C'est déjà quelque chose. Et tu es entouré de gens qui sont heureux de t'avoir retrouvé. C'est encore plus important. Alors, ce que j'aimerais savoir, c'est si ta séance d'auto-apitoiement va durer encore longtemps.

Piqué au vif, Mitch lui décocha un regard assassin.

— Facile de critiquer les autres quand on a la vie douce, Skye. On échange ? Donne-moi un bras ou une jambe, après, on en reparle.

— Pauvre type, répliqua Skye, méprisante.

— Ça suffit ! explosa Mitch.

Sa voix était rauque. Ses yeux reflétaient le conflit qui faisait rage en lui. Il avait envie de la briser. Il avait envie de la posséder jusqu'à ce qu'elle demande grâce. Il la voulait nue et vulnérable dans ses bras.

Elle le regarda un long moment droit dans les yeux comme pour le défier de faire ce à quoi il pensait.

— J'étais venue te dire qu'Erin a fait le test ADN, dit-elle enfin. Nous en aurons bientôt terminé avec cette histoire.

— Erin est ma fille. Et nous ne faisons que commencer. Je passe mes nuits à imaginer la façon dont je vais te faire payer ce que tu m'as fait.

Skye secoua la tête. Il y avait une tristesse indicible dans son beau regard vert.

— Si le simple fait de me détester peut te redonner des forces, alors vas-y, continue. Mais je te préviens, ne va pas t'imaginer que tu as gagné. Erin n'est pas ta fille, Mitch. C'est ainsi. Et si ça peut te soulager de me traiter de putain, ne te prive pas ! Mais souviens-toi d'une chose. Cette petite fille te prend pour un héros. Alors, si tu la déçois, c'est moi qui te ferai regretter d'être encore de ce monde.

— Tu crois que tu pourrais ? ricana Mitch.

— Absolument. Au point où tu en es, tu te fiches de vivre ou de mourir. En revanche, moi, j'ai une bonne raison de me battre. Ma fille.

Sur ce, elle lui tourna le dos.

Mitch la regarda partir, exaspéré et admiratif malgré lui. Elle avait du cran. Mais il n'y aurait qu'un seul gagnant à ce petit jeu. Et le gagnant, ce serait lui.

Chapitre 4

L'aérodrome privé accueillait les riches et les audacieux. Deux qualificatifs qui seyaient comme un gant à T.J. Boone, songea Izzy en s'avançant vers lui.

Il l'avait appelée la veille pour lui proposer un saut en chute libre. Elle avait accepté histoire de voir jusqu'où il était prêt à aller.

Mais comme il lui adressait un sourire éblouissant, elle se demanda si c'était vraiment là sa seule motivation. Peut-être était-elle tout simplement attirée par T.J. C'était un gars séduisant aussi bien sur le papier — en terme de capital — qu'en chair et en os. Ce qui était habituellement plus que suffisant pour Izzy. Ce gars-là avait cependant quelque chose d'inquiétant. Quelque chose qui soufflait à Izzy qu'il pourrait bien se payer sa tête ainsi que celle de Skye.

Elle était donc ici pour découvrir qui il était réellement et ce qu'il cherchait. Elle voulait aussi se prouver qu'elle avait raison de ne pas lui faire confiance. Et puis, bien sûr, elle tenait à protéger sa sœur, même si celle-ci ne la croyait pas.

T.J. descendit de sa BMW et s'avança vers elle.

— J'espère que vous n'avez pas peur ? dit-il avec un sourire suffisant.

Izzy jeta un coup d'œil désinvolte au petit avion qui allait les emmener haut dans le ciel, avant qu'ils ne sautent pour rejoindre la terre.

— Ce n'est pas mon premier saut en chute libre. Le plus dangereux, c'est l'atterrissage.

Puis tournant la tête de nouveau vers lui, elle plongea dans ses yeux bleus.

— C'est quoi le but au juste ? Vous voulez jouer « à celui qui se dégonflera le premier » ? Parce qu'à ce petit jeu-là, autant vous prévenir tout de suite : vous ne gagnerez pas. J'excelle dans les sports extrêmes.

— Attendez de me voir à l'œuvre, répliqua T.J. avec toujours ce même petit sourire exaspérant.

— Et après ? Je parie que vous essayez de me comparer avec Skye, histoire de faire votre choix. Mais si vous croyez que Jed se moque que vous épousiez l'une ou l'autre de ses filles du moment que vous en épousez une, vous faites erreur.

— Quel cynisme ! répliqua T.J., sans se départir de son sourire.

— Je connais mon père. S'il a décidé que vous épouseriez Skye, vous épouserez Skye. Il a des idées bien arrêtées.

— Moi aussi. C'est ce qui rend la vie intéressante, non ?

Sans attendre la réponse, T.J. désigna du menton l'avion qui les attendait.

— Allez, venez ! Je vous sens bouillonner d'impatience.

Il avait raison. Izzy mourait d'envie de sauter, d'entendre l'air rugir à ses oreilles et le bruit des battements de son cœur pendant ces quelques minutes où elle avait l'impression de voler librement en dehors du temps.

Ils s'avancèrent vers le bureau de l'aérodrome et signèrent les papiers nécessaires, avant de s'équiper.

Izzy s'était presque attendue à ce que T.J. la suive dans le vestiaire, mais il la laissa seule. Dix minutes plus tard, ils étaient installés dans l'avion.

— Vous faites ça souvent ? demanda-t-elle par-dessus le grondement du moteur.

Ils se parlaient par l'intermédiaire d'un microphone et portaient des écouteurs afin de pouvoir s'entendre et échanger avec le pilote.

— Quand j'en ai l'occasion. J'aime la sensation de vitesse. Et vous ?

— J'adore.

— J'ai entendu dire qu'il y avait beaucoup de choses que vous adoriez. Escalade, plongée.

— Baignade au milieu des requins, rafting. Vous voulez voir mes cicatrices ?

T.J. ne releva pas. Sans la quitter des yeux, il observa simplement :

— Vous allez devoir me faire confiance.

— Pourquoi ? Ce n'est pas vous qui avez préparé mon parachute. Je ne sais toujours pas quel jeu vous jouez, mais je finirai bien par le découvrir. Et je répète ce que je vous ai déjà dit. Si vous faites du mal à ma sœur, vous vous en repentirez.

— Vous pensez vraiment que vous pourriez avoir le dessus sur moi ?

— N'oubliez pas, je suis une Tristan. J'ai de l'argent et des appuis.

T.J. éclata de rire.

— Vous ne me faites pas peur.

— Comme disait Maître Yoda, « peur tu auras ».

L'avion décolla et s'élança dans le ciel bleu azur. Izzy avait parcouru le monde entier, mais nulle part ailleurs, le ciel n'avait cette couleur bleue propre au Texas.

— Je vous aime bien, déclara brusquement T.J.

Izzy le dévisagea.

— Menteur. Vous ne me connaissez pas. Au fait, vous sortez avec ma sœur ?

— Non.

Elle n'avait pas posé la bonne question.

— Avez-vous *prévu* de sortir avec ma sœur ?

Il hésita à peine.

— Oui.

— Que la meilleure gagne, c'est ça ?

T.J. haussa les épaules.

— Comme vous dites, je ne vous connais pas. Du moins, pas encore. Ni l'une ni l'autre.

— Vous allez donc voir laquelle de nous deux vous préférez ?

— J'ai déjà ma petite idée.

Izzy supposa que la balance penchait forcément en faveur de sa sœur. La belle affaire ! En dépit de sa réussite avec la fondation et du fait qu'elle soit une mère formidable, Skye était parfaitement inexpérimentée dès qu'il s'agissait de sortir avec un homme. Elle n'imaginait pas ce dont les gars comme T.J. étaient capables pour arriver à leurs fins. Et de toute évidence, elle ne voulait pas des conseils de sa sœur cadette sur le sujet. Sauf si elle lui apportait la preuve du côté opportuniste de Boone.

Il y avait cependant un problème de taille. Izzy ne détestait pas T.J. Boone. Simplement, elle ne lui faisait pas confiance. Ce qui la laissait perplexe. Elle allait devoir se livrer à une séance d'introspection et se demander si elle agissait ainsi pour protéger sa sœur ou pour lui piquer un beau gars.

Izzy détestait les séances d'introspection au moins autant qu'elle détestait rester assise sans rien faire. Heureusement, l'avion venait d'atteindre la bonne altitude.

T.J. se leva. Izzy en fit autant. Ils enfilèrent leur parachute et ôtèrent leurs écouteurs.

— Vous êtes vraiment chiche de sauter ? hurla T.J.

— Bien sûr ! hurla à son tour Izzy, avant de l'écarter d'un coup de coude pour s'avancer vers la trappe ouverte sur le vide et sauter.

Immédiatement, la sensation de plonger vers la terre l'électrisa. La vitesse était telle qu'elle avait du mal à respirer, mais ça ne l'effrayait pas. Il n'y avait plus qu'elle, le ciel et les forces invisibles de la gravité qui l'entraînaient toujours plus bas.

Tournoyant dans les airs, Izzy éclata de rire, laissant libre cours à sa joie, ravie d'être exactement là où elle rêvait d'être. En cet instant, elle se moquait de T.J., de ses motivations et de tout le reste. Ecartant les bras, elle virevolta, savourant la montrée d'adrénaline et la sensation d'apesanteur.

Quelques secondes après, elle ouvrait à regret son parachute pour atterrir sur le terrain prévu à cet effet. Comme le sol se précipitait vers elle, elle fléchit les genoux pour amortir le choc et roula dans l'herbe.

T.J. atterrit une dizaine de mètres plus loin. Il se débarrassa de son parachute en riant et s'avança vers elle. Puis, sans façon, il la prit par le bras pour la faire pivoter face à lui et l'embrasser à pleine bouche.

— Rien ne vaut les sensations de la chute libre ! s'exclama-t-il en la relâchant.

Figée sur place, Izzy essayait d'évaluer sa réaction au baiser de T.J. Boone — un baiser rapide, mais renversant. Elle aurait volontiers renouvelé l'expérience.

— Il existe d'autres moyens d'éprouver des sensations fortes, rétorqua-t-elle. Sinon, c'est que vous ne savez pas vous y prendre avec les femmes.

La réplique avait jailli, provocante. Izzy avait l'habitude de flirter avec les hommes et prenait souvent avantage de la situation parce que c'était amusant. Elle ne s'engageait jamais vraiment, si bien qu'elle n'avait pas à se soucier de faire de la peine à un quelconque petit ami. La vie était trop courte pour se créer des obligations.

— Serait-ce un défi ? demanda T.J., avec un sourire canaille.

— Ça dépend de vous.

T.J. ne répondit pas. Sans la lâcher des yeux, il la prit par les épaules et l'attira contre lui. Elle était beaucoup plus petite que lui, si bien qu'il devait se pencher pour l'embrasser.

Elle s'agrippa à son tour à ses épaules, autant pour goûter sa force que pour ne pas tomber.

Mais bien que ce baiser fût aussi agréable que le précédent, Izzy n'était pas suffisamment détachée émotionnellement parlant pour profiter de l'instant. Elle ne cessait de penser à sa sœur et à T.J., à ce qu'il était et à quel point elle le connaissait trop peu pour lui faire confiance.

Il lui mordilla la lèvre inférieure. Elle le mordilla à son tour, mais assez fort pour le faire reculer.

— Eh, vous me faites mal !

— Ce n'était qu'un petit avertissement. Je donne autant que je reçois. Souvenez-vous-en quand vous inviterez Skye à dîner.

— Pas de baiser ?

— Je me fiche que vous l'embrassiez ou non. Pourvu que vous ne lui fassiez pas de peine.

Du bout des doigts, T.J. effleura sa joue.

— Et vous, Izzy… On vous a déjà fait de la peine ?

Elle sourit. Avoir de la peine ? Pour cela, il faudrait qu'elle ait donné son cœur. Ce qui n'était pas près d'arriver.

— Je sais me défendre.

— Mais un jour, vous pourriez avoir besoin de quelqu'un qui prenne soin de vous.

Le sourire se transforma en un éclat de rire.

— Vous êtes volontaire ? Très bien. Essayez de faire passer le message à mon père et vous verrez le résultat. Il vous rira au nez.

Sur ce, Izzy dégrafa son parachute et s'avança vers la camionnette qui les attendait. Après avoir retiré sa combinaison de vol et rendu l'équipement, elle regagna sa voiture.

T.J. Boone demeurait un mystère. Son intuition lui criait que sa sœur était en danger, mais comme Skye n'était pas d'humeur à écouter ses conseils, elle ferait sans doute mieux de rester en dehors de cette histoire. Après tout, Skye était une grande fille. Sauf qu'il n'était pas question de la laisser sauter à pieds joints dans un piège. Skye était sa sœur et elle devait à tout prix la protéger, même contre sa volonté. Ce qui signifiait qu'Izzy ne pouvait faire autrement que d'approfondir son enquête sur T.J. Boone.

— Vous êtes nouveau, déclara Mitch, en dévisageant le kinésithérapeute qui l'avait reçu. Je ne veux pas d'un nouveau.

Il ne voulait pas non plus perdre son temps dans un centre de rééducation physique. Il n'avait malheureusement pas le choix, l'obtention d'une prothèse définitive exigeant des consultations régulières avec un kinésithérapeute.

Mitch ne récupérait pas aussi vite qu'il aurait dû et il savait pourquoi. Il ne faisait pas ce qu'il fallait. Non content de s'en fiche, il ne se souvenait pas de la moitié des exercices que le précédent kiné lui avait conseillés.

— Nuance, je ne suis pas nouveau, lui répondit son interlocuteur. Simplement, nous n'avons pas encore eu l'occasion de faire connaissance. Je m'appelle Joss.

Le dénommé Joss était un colosse tout en muscles, au crâne lisse comme une boule de billard, avec des yeux bleus perçants et d'impressionnants tatouages sur les bras.

— Mitch Cassidy.

— Je sais qui tu es. Ton dossier est intéressant.

— Qu'a-t-il donc de si intéressant ?

Joss esquissa un sourire narquois.

— Il semblerait que tu sois un emmerdeur de première. C'est la raison pour laquelle c'est moi qui te reçois aujourd'hui. Je me charge des cas difficiles. Si tu t'étais montré plus coopératif, tu aurais peut-être eu la chance de te faire peloter par une jolie fille. Mais comme tu sèches les consultations et que tu ne fais pas ce qu'il faut, me voilà ! Alors, bienvenue.

Refusant de se laisser impressionner, Mitch répliqua :

— Je suis occupé. Je ne peux pas venir deux fois par semaine.

Joss lui fit signe de le suivre dans la salle de thérapie. Le long des murs, s'alignaient tout un tas d'appareils barbares. Au centre, l'espace permettait aux patients de s'entraîner à marcher entre deux rampes. Mitch se souvenait parfaitement de ses premiers pas hésitants, dans cette même pièce. Il avait alors éprouvé tout à la fois le soulagement d'être encore capable de se déplacer et la colère d'avoir perdu sa jambe.

Six hommes et une femme travaillaient sur les différents appareils sous l'œil vigilant des thérapeutes. Tous transpiraient et grimaçaient, l'air déterminé. Comme s'ils espéraient que la rééducation allait changer quelque chose.

— Tu viens quand je te le dis, sinon tu n'auras pas ta prothèse définitive, déclara tranquillement Joss. Et si tu me casses les pieds, je te confisquerai celle que tu as.

— J'étais dans les Marines. Vous pensez vraiment pouvoir me l'enlever de force ?

— Les Marines, répéta Joss, l'air songeur. Mais ici, c'est toi l'estropié. Pas moi. Suis-moi en salle d'examen que je t'examine.

Mitch eut une seconde d'hésitation. Aussitôt, Joss plissa les yeux.

— Il est dans un sale état, c'est ça ? S'il saigne, je te jure que ça va barder pour ton matricule. Tu n'as donc pas compris ? Si tu veux remarcher normalement un jour, si tu ne veux pas passer ta vie dans un centre comme celui-ci, si tu veux pouvoir tenir debout plus de dix minutes, tu as intérêt à faire ce que je te dis !

Furax, vexé, Mitch lui tourna le dos et se dirigea vers la sortie. Il n'avait pas besoin de ça. Il n'avait besoin de rien ni de personne. Il se débrouillait très bien tout seul. Et si ce sadique ne lui donnait pas sa prothèse permanente, il trouverait quelqu'un d'autre pour la lui procurer.

— Pete a risqué sa peau pour sauver la tienne. Tu crois que c'est pour que tu puisses te comporter comme tu le fais en ce moment ?

Joss avait parlé sans élever la voix. Les autres occupants de la salle n'avaient rien entendu. Seul Mitch avait entendu ses paroles. Des paroles qui lui firent l'effet d'un coup de poignard en plein cœur.

Pete était son ami. Son meilleur ami. Ils avaient suivi l'entraînement des commandos ensemble, ils avaient été affectés dans la même équipe. Mitch avait été témoin de l'amour que Pete portait à sa jeune épouse et de sa joie quand il avait appris qu'il allait être père. De son côté, Pete savait pour Skye et pour toutes les nuits blanches que Mitch avait passées la première année, incapable de croire qu'elle l'avait quitté pour de bon.

Pete qui n'avait pas hésité à affronter les tirs ennemis pour traîner Mitch en sécurité. Pete qui avait risqué sa vie pour lui…

Mitch s'immobilisa. Joss avait prononcé les seules paroles susceptibles de le faire rester. Ravalant sa fierté, il lui fit face.

— Il saigne. Pas au niveau de la cicatrice, mais à l'endroit où le manchon de la prothèse frotte.

— Combien d'heures portes-tu ta prothèse chaque jour ? questionna Joss, avant de soupirer. Posons la question autrement. Es-tu bête au point de ne pas laisser reposer ta jambe pendant la journée ?

— Apparemment, oui, marmonna Mitch.

— Le reconnaître, c'est déjà ça, commenta Joss. Laisse-moi jeter un œil.

Sans un mot, Mitch le suivit dans la salle de consultation.

Il s'assit sur la table d'examen, retroussa sa jambe de pantalon et retira sa prothèse et la chaussette.

— Tu es censé faire des massages au moins deux fois par jour, expliqua Joss en s'installant sur le tabouret et en orientant la lampe. Tu le fais ?

— De temps en temps.

Joss lui jeta un coup d'œil.

— Non content de ne pas reposer ta jambe, je parie que tu ne dors pas assez et que tu ne manges pas suffisamment.

Il palpa.

— Je te fais mal ?

Mitch serra les dents, tandis que la douleur irradiait dans tout son corps.

— Un peu.

— Des douleurs fantômes ?

— Parfois.

— Tu travailles tes centres d'énergie ?

Mitch se retint pour ne pas lever les yeux au ciel.

— C'est de la foutaise.

Joss redressa la tête.

— Bien sûr. L'idée que le corps réponde à des stimuli énergétiques n'est qu'une vaste fumisterie. Oublions que notre cerveau envoie des signaux électriques. Si on ne peut pas les voir ou les toucher, ils n'existent pas. Réflexion typique du crétin qui ne veut pas comprendre.

Sur ce, il se leva et croisa les bras sur sa poitrine.

— Que les choses soient bien claires, Cassidy. Si tu tiens vraiment à t'en sortir, tu vas devoir faire de gros efforts. Je veux te voir ici une fois par semaine. Ce n'est pas trop demander, non ? En tout cas, tu as le marché en main. Il est évident que tu es toujours dans la phase de colère. Peut-être même encore dans le déni. Pourquoi moi ? Qu'est-ce que j'ai fait pour mériter ça ? Comment retrouver ma vie d'autrefois ? Alors, je vais te donner un tuyau. Ne te complique pas la vie, cesse de te poser des questions et fonce. Tu n'es pas le premier gars à qui ça arrive et ceux qui ont suivi mon conseil s'en sont sortis.

Si Mitch avait pu se sauver, il l'aurait fait. Mais privé de sa prothèse, il ne put que détourner la tête.

— Il faut te masser régulièrement, reprit Joss. Pour faire circuler le sang et l'énergie. Suis les instructions qui t'ont été données. Et je te conseille vivement de participer aux séances de thérapie de groupe.

Mitch cessa d'écouter. Des séances de groupe. Formidable ! Naturellement, il ne demandait rien de mieux que de s'asseoir en cercle avec une bande d'inconnus pour s'épancher sur ses problèmes. Le genre de truc qu'il ne ferait même pas avec des gens qu'il connaissait.

— Je vais être en retard, dit-il. On ne pourrait pas abréger ?

Il tourna de nouveau les yeux vers Joss qui le surprit en haussant les épaules.

— Comme tu veux.

Mitch s'était attendu à ce qu'il insiste pour qu'il suive une séance de rééducation.

— C'est tout ?

— Qu'est-ce que tu crois, Cassidy ? Je ne vais pas te supplier. Il y a plein de gars qui attendent mon aide. Un jour, tu feras comme eux.

— Ça m'étonnerait.

Joss lui sourit.

— Tu as encore de durs moments devant toi, vieux. Et quand tu comprendras que tu ne peux pas t'en sortir seul, reviens me voir. Je serai là. Mais pour l'instant, je ne vais pas perdre mon temps avec un idiot.

Il lui rendit sa prothèse.

— Bonne chance.

Puis il partit, abandonnant Mitch dans la salle d'examen, qui se sentit cette fois comme un idiot.

Luttant contre la rage qui le consumait, Mitch retourna à Tristanville. Il était conscient que ça ne servait à rien, mais la colère lui semblait le seul sentiment qu'il pouvait se permettre sans prendre de risque.

Il s'était attendu à ressortir épuisé de sa séance de rééducation avec Joss, mais ce dernier avait laissé tomber. Il ne lui avait même pas proposé un seul exercice.

Là encore, au fond de lui-même, Mitch était conscient qu'il était seul fautif et que la rééducation était indispensable pour s'adapter à sa prothèse. Mais voilà, il ne voulait pas de ces exercices barbares et fastidieux de kinésithérapie. Il ne voulait pas pratiquer les soins quotidiens sur ce bout de jambe qu'on lui avait laissé et qui le rendait malade. Il ne voulait pas assister à ces séances de thérapie de groupe. Il ne voulait rien de tout cela. Ce qu'il voulait, c'était ce qu'il avait perdu.

Il traversa la ville. Comme il s'arrêtait à un feu rouge, il aperçut Skye qui entrait chez Bronco Billy's. Sous le coup de l'impulsion, sans trop savoir pourquoi, Mitch se gara et la suivit.

Il y avait près de dix ans qu'il n'avait pas franchi le seuil du snack-bar. Pourtant, rien n'avait changé. L'écran de télévision diffusait toujours les mêmes aventures de l'inspecteur Harry — le son était coupé, mais les habitués du Bronco Billy's connaissaient les dialogues par cœur — et les murs étaient couverts de posters à la gloire de Clint Eastwood.

Assise à une table, Skye étudiait la carte. Avant qu'elle n'ait eu le temps de réaliser qu'il était là, Mitch s'approcha et tira une chaise.

— Je peux me joindre à toi ? demanda-t-il en s'asseyant face à elle, sans attendre sa réponse. Je te dérange peut-être.

Il l'espérait en tout cas. Il espérait que ça l'embêtait et qu'elle allait s'en prendre à lui. Parce que là, tout de suite, il en voulait à la terre entière et il avait envie d'en découdre avec le premier venu. Surtout avec Skye…

— Tu ne me déranges absolument pas, répondit-elle.

Puis, comme si elle avait lu en lui à livre ouvert, elle ajouta :

— Je parie que tu es déçu. Tu espérais sans doute que ça m'ennuierait. Eh bien, c'est raté ! J'ai eu une journée difficile et ta compagnie me distraira de mes soucis. Ça ne t'enchante pas, j'imagine. Tu ne veux peut-être plus rester ?

L'arrivée du serveur dispensa Mitch de répondre.

— Qu'est-ce que vous prendrez ?

— Un milk-shake à la fraise, répondit Skye.

— Deux, ajouta Mitch.

Skye fronça le nez.

— Tu ne veux vraiment pas changer de table ?

— Pas vraiment, non.

Mitch était toujours furieux contre elle. Skye le sentait. Il cherchait la bagarre et il pensait qu'il l'aurait plus facilement en restant assis à sa table. Certes, sa présence l'embêtait, mais pas de la façon dont il le croyait. En fait, ce qui embêtait Skye, c'était sa propre réaction en le revoyant. En dépit de celui qu'il était devenu, elle était heureuse de le retrouver.

Dissimulé derrière le salaud qu'il prétendait être, il y avait le garçon qui l'avait aimée sans réserve, celui qui avait été le centre de son monde et qu'elle avait écarté de sa vie. Et après toutes ces années, elle ne pouvait s'empêcher de se demander *et si… ?*

C'était compliqué parce qu'elle était certaine d'avoir pris la bonne décision… même si c'était pour de mauvaises raisons.

— Nous devrions essayer de parler, histoire d'apprendre à mieux nous connaître, déclara Mitch brusquement.

— Pourquoi ? Tu me détestes.

— Je ne te déteste pas.

Skye réussit à esquisser un sourire ironique.

— Touchant, mais pas très convaincant.

— Ecoute, Skye. Nous avons un enfant et que ça nous plaise ou non, nous sommes liés l'un à l'autre.

Skye réprima un soupir. Mitch n'était pas le père d'Erin. Elle en était certaine, mais il ne voulait rien entendre. Peut-être avait-il tout simplement *besoin* d'y croire. Et si c'était le cas, elle appréhendait sa réaction quand il découvrirait la vérité.

— Je ne tiens pas à discuter de ça maintenant, dit-elle.

— Alors, parlons d'autre chose. Tu es très élégante.

Skye baissa les yeux sur son tailleur noir.

— J'avais une réunion urgente du conseil d'administration, ce matin. Je me suis rendu compte que l'habit était utile pour avoir l'air d'une femme de tête. Je fais semblant bien sûr, mais personne ne semble s'en apercevoir.

Mitch fronça les sourcils.

— Tu fais partie d'un conseil d'administration ?

— Je dirige une fondation qui se bat pour les enfants qui souffrent de la faim dans ce pays. Je l'ai créée, il y a six ans, avec l'argent hérité de ma mère. Nous avons grossi et nous assurons aujourd'hui les repas de plus d'un million d'enfants par jour.

Se renversant contre son siège, Skye jeta un regard de défi à Mitch.

— Et maintenant, vas-y, moque-toi ! Moque-toi de la garce fortunée qui s'amuse à sauver le monde.

— Pourquoi faudrait-il que je me moque ? C'est très bien ce que tu fais. Aucun gamin ne devrait connaître la faim.

Skye ouvrit la bouche, puis la referma.

Le serveur arriva avec leurs milk-shakes. Skye prit une gorgée et laissa la crème glisser le long de sa gorge et le sucre se ruer dans ses veines.

— Ça va mieux? s'enquit Mitch.

— Un peu.

— Qu'a fait Izzy de son héritage? Je ne l'imagine pas à la tête d'une quelconque association.

— En effet, ce n'est pas son genre.

Skye hésita avant de préciser :

— Notre mère ne l'avait pas couchée sur son testament. Je ne sais pas pourquoi. Sans doute n'avait-elle pas pensé à le modifier à la naissance d'Izzy.

A la mort de leur mère, Skye avait ainsi hérité de la totalité de sa fortune.

— J'ai remis la moitié du capital à Izzy sous forme d'un fonds en fidéicommis qu'elle pourra toucher le jour de ses trente ans.

— Mais toi, tu n'as pas trente ans et tu as déjà touché ta part, observa Mitch.

— J'ai toujours été quelqu'un de très raisonnable.

— Ta sœur doit t'en vouloir à mort.

Skye ne put s'empêcher de penser à leur récente prise de bec à propos de T.J. Boone.

— Izzy est terriblement impulsive et imprévisible. Le but n'est pas de la priver de son argent, mais de mettre celui-ci en sûreté.

— Elle le voit de cette façon?

— Au début, non. Mais maintenant, oui. Elle sait que je fais au mieux de ses intérêts.

— Bien sûr, du moment que tu contrôles la situation.

Mitch avait retrouvé son ton caustique. Blessée, Skye s'efforça de ne pas le montrer et choisit de changer de sujet.

— Tu te plaisais chez les Marines? Sauver le monde avec un cure-dent doit représenter un sacré défi.

Mitch fronça les sourcils, l'air confus.

— Quoi?

— Il paraît que vous suivez des entraînements spéciaux,

du style comment éliminer l'ennemi avec un cure-dent, par exemple.

Mitch eut un sourire amusé. Un véritable sourire pour la première fois depuis son retour.

— Je n'avais pas choisi cette option, mais j'ai appris pas mal d'autres choses. Quoi qu'il en soit, je ne regrette rien de ces années passées dans l'armée.

— Erin te voit comme un héros, capable à lui seul de sauver le monde.

— Fidela parle trop.

— C'est normal. Elle t'adore et elle est fière de toi.

Mitch eut l'air soudain mal à l'aise. Tant mieux, se réjouit Skye. A son tour d'être sur la sellette.

— Alors, quel effet ça fait d'être de retour ?

— Bizarre. Arturo a effectué pas mal de changements auxquels je ne m'attendais pas.

— Tu veux parler du bœuf bio et des poulets élevés en plein air ?

— Maudites volailles ! grommela Mitch.

Skye se mordit les joues pour ne pas rire.

— Tes ancêtres doivent se retourner dans leurs tombes.

— Tu parles d'une honte ! Je sais bien que ces volatiles rapportent pas mal d'argent, mais tout de même... des poulets ! Et ce n'est pas tout. Il y a un dossier pour chaque tête de bétail, de sa conception jusqu'à son dernier souffle. Et si par malheur, la pauvre bête a besoin d'antibiotiques pour soigner une infection quelconque, alors elle perd son statut bio. Elle n'est plus bonne à rien, on la retire du troupeau. Complètement dingue !

— Bienvenue sur la planète bio.

— J'ai prévenu Fidela que si je trouvais du tofu ou du lait de soja dans le réfrigérateur, je la jetais dehors.

Skye éclata de rire.

— Un vieux cow-boy réac, voilà ce que tu es !

— Très drôle.

Comme par enchantement, ils venaient de retrouver leur complicité d'autrefois. Leurs regards s'enchaînèrent. Et soudain, ce fut comme si la salle autour d'eux disparaissait pour les laisser seuls. Rien d'autre n'existait que le regard noir de Mitch. Skye sentait battre son cœur si fort qu'elle songea qu'il pourrait jaillir de sa poitrine pour s'écraser sur la table. L'image suffit à rompre le charme. Elle détourna les yeux.

— Alors, comme ça… hum… tu te réhabitues à la vie sur le ranch, dit-elle, soudain gênée. Tu serais revenu si tu n'avais pas été blessé ?

— Non.

— Tu es sûr ?

— Sûr et certain. Le ranch ne me manquait pas. Il n'y avait rien ici qui puisse me retenir.

Même pas elle ? Question stupide, évidemment. Elle était celle qui lui avait brisé le cœur. Comment aurait-elle pu lui manquer après ça ?

— Pourquoi ne me demandes-tu pas carrément le temps que ça m'a pris pour t'oublier ? reprit Mitch en repoussant son milk-shake. C'est ce que tu veux savoir, n'est-ce pas ? Eh bien, je répondrai à cette question une fois que tu auras répondu à la mienne. Combien de temps t'a-t-il fallu pour cesser de penser à moi quand tu couchais avec ton mari ?

Skye avait eu une mauvaise journée. Elle se leva, prit son milk-shake et, sans sommation, le jeta à la figure de Mitch.

— Tu veux m'entendre dire que Ray était un salaud et que je pleurais sur toi chaque jour ? Eh bien, non ! J'aimais Ray. C'était un homme bien. Un homme honnête et attentif aux autres. Et tu sais quoi? Il t'aurait plu. Voilà qui était mon mari!

Sur ce, elle prit son sac à main et sortit, laissant Mitch attablé seul, devant son milk-shake, le visage dégoulinant de crème glacée.

Chapitre 5

C'était un restaurant branché — un Tex-Mex haut de gamme avec des sièges confortables et de délicieux margaritas. Skye dut se faire violence pour ne pas avaler le sien d'un trait.

— Ça va ? s'enquit T.J.

— Pas vraiment, avoua Skye. Je continue de penser que ce n'est pas une bonne idée.

— La cuisine mexicaine ?

— Non, cette soirée.

— Oh. Parce que ma compagnie vous assomme à ce point que vous mourez déjà d'envie de vous sauver à toutes jambes ?

Skye se serait giflée. Elle venait de vivre une journée éprouvante et, quand le soir venu, un homme charmant l'invitait à dîner, elle aurait préféré voir un autre visage à sa place — le visage de Mitch, à qui elle avait lancé son milk-shake en pleine figure trois heures plus tôt, sans parler du reste. Décidément, ça ne tournait pas rond chez elle.

— Vous ne m'ennuyez pas, T.J.

— Laissez-moi le temps.

Elle se força à sourire.

— Il ne s'agit pas de vous. Simplement, je ne me sens pas prête à sortir avec un homme. En ce moment, ma vie est un peu… compliquée.

— Vous avez le béguin pour une femme ?

Skye éclata de rire.

— Non. Merci tout de même de le demander.

T.J. se pencha vers elle.

— Alors, qu'est-ce qui ne va pas ? J'ai dit que je vous trouvais très belle. Et Dieu sait que je ne suis pas mal non plus dans mon genre. Riche, séduisant, bourré d'humour. Que demander de plus ?

— Modeste. Vous avez oublié modeste.

— Je préfère vous laisser découvrir certains de mes attraits par vous-même.

Amusée, Skye plongea dans ses yeux bleus en espérant ressentir une étincelle. Un murmure. N'importe quoi. T.J. était vraiment charmant, alors pourquoi n'éprouvait-elle rien ?

— Au cas où vous vous inquiéteriez de ne plus savoir comment *on sort,* pas de panique, plaisanta-t-il. C'est comme la bicyclette, ça ne s'oublie pas. Résumons, on se pose des questions, on discute, je paie l'addition et vous me laissez vous embrasser. C'est ce qu'on appelle un rendez-vous galant.

Se laisser embrasser ? Elle n'en avait pas envie. Du moins pas par quelqu'un d'autre que Mitch.

— Présenté comme ça, ça paraît simple, s'efforça-t-elle de plaisanter à son tour.

— Ça l'est. Mais si vous sentez que vous perdez le fil, prévenez-moi et je vous aiderai à le retrouver.

Saisie d'un brusque accès de mélancolie, Skye le dévisagea. Mitch avait été ainsi, autrefois... Charmant, attentionné, amusant, facile à vivre.

— Restez, dit doucement T.J., en lui effleurant la main. J'ai commandé de délicieuses bouchées au guacamole et si vous n'êtes plus là quand l'assiette arrive, j'ai peur que le chef cuisinier en fasse une maladie.

Skye sourit, amusée malgré elle.

— D'accord, je reste.

— Bien. Mais juste pour info, sachez que même si vous faites pression sur moi, nous ne coucherons pas ensemble, ce soir. Je suis sérieux. Vous pouvez me supplier à genoux, je ne céderai pas. C'est comme ça, j'ai des principes. Je suis du genre traditionaliste.

Skye sentit sa tension diminuer.

— Ça me va.

— Vous pourriez au moins faire semblant d'être déçue, fit mine de râler T.J. avec une grimace désabusée.

— J'intériorise.

— Ah, tant mieux. Et maintenant, entamons la partie conversation. Parlons de moi, si vous le voulez bien. C'est l'un de mes sujets préférés.

— Je meurs d'envie de tout savoir sur vous.

— J'ai grandi dans le coin. Je fréquentais le lycée en même temps que votre sœur, Lexi.

— Je le savais déjà.

— Nous sommes sortis ensemble. Deux fois. La deuxième fois, quand j'ai tenté les premières manœuvres de séduction, elle a failli faire de moi un eunuque.

— C'est une Tristan, commenta Skye en riant. Vous auriez dû être plus prudent.

— C'est ce que j'ai fait par la suite. Je me suis tenu à distance. J'ai aussi fait partie de l'équipe de football du lycée, sport dans lequel j'excellais naturellement. Je parie que nous connaissons les mêmes personnes.

T.J. en cita un certain nombre qu'elle connaissait en effet.

— Il y a aussi Mitch Cassidy. C'est bien lui qui possède le ranch voisin de Glory's Gate ? Il était de ma promo.

— Je le connais, dit Skye d'une voix qu'elle espérait détachée. Nous sommes sortis quelque temps ensemble. C'était il y a des années. Avant mon mariage, bien sûr.

T.J. se renversa contre le dossier de son siège.

— C'était sérieux entre vous ?

Skye prit une gorgée de margarita.

— A l'époque, oui. Mais nous étions jeunes.

T.J. ne cilla pas. Il continuait de la regarder droit dans les yeux.

— Ce devait être juste avant qu'il ne s'engage dans l'armée.

— En effet.

— Vous savez qu'il est revenu ?

Skye se força à sourire.

— Oui. Nous nous sommes croisés. Il a été blessé, mais il semble aller mieux maintenant.

— Y a-t-il autre chose que je devrais savoir à propos de vous et de Mitch ? demanda T.J., sans se départir de son air désinvolte.

— Il n'y a rien. C'est terminé depuis longtemps entre nous.

— Tant mieux. Parce que j'aimerais que vous me donniez une chance, Skye. Je crois que nous pourrions bien nous entendre.

Skye sentit sa gorge se serrer. La tequila lui faisait soudain l'effet d'un poids sur l'estomac. Tout ça, c'était à cause de Mitch. S'il n'était pas revenu, elle se serait réjouie de sortir avec un garçon comme T.J. Alors, elle allait faire semblant jusqu'à ce que ce soit la réalité. Ou quelque chose d'approchant.

— Je le pense aussi, renchérit-elle en levant son verre.

Mitch n'avait encore jamais franchi le seuil de Glory's Gate comme invité. Il s'était toujours arrêté aux écuries — leur endroit préféré avec Skye pour se voir, à l'époque où ils sortaient ensemble. Il savait comment s'y glisser en cachette et s'en échapper sans se faire remarquer.

Il s'immobilisa un instant au bas du perron.

— Ça va ? s'inquiéta Fidela qui ne le lâchait pas des yeux, prête à le soutenir en cas de besoin.

Elle portait un sac coloré contenant les cadeaux pour Erin. Mitch était conscient qu'elle voulait lui offrir son aide, mais qu'elle n'osait pas. Fidela avait vite compris qu'il était préférable d'éviter tout geste ou parole susceptibles de provoquer sa colère — une colère qui n'était jamais très loin.

Il y avait des moments où Mitch réalisait ce qu'il était devenu — un type qu'il détestait. Mais la plupart du temps, il en voulait au monde entier et se moquait que ça se sache.

— Ça ira, répondit-il, serrant les dents tandis qu'il posait le pied droit sur la première marche.

La douleur était encore supportable. Posément, il se mit en devoir de gravir l'escalier, se concentrant uniquement sur la marche devant lui, sans se préoccuper des suivantes, ni de celles laissées derrière lui. Quand il en vint à bout, il commençait à se sentir nauséeux. C'était à cause de la douleur. Sitôt sa jambe au repos, ça irait mieux. L'important était d'être là.

Sa dernière entrevue avec Skye — quand elle lui avait jeté son milk-shake à la figure — lui avait rappelé le but qu'il poursuivait. La démolir à tout prix. Assister à l'anniversaire d'Erin faisait partie du plan.

Il s'avança vers la monumentale porte d'entrée, Fidela toujours à son côté, attentive, inquiète. C'était sa façon à elle de lui manifester son amour et il y puisa son courage.

La porte s'ouvrit. Erin se précipita pour les accueillir.

Elle portait un jean et un T-shirt rose. Un boa pourpre entourait ses épaules et un diadème la proclamant Reine de la Fête trônait sur sa tête.

— Vous êtes venus tous les deux ! s'écria-t-elle, ravie. Je le savais !

Rayonnante, elle attrapa Fidela par la taille et se serra contre elle. Puis, se tournant vers Mitch, elle en fit autant avec lui.

Elle était si petite, si mignonne, si légère et… peut-être

était-elle sa fille. Mitch se sentit soudain submergé par une vague d'émotions, trop nombreuses, trop fugaces, pour qu'il puisse les identifier. Toutefois, au fond de lui, il savait qu'être père pourrait tout changer. Ce serait des responsabilités, des projets… une raison pour aller de l'avant.

Erin s'était reculée et le regardait en souriant.

— Il y a beaucoup de bonbons et de pizzas, mais aussi un buffet pour les adultes. Et le gâteau est énorme ! précisa-t-elle, avant de se serrer de nouveau contre lui dans un élan de joie pure. Merci d'être venu, Mitch !

Puis, levant les yeux sur lui, elle déclara :

— Vous êtes mon héros.

Mitch sentit sa gorge se serrer.

— Eh bien… hum, joyeux anniversaire, Erin.

Radieuse, elle lui prit la main et celle de Fidela pour les entraîner dans la maison.

Le hall était immense. Des colonnes en marbre veiné de gris s'élevaient vers la voûte du plafond. Au-delà, deux marches descendaient dans une impressionnante salle de réception qu'ils traversèrent pour rejoindre une pièce de dimensions plus raisonnables. Une banderole portant l'inscription « *Joyeux Anniversaire, Erin* » était suspendue au mur et des ballons colorés étaient accrochés un peu partout.

Il y avait une trentaine de personnes dans la pièce, mais Mitch n'eut aucune peine à repérer Skye. C'était comme si tout le monde était en noir et blanc et qu'elle était la seule en couleur.

Elle discutait avec ses sœurs.

Les célèbres sœurs Tristan, songea-t-il, se souvenant de la façon dont les garçons parlaient d'elles au lycée. Elles étaient alors considérées comme les filles idéales et pourtant, elles étaient toutes trois différentes. Lexi, la beauté blonde classique et froide. Izzy, la beauté sauvage avec un sourire carnassier qui disait clairement qu'elle ne faisait pas de quartier. Et Skye…

Skye, la sensuelle dans chacun de ses gestes, de ses mots. Même maintenant et en dépit de tout, Mitch n'avait qu'une envie, l'entraîner dans une pièce obscure et la posséder. Il voulait l'entendre gémir, supplier. Il voulait…

Un grand blond s'était approché des trois sœurs. Mitch connaissait ce visage. Il ne lui était pas inconnu.

Il lui fallut une seconde pour retrouver son nom. T.J. Boone. Ils avaient été au lycée ensemble. Ils avaient joué au football dans la même équipe. Un garçon que Mitch avait toujours apprécié jusqu'à cette seconde, jusqu'à ce qu'il le voie poser sa main dans le dos de Skye.

A présent, Skye regardait T.J. en lui souriant. Mitch en était malade. Lexi leur adressa quelques mots et s'excusa. Izzy contempla un instant le couple formé par Skye et T.J., avant de secouer la tête, l'air désenchanté, et de s'éloigner.

Mitch hésitait sur la conduite à tenir, quand une voix résonna derrière lui.

— Vous avez passé une grande partie de votre vie à désirer ce qui n'est pas pour vous.

Mitch se tourna vers Jed Tristan.

— Je salue le soldat, reprit celui-ci. Mais j'avertis l'homme que Skye n'est toujours pas pour lui. Skye est une Tristan. Vous n'avez pas pu l'avoir autrefois et vos chances ne sont pas meilleures aujourd'hui. Encore moins avec *ça*, mon garçon, conclut-il avec un mouvement de tête vers sa jambe estropiée.

Mitch se moquait des insultes. Malgré son pouvoir, Jed Tristan ne lui avait jamais fait peur. Il n'avait jamais courbé l'échine, jamais baissé la tête comme le faisaient la plupart des gens.

— Je vois que vous n'avez pas changé, dit-il avec un sourire ironique. Toujours le même vieillard pompeux qui croit en son pouvoir d'influence et d'intimidation. Mais vous savez quoi ? A présent, je connais une dizaine de moyens de vous faire disparaître de la surface de cette Terre sans laisser de trace.

Jed sirota une gorgée de champagne.

— Possible. Toutefois, il existe une différence fondamentale entre vous et moi, Mitch. Vous ne me tuerez pas, tant que je n'aurai rien fait pour mériter un tel sort. De mon côté, je ne m'embarrasse pas de tels scrupules. Je m'occupe de mes ennemis *avant* qu'ils ne franchissent la ligne rouge. De cette façon, je suis certain de sortir victorieux.

— S'agirait-il d'un conseil d'ami ? Ça ne vous ressemble guère.

Jed lui sourit.

— En dépit de votre insistance à vouloir épouser ma fille autrefois, je vous ai toujours apprécié, Mitch. Vous avez du cran. Vous n'étiez malheureusement pas d'assez bonne condition pour faire un prétendant convenable. J'ai entendu dire que vous aviez servi le pays avec courage. Mais que les choses soient bien claires entre nous, mon garçon. Ne vous mettez pas en travers de mon chemin, sinon je vous réduis en miettes, vous et tous ceux que vous aimez.

Pour la première fois depuis des jours, Mitch éclata de rire.

— Vous ne me faites pas peur.

— C'est inutile. Regardez donc autour de vous. J'ai tout ce que peut souhaiter un homme. L'argent, le pouvoir et trois filles ravissantes. Il y a quelques annnées, Skye a épousé Ray et maintenant, elle va épouser T.J. Boone. Ils feront de beaux enfants, qu'en pensez-vous ?

Mitch ne pouvait s'empêcher de regarder Skye, qui continuait de bavarder avec T.J.

— Elle ne l'épousera pas, dit-il, même s'il n'en croyait pas un mot.

— Oh, que si ! Skye est une gentille fille, entièrement dévouée à son père. Elle fait absolument tout ce que je lui demande, vous le savez aussi bien que moi, conclut Jed en lui donnant une tape amicale sur l'épaule. Bienvenue au pays, mon garçon.

Mitch le regarda s'éloigner en essayant de se convaincre que Jed Tristan avait tort, que sa fille avait du caractère, bien plus qu'il ne croyait, et qu'elle était parfaitement capable de décider de sa vie. Puis, il tourna de nouveau les yeux vers Skye et T.J. et comprit qu'il se mentait à lui-même.

La fête s'était terminée tard dans la soirée. Erin s'était endormie sur le canapé et les derniers invités étaient partis peu avant minuit.

Plantée au milieu de la pièce, Skye décida qu'elle attendrait le lendemain matin pour remettre de l'ordre. Les assiettes et les verres n'iraient nulle part pendant la nuit.

Izzy apparut, un sachet de tortillas dans une main, un bol de sauce salsa dans l'autre.

— Il faudra que tu me donnes la recette exacte, dit-elle en posant le bol sur la desserte. J'adore !

— Toi, tu comptes faire une sauce salsa ? s'exclama Skye en riant. Tu ne sais même pas faire cuire un œuf.

— Il n'y a rien à faire cuire. Il suffit de couper en tout petits morceaux des oignons, des tomates et des poivrons et de bien mélanger. Je devrais pouvoir m'en tirer.

Skye hocha la tête.

— D'accord. Je te donnerai la recette et tu nous prépareras la prochaine salsa.

— Marché conclu !

Skye rassembla quelques verres. A présent qu'Izzy était là, elle éprouvait le besoin de s'occuper. Depuis leur dispute, le malaise demeurait entre elles.

— T.J. a eu l'air de bien s'amuser, observa Izzy en plongeant un bout de tortilla dans la sauce.

— Je crois, oui. J'étais étonnée qu'il soit là, reconnut Skye.

Ce n'était pas elle qui l'avait invité. Sans doute une idée de leur père.

— T.J. sait être charmant, commenta Izzy, en la suivant dans la cuisine. Au fait, comment s'est passée votre soirée ?

— Bien.

— Bien-moyen ou bien-j'aimerais-le-revoir ?

— Nous allons sans doute nous revoir, répondit Skye.

Calmement, elle posa les verres dans l'évier, avant de se tourner pour faire face à sa sœur.

— Et maintenant, je suppose que tu vas me répéter qu'il souhaite me revoir uniquement par intérêt. Parce qu'il t'a aussi invitée à sortir avec lui, et qu'avec toi, c'est par plaisir, pas par devoir. Autrement dit, la seule façon pour moi d'attirer un gars, c'est que notre père l'achète.

Izzy pinça les lèvres.

— Je ne dis pas que tu n'es pas désirable, commença-t-elle.

— Allons, Izzy, l'interrompit Skye. Pourquoi est-il si difficile d'imaginer que T.J. puisse m'aimer ?

— Tu l'aimes ?

— Je ne sais pas. Il est plutôt sympa. J'apprécie sa compagnie.

T.J. Boone n'était pas compliqué. Elle pouvait le regarder sans avoir envie de le toucher. Elle pouvait le regarder sans avoir envie de se déshabiller. Elle pouvait le regarder sans éprouver ce désir qui la rendait si vulnérable.

— Ça ne te dérange pas qu'il sorte avec nous deux ?

Skye redressa les épaules.

— Pas du tout, mentit-elle.

— Tu ne crois pas qu'il nous fait marcher ?

— Je crois plutôt que ça t'ennuie qu'il m'invite à sortir. Tu ne supportes pas qu'il puisse s'intéresser à une autre fille que toi, alors, tu te mets au milieu. Il faut toujours que tu sois sur le devant de la scène.

Visiblement blessée, Izzy serra les poings.

— J'essaie juste de t'aider. Je m'inquiète pour toi, tu sais. Mais si tu penses que je ne suis qu'une sale égoïste qui ne supporte pas que sa sœur puisse sortir avec un homme, très bien, continue, sors avec Boone ! Et quand tu t'apercevras que je ne m'étais pas trompée sur lui, tu me devras des excuses.

Sur ce, Izzy sortit de la cuisine, l'air digne.

Debout devant l'évier, Skye sentit son cœur se serrer. Elle détestait se disputer avec sa sœur. Mais Izzy avait parfois des comportements d'enfant gâtée. Depuis toujours, elle était celle autour de qui tournaient tous les garçons. Habituée à être le centre d'attraction, elle ne tolérait pas que qui que ce soit lui vole la vedette.

Comme Skye traversait le hall pour monter à sa chambre, son père sortit de la bibliothèque.

— Comment ça s'est passé entre toi et T.J. ? demanda-t-il sans détour.

— T.J. est un homme charmant. Nous sommes sortis dîner, mais nous ne sommes pas encore fiancés, ne put s'empêcher d'ajouter Skye avec ironie.

— Personne ne parle de fiançailles, fit Jed.

— Pas en public, bien sûr. Mais en coulisses, tout le monde sait que tu projettes de me vendre une deuxième fois.

— Mesure tes paroles, ma fille. Je ne veux que ton bien.

Si seulement c'était vrai, songea Skye avec amertume.

— J'aimerais tout de même savoir ce que T.J. possède qui te fait tant envie.

Le sourire de son père s'effaça pour faire place à un masque glacial.

— Fais bien attention, Skye. N'essaie pas de jouer au plus fin avec moi ou tu t'en repentiras.

Skye baissa les yeux. Le ton froid et la menace contenue dans ces quelques mots avaient suffi à lui ôter tout courage. Même après que Jed fut retourné dans la bibliothèque, elle tremblait intérieurement de peur.

Malgré elle, le souvenir de son onzième anniversaire affleura à la surface de sa conscience.

La journée avait été merveilleuse. Une véritable journée d'anniversaire. Le soleil brillait haut dans le ciel. C'était ce dont elle se souvenait. Le rayon de soleil sur le carrelage de la salle de bains.

Chaque jour, quand elle rentrait de l'école, elle montait dans la chambre de sa mère. Elle seule. Izzy restait dans la cuisine avec la gouvernante, tandis que Skye courait voir Pru.

— Me voilà, maman ! claironnait-elle. Je t'ai manqué ?

Assise sur son lit ou dans le fauteuil près de la fenêtre, Pru l'accueillait, le sourire aux lèvres, et lui disait qu'elle lui avait manqué plus que tout. Même les mauvais jours, quand son sourire semblait forcé, elle disait ces mots comme si elle les pensait sincèrement. Comme si elle aimait Skye plus que tout au monde.

Mais ce jour-là, Skye ne trouva pas sa maman à sa place habituelle. Instinctivement, elle sentit que quelque chose de terrible était arrivé.

Elle s'était avancée dans la salle de bains. Elle avait d'abord vu le rayon de soleil sur le carrelage. Puis elle avait vu la lettre… qui lui était adressée. Elle l'avait lue.

« Il ne m'aime pas, Skye. Ton père ne m'aime pas.
» Quoi que je fasse, il ne m'aimera jamais. »

C'était tout. Quelques mots. Skye les avait lus et relus, sans comprendre, mais de plus en plus paniquée. Elle avait alors remarqué l'odeur douçâtre, légèrement métallique, du sang dans la pièce. Malgré sa terreur, elle s'était approchée de la baignoire.

Pru y était étendue, couverte de sang. Elle s'était tailladé les poignets. Son visage était paisible maintenant, avait pensé Skye. Puis elle s'était mise à hurler.

Chapitre 6

Après avoir fait monter Erin dans le bus pour l'école, Skye regagna la maison pour une dernière tasse de café, avant de partir à la fondation.

Dans la cuisine, Izzy lisait le journal.

Elles ne s'étaient pas adressé la parole de tout le week-end et Skye ne savait trop quelle attitude adopter. Izzy régla le problème en posant le journal sur la table et en pointant le titre en première page :

CAS DE VACHE FOLLE DANS L'ÉLEVAGE TRISTAN.

Suffoquée, Skye se retint à la table pour ne pas tomber.

— Oh, mon Dieu, souffla-t-elle. C'est affreux !

— C'est le moins qu'on puisse dire, soupira Izzy. Tu sais ce que ça veut dire.

Skye hocha la tête. Aucun ranch d'élevage ne pouvait survivre à la simple évocation, même du bout des lèvres, de la terrifiante maladie. Des tonnes de viande resteraient invendues, le temps que les analyses soient faites et refaites. A la fin, même si les résultats étaient négatifs, même s'il n'y avait aucune trace de la maladie, les gens ne se souviendraient que de la une des journaux.

— Jed n'est pas fou, murmura Skye en parcourant l'article. Il ne prendrait pas le risque de nous faire manger cette viande s'il avait le moindre doute.

— Notre bétail est nourri exclusivement d'herbe et de foin, précisa Izzy, en traversant la pièce pour se verser une tasse de café. Et ce, depuis des années. Nos bêtes n'ont jamais vu un gramme de farine animale. Cette histoire est montée de toutes pièces.

— Par Garth, évidemment, soupira Skye. Comment allons-nous faire pour l'arrêter ?

— Aucune idée. Attendons de voir si Lexi a un plan. Elle a appelé pendant que tu attendais le bus avec Erin. Elle ne devrait pas tarder à arriver.

Cinq minutes après, Lexi débarquait à son tour dans la cuisine, l'air sombre.

— Cette fois, il est allé trop loin, déclara-t-elle en lançant son sac à main sur la table, avant de se diriger droit sur la cafetière.

A mi-chemin, elle se ravisa et se tourna vers le réfrigérateur d'où elle sortit une bouteille de jus de fruits.

En dépit des circonstances, Skye ne put s'empêcher de sourire.

— Toujours en manque de caféine, hein ?

— Chaque matin, soupira Lexi en s'asseyant à table avec son jus de fruits. Mais c'est mauvais pour le bébé, alors je ne prends plus une goutte de café. Où est Jed ? Je l'ai appelé en chemin pour lui parler. Ou plutôt, j'ai essayé. Il était occupé et ne voulait pas être dérangé. Il ne peut tout de même pas se désintéresser de cette affaire de vache folle.

— Oh, ne t'en fais pas, il va s'en occuper à sa façon et tout arranger, dit Izzy, confiante.

— J'aimerais tout de même savoir d'où sort cette rumeur, insista Skye, se souvenant des fausses fuites concernant la fondation. Garth est capable de convaincre la presse qu'il détient des informations de première main, si bien que les journalistes ne prennent même pas la peine de vérifier. Comment se débrouille-t-il ?

— L'argent, répondit Lexi. C'est la clé du pouvoir.

Les trois sœurs discutèrent encore quelques minutes du

« problème Garth », puis Lexi prit la tasse de café de Skye pour en inhaler l'arôme.

— Jolie fête pour l'anniversaire d'Erin, dit-elle.

Skye lui glissa un coup d'œil.

— Oui, elle s'est bien amusée.

— Mitch était là lui aussi, observa Lexi, l'air de rien, mais le regard étincelant de curiosité.

Si Skye n'avait pas été en froid avec Izzy, elle lui aurait discrètement fait signe de l'aider à orienter la conversation sur un autre sujet. Mais là, compte tenu des circonstances, elle ne pouvait compter que sur elle-même.

— Oui. Erin a fait sa connaissance le week-end dernier et l'a invité, dit-elle en reprenant sa tasse des mains de Lexi. Rien de plus.

— Hé hé, fit celle-ci en jetant un coup d'œil entendu à Izzy. On dirait qu'il y a anguille sous roche.

Skye se sentit rougir.

— Tu rêves.

— Je ne crois pas. Au fait, quel est le nom de cet autre gars qui ne t'a pas quittée de la soirée ?

Skye n'eut pas le temps de répondre. Izzy lui coupa l'herbe sous le pied en répondant à sa place.

— T.J. Boone. La dernière trouvaille de notre père pour Skye. Ils vont bientôt se marier.

— Ce n'est pas vrai ! protesta Skye. Jed me demande d'y réfléchir, mais je suis libre de décider.

— Comme avec Ray ? ricana Izzy.

Skye se raidit.

Lexi dévisagea ses sœurs tour à tour.

— Qu'est-ce qui se passe, les filles ? Ce que tu viens de dire n'est pas très gentil, Izzy.

— Elle ne veut pas me croire, grommela celle-ci, l'air embêté, mais pas prête à s'excuser.

— Dis que c'est ma faute, tant que tu y es ! s'indigna Skye. Il faut toujours que tu rejettes la responsabilité sur les autres.

— Justement. Pour une fois que j'assume et que je me montre responsable, tu refuses de m'écouter.

S'adressant à Lexi, Izzy précisa :

— T.J. Boone s'amuse à semer la pagaille entre nous. Le premier soir où il est venu ici, il m'a draguée. J'ai essayé de prévenir Skye, mais elle ne veut rien entendre.

Skye se leva.

— Nuance. Tu n'as pas essayé de me prévenir. Tu m'as dit grosso modo qu'il était impossible qu'il puisse s'intéresser à moi, qu'il ne faisait qu'obéir à Jed, et que la seule qu'il trouvait sexy, c'était toi.

— Je n'ai jamais dit ça.

— C'est ce que tu as laissé entendre. Selon toi, je suis trop bête pour comprendre les intentions d'un homme et la seule façon d'en attirer un, c'est de me le faire acheter par notre père.

Outrée, Izzy bondit sur ses pieds.

— Tu prends tout de travers ! J'essaie seulement de te protéger. T.J. nous invite toutes les deux à sortir avec lui. Ce n'est pas normal, il mijote quelque chose. Je te préviens, c'est tout.

— En m'expliquant qu'entre toi et moi, son choix est vite fait et que ce ne peut être que toi ?

Izzy hésita juste assez longtemps pour que Skye ait envie de la gifler.

Lexi se leva à son tour et se frotta le front.

— Skye, tiens-tu à ce garçon au point de te fâcher avec Izzy ?

— Bien sûr que non. Mais il ne s'agit pas seulement de ça, répondit Skye en regardant Izzy droit dans les yeux. Ce qui me fait de la peine, c'est de savoir qu'elle me prend pour une gourde incapable d'obtenir un rendez-vous galant sans l'intervention de notre père. Oui, tu es belle et pleine d'esprit, Izzy. Mais quelque part, sur cette planète, il doit bien y avoir un homme qui pourrait s'intéresser à moi, même après t'avoir vue.

Izzy baissa les yeux, avec un air soudain gêné.

— Je n'ai jamais dit que les hommes ne s'intéressaient pas à toi. Et je ne me considère pas comme la huitième merveille du monde.

— Parfois tu te comportes comme si tu l'étais.

— Ecoute, Skye, j'ai seulement peur de ce que T.J. nous prépare.

— Je suis une grande fille et je sais me défendre.

Izzy sembla sur le point de rajouter quelque chose, puis se ravisa.

— Très bien. Fais comme tu veux. Dorénavant, je resterai en dehors de cette histoire.

Lexi regarda ses sœurs avec un sourire satisfait.

— Voilà qui est mieux. Tout le monde est content ?

— Bien sûr, répondit Izzy, en haussant les épaules. Je monte prendre une douche.

Après qu'elle eut quitté la cuisine, Lexi et Skye se rassirent.

— Nous avons assez de problèmes comme ça avec Garth, sans que vous vous y mettiez aussi, soupira Lexi.

— Je sais. J'aurais dû faire preuve d'une plus grande maturité, reconnut Skye en terminant son café. Mais Izzy est parfois tellement agaçante. C'est vrai, quoi ! Elle n'est pas la huitième merveille du monde.

Lexi haussa un sourcil dubitatif avec une grimace qui arracha un sourire à sa sœur.

— D'accord, elle est la huitième merveille. Mais moi aussi, je peux l'être. Un petit peu.

— Tout le monde a besoin de se fixer des objectifs, plaisanta Lexi.

Puis, se penchant vers Skye, elle ajouta :

— Au risque de déclencher une dispute entre nous aussi, as-tu pu parler avec Mitch ?

Skye hésita. Elle ne savait comment répondre à cette question. Ils avaient fait l'amour, ils s'étaient disputés, mais avaient-ils réellement pu se parler ?

— Un peu, dit-elle. Il… il a du mal à se réadapter.

— Rien de surprenant.

— Je sais. Les choses sont tellement compliquées… Il croit qu'Erin est de lui.

Lexi ouvrit de grands yeux effarés.

— Tu plaisantes ! Elle n'est pas… Elle l'est ?

— Non, bien sûr que non ! Comment peux-tu me demander ça ?

— Tu es tombée enceinte plutôt rapidement.

Ce dont Skye n'était pas fière.

— Ray est le père d'Erin. Elle porte la même tache de naissance que lui et les enfants de son premier mariage. J'ai dit à Mitch qu'Erin n'était pas sa fille, mais il n'a rien voulu entendre. Selon lui, il n'y a pas trente-six solutions, soit elle est de lui, soit je suis une garce pour avoir couché avec Ray aussitôt après notre rupture.

— Aïe !

— Je dois avouer que j'ai réagi un petit peu plus violemment, précisa Skye au souvenir de leur dernière prise de bec.

— C'est normal, commenta Lexi. Après toutes ces années, son retour réveille sans doute bien des émotions, bonnes et mauvaises. Mitch doit être furieux et terriblement blessé. C'est tout de même toi qui l'as plaqué juste après avoir accepté de l'épouser. Ça aurait mis en rogne n'importe quel homme.

— Merci pour ces paroles réconfortantes.

— Excuse-moi.

Skye secoua la tête tristement.

— Tu n'as pas à t'excuser. Ce n'est que la vérité. J'ai mal

agi et Mitch veut me le faire payer. Je le comprends et je peux m'en arranger. Mais ce que je ne supporterais pas, c'est qu'Erin puisse en souffrir. Elle n'a rien fait de mal.

L'air maussade, perdu dans des pensées qui n'avaient rien de réjouissant, Mitch s'avança dans l'écurie, s'attendant à la trouver déserte. Au lieu de ça, il tomba sur Erin qui brossait Bullet. Dès qu'elle entendit son pas, elle se tourna vers lui en cachant la brosse dans son dos, l'air coupable.

— Qu'est-ce que tu fais ?

La voix de Mitch avait claqué plus sèche qu'il ne l'aurait voulu. La fillette tressaillit.

— Je suis venue voir Bullet, répondit-elle, en courbant les épaules, comme si elle voulait se faire toute petite. Il est triste parce que vous ne le sortez pas. Alors, je le brosse pour qu'il ne se sente pas seul.

Mitch en voulait peut-être à la terre entière, mais il était hors de question pour lui de s'en prendre à une petite fille.

Il s'approcha et lui toucha le bras.

— Merci, Erin.

Elle leva sur lui de grands yeux étonnés et anxieux.

— Vous n'êtes pas en colère contre moi ?

— Non. Tu as raison. Je ne m'occupe pas assez de Bullet. C'est gentil de penser à lui.

Erin lui sourit et Mitch aurait juré que c'était toute l'écurie qui s'illuminait.

— C'est un cheval formidable ! s'exclama Erin, retrouvant aussitôt son naturel enthousiaste. Il a spécialement été entraîné pour répondre uniquement à votre jambe droite. Il est drôlement intelligent. Une fois que vous aurez appris à le connaître, vous me permettrez de le monter ?

— Bien sûr, répondit Mitch, l'air absent, en songeant qu'il ne monterait probablement plus jamais à cheval.

A quoi bon, d'ailleurs. Il n'avait envie d'aller nulle part.

Dans un geste naturel, Erin lui tendit la brosse à étriller et en prit une seconde. Puis, se tournant vers Bullet, elle se remit au travail.

— Vous avez peur? demanda-t-elle au bout d'un moment, en jetant un coup d'œil sur Mitch resté en retrait.

Il contempla le cheval.

— Non. Je n'ai pas peur.

— Alors, pourquoi vous ne le montez pas?

Comme Mitch ne répondait pas, Erin plissa le nez.

— Vous ne savez plus faire? Je pourrais vous réapprendre, si vous voulez. C'est facile. En tout cas, il faut que vous remontiez à cheval. La façon dont on monte permet de savoir qui nous sommes réellement.

— C'est ton grand-père qui dit ça?

— Oui. Et maman aussi.

— Et ton papa?

La question lui avait échappé.

— Il est mort depuis longtemps, répondit Erin.

Laissant retomber la brosse, elle repoussa les mèches rebelles qui lui retombaient sur le front et soupira :

— Je ne me souviens plus très bien de lui. J'essaie, mais c'est difficile. La nuit, avant de m'endormir, je pense très fort à des choses que nous avons faites ensemble, comme visiter Disney World ou les fêtes de Noël. Mais je n'y arrive pas toujours.

Posant sa tête contre l'encolure de Bullet, elle poursuivit :

— J'ai des demi-frères et sœurs. Ils sont vieux. Plus vieux que maman. C'est bizarre.

Bizarre pour une fillette de huit ans, mais pas pour lui, songea Mitch avec amertume. Considérablement plus âgé que Skye, Ray avait des enfants d'un premier mariage. Erin avait sans doute des neveux et nièces du même âge qu'elle, voire plus vieux.

— Papa nous aimait beaucoup maman et moi, continua Erin. Il me le disait chaque soir, quand il me mettait au lit. Ça, je m'en souviens très bien.

Elle sourit à Mitch qui n'eut d'autre choix que de lui rendre son sourire. Parce que autrement, il se serait fait l'effet d'une véritable ordure.

Arturo les rejoignit.

— Je ne suis pas certain que ce soit une bonne idée, grommela-t-il en apercevant Erin.

Elle courut vers lui.

— Tu as promis, Arturo ! Maman dit qu'elle est d'accord. Je suis prête. Vraiment, vraiment, prête !

— Erin a demandé à faire du saut d'obstacles, précisa Arturo à l'adresse de Mitch.

— Elle n'est pas un peu jeune ?

— C'est ce que je me tue à lui dire, mais cette gamine est têtue comme une mule.

— Je ne suis pas une mule ! protesta Erin, d'un ton obstiné qui ressemblait étrangement à celui de sa mère. Je n'ai pas peur. Je peux sauter.

— C'est bien ce que je disais, tu es têtue comme une mule, plaisanta Arturo, en lui ébouriffant les cheveux. D'accord, je vais installer les barres, mais tu promets d'écouter ce que je te dis.

Erin jeta les bras autour de sa taille et se serra contre lui.

— Promis, juré !

Puis elle courut chercher son cheval.

— J'espère ne pas le regretter, ronchonna Arturo, le regard cependant empli de tendresse. Tu sors Bullet ?

— Non, répondit Mitch, d'une voix cassante.

— Dommage, ce cheval a besoin d'exercice.

— Tu aurais dû y penser avant de l'acheter.

Arturo le dévisagea un long moment avant de se détourner.

Ecartant délibérément tout sentiment de culpabilité, Mitch ramena Bullet dans son box.

Une demi-heure plus tard, Erin leur prouvait qu'elle était plus que prête pour le saut d'obstacles. Elle avait facilement passé les deux premières barres basses installées dans le corral. Elle montait à cheval comme si elle était née sur une selle. Peut-être avait-elle hérité des Cassidy, cavaliers émérites depuis des générations, se dit Mitch en la regardant faire, accoudé à la barrière.

A la vague de colère familière se mêlait à présent un indubitable sentiment de fierté. Tout aurait pu être tellement différent… S'il avait su pour Erin, il serait resté ici. Il n'aurait pas raté toutes ces années.

Une voiture s'arrêta derrière lui, mais il ne se retourna pas. Quelques secondes après, il sut que Skye était là. Il pouvait sentir sa présence, sans parler de son parfum. Une simple bouffée de fraîcheur vanillée qui suffit à réveiller son désir. Ils pourraient faire l'amour dans la grange, comme autrefois… avant qu'elle ne le trahisse pour en épouser un autre.

— Il faut que je te parle, Mitch.

Il devinait son regard posé sur lui, mais ne tourna pas la tête.

— Vas-y.

— Pas ici.

— Pourquoi pas ? Tu as un meilleur endroit à proposer ?

— Oui. L'écurie, ton bureau, n'importe où. Mais pas devant Erin.

Daignant enfin lui jeter un coup d'œil, Mitch lut l'inquiétude dans ses yeux et quelque chose d'autre. Quelque chose qui lui noua l'estomac.

— Mon bureau, dit-il.

Son bureau jouxtait l'écurie. Il n'y avait pas remis les pieds depuis son retour. Il s'attendait presque à trouver la porte fermée, mais la poignée tourna facilement.

A l'intérieur, tout était comme dans son souvenir. La même table de travail au même endroit. Seul l'ordinateur semblait récent. Arturo l'avait probablement remplacé quand il avait su que Mitch revenait. Il y avait des classeurs, des photos et un petit réfrigérateur dans un coin de la pièce.

Il fut un temps où il avait cru que sa vie serait ici. Qu'il vieillirait dans ce ranch. Puis il avait perdu Skye et son existence avait basculé.

Il se tourna vers Skye.

— Alors, qu'est-ce qu'il y a?

Sans un mot, elle sortit une enveloppe de son sac et la lui tendit. L'expéditeur était un laboratoire d'analyses à Dallas. L'enveloppe lui était adressée.

— Tu reçois mon courrier, maintenant? marmonna-t-il en prenant la lettre.

— Fidela m'a vue passer en voiture et m'a demandé de te l'apporter. Je crois qu'elle sait ce qu'elle contient.

L'enveloppe n'avait pas été ouverte.

— Et toi, tu sais?

Skye hocha la tête. L'anxiété assombrissait ses yeux verts.

— Je suis désolée..., commença-t-elle.

Sûr de son fait, Mitch s'appuya contre le bureau et se prépara à la voir ramper. Il avait l'intention d'en savourer chaque instant. Ensuite, il la briserait.

— Je n'ai pas couché avec Ray, la première fois, dit-elle. Ce n'est que lors de notre troisième rendez-vous que j'ai accepté. J'ai détesté faire l'amour avec lui et j'ai pleuré. Il n'y était pour rien, sauf qu'il n'était pas toi et que je ne pouvais t'oublier.

Mitch serra les poings. Elle le rendait malade.

— Je n'ai pas envie d'entendre ça.

— Je sais, mais laisse-moi tout de même t'expliquer. Ray était très ennuyé et moi, j'étais anéantie. Je ne pouvais pas l'épouser. Je l'ai compris cette nuit-là. J'étais prête à partir te retrouver pour te le dire. J'espérais que tu me pardonnerais. Malheureusement, mon père a tout de suite deviné mon intention et il m'a menacée. Il m'a aussi fait remarquer que je venais de coucher avec Ray et que je ferais mieux de m'assurer que je n'étais pas enceinte avant de me précipiter de nouveau dans tes bras.

Une larme roula sur la joue de Skye.

— Je l'étais... J'ai découvert ma grossesse quelques jours plus tard. Je ne pouvais pas t'épouser en portant l'enfant d'un autre homme. Je savais que tu ne me pardonnerais pas. Et puis, c'était l'enfant de Ray. Je n'avais pas le droit de le lui cacher. Alors, je l'ai épousé. C'était la meilleure chose à faire.

— Non, ce n'était pas la meilleure chose à faire ! explosa Mitch. C'était la plus facile, la moins risquée pour toi. Epouser Ray, c'était t'assurer une sécurité financière et une position sociale, même si pour cela tu devais me priver d'Erin. Comment pouvais-tu être sûre qu'elle était de lui ?

Exprimés à voix haute, les mots eux-mêmes ne semblaient avoir aucun sens, et la certitude dans le regard vert de Skye le fit soudain douter.

— Erin est née avec cinq semaines d'avance, dit-elle doucement. C'est vrai, elle aurait pu être de toi, mais ce n'est pas le cas. C'est la fille de Ray. Je suis désolée. Pas pour ça, mais pour tout le reste. Ray était un homme bien, mais ce n'était pas toi. J'ai essayé de l'aimer, mais je n'ai jamais pu lui donner mon cœur. Nous avons tous des secrets dont nous ne sommes pas fiers. C'est le mien.

Les larmes ruisselaient à présent sur ses joues. Elle se détourna et sortit, le laissant seul, la lettre à la main.

Il n'avait pas besoin de l'ouvrir car il en connaissait désormais le contenu. Skye n'avait pas menti. Erin n'était pas sa fille.

Il quitta le bureau sans prendre la peine de refermer la porte derrière lui. Il n'avait aucune idée de l'endroit où il allait. Tout ce qu'il voulait, c'était partir loin d'ici. Le son cristallin du rire d'Erin lui parvint, lui déchirant le cœur, lui rappelant tout ce qu'il avait perdu. Même sa colère semblait avoir disparu. Il avait l'impression d'un vide immense en lui.

Il marcha, marcha, droit devant lui, jusqu'à ce que sa jambe ne puisse plus le porter. Il se mit à tituber. Malgré le sang qu'il sentait couler et imbiber la chaussette, il continua d'avancer. Au sommet d'une crête, il s'immobilisa et contempla ses terres.

Au loin, des vaches éparses se détachaient comme des fourmis noires sur la prairie. Il pouvait même apercevoir la maudite basse-cour et l'horizon en arrière-plan. Tout ceci était à lui, mais il s'en fichait.

Il aurait juré entendre encore le rire d'Erin porté par le vent. Il se souvint avec émotion de ses petits bras osseux le serrant contre elle. Sa fille… Il y avait tellement cru qu'il avait presque fini par se convaincre que c'était pour elle qu'il était revenu.

Il ouvrit l'enveloppe et regarda les mots inscrits sous ses yeux. Skye avait bien dit la vérité.

Froissant le papier dans son poing, il le laissa tomber sur le sol. Puis, sa jambe fléchit et céda sous son poids. Il s'étala de tout son long, joue contre terre, brisé, maudissant le monde entier, se maudissant, maudissant son père et sa mère de l'avoir mis au monde. Ensuite, il pleura.

Plus tard, quand le soleil eut brûlé sa peau et que la soif eut craquelé ses lèvres, Mitch entendit le ronronnement d'un moteur.

Arturo se gara et descendit de la camionnette. Mitch voulut se redresser, mais il en était incapable. Il ne put faire autrement que de se laisser traîner par le vieil homme et installer dans le siège passager.

Il souffrait autant qu'après l'opération. Il sentait le sang qui coulait de sa chair à vif. Il se doutait que c'était grave, mais il s'en moquait.

Arturo ne disait pas un mot et Mitch n'avait pas grand-chose à dire non plus. Mais quand Arturo passa devant le ranch sans s'arrêter pour continuer vers Dallas, Mitch demanda :

— Où vas-tu ?

Arturo désigna du doigt son pantalon.

— A l'hôpital.

Mitch baissa les yeux et vit le sang sur son jean. Ravalant un juron, il laissa sa tête aller en arrière et ferma les yeux. Désormais, tout lui était indifférent.

— Tu es encore plus bête que je ne le pensais.

Les mots lui parvinrent distinctement, en dépit des calmants qui le maintenaient dans une sorte de brouillard. Mitch ouvrit les yeux. Debout à son chevet, Joss le regardait.

Il lui fallut une seconde pour se souvenir de l'endroit où il était et de ce qui l'avait amené ici. Après avoir jeté un bref coup d'œil sur sa jambe meurtrie, le médecin des urgences l'avait hospitalisé. Il avait dû perdre beaucoup de sang, puisqu'il avait reçu une transfusion, avant d'être placé sous perfusion, drogué et sermonné par chaque membre du personnel médical qui passait dans sa chambre.

— Quand j'ai appris ce qui t'était arrivé, je suis venu voir si c'était vrai. Tu es encore plus bête que je ne pensais. Un véritable idiot.

— Vous l'avez déjà dit.

Joss le dévisagea.

— Tu essaies de te bousiller définitivement ou tu vois ça comme un incident de parcours ?

— J'étais distrait. Je n'ai pas fait attention.

— A d'autres !

Sur ce, Joss prit la prothèse posée au pied du lit.

— Ils ont été obligé de couper le manchon pour te l'enlever, ce qui signifie qu'il va t'en falloir un neuf. Imagine la vitesse à laquelle je vais le commander.

Ces paroles eurent un effet immédiat sur Mitch. Il se redressa sur son séant.

— Pas question que je me déplace avec des béquilles. Vous n'avez pas le droit !

— Bien sûr que si. C'est moi le chef, je fais ce que je veux.

Joss marqua une pause, l'air soudain pensif.

— C'est marrant, j'ai l'impression d'entendre l'un de mes petits-fils.

Mitch retomba contre les oreillers. Il avait mal partout et les drogues le rendaient nauséeux. A moins que ce ne fût l'idée d'être condamné à se traîner sur des béquilles.

— Il faut laisser cicatriser, lui dit Joss. Et puisque tu n'as pas assez de jugeote pour ça, je m'en charge. Tu récupéreras ta prothèse dans une quinzaine de jours.

Posant une carte de visite sur la table de chevet, il conclut :

— Ton prochain rendez-vous est dans deux semaines. Ne sois pas en retard.

Puis il partit.

Bloqué sur son lit, Mitch ferma les yeux, luttant contre la rage et la frustration. Il aurait voulu pouvoir courir après Joss, l'attraper et lui faire mordre la poussière. Mais il était incapable de se lever, incapable de se déplacer sans aide.

Un infirme, voilà ce qu'il était devenu.

Un homme frappa à la porte restée ouverte.

— Mitch Cassidy ? demanda-t-il, en entrant.

Il portait un costume de prix et n'avait rien d'un médecin. Mitch fronça les sourcils.

— Qui êtes-vous ?

— Garth Duncan. Ce nom vous dit quelque chose ?

— Non. Sortez, s'il vous plaît.

— Dans une minute. J'aimerais d'abord discuter d'une petite affaire avec vous.

Mitch n'était pas intéressé.

— A moins que vous ne souhaitiez acheter un élevage de bœufs bio, cette conversation n'ira pas plus loin.

— J'ai cru comprendre que vous étiez sorti avec Skye Tristan.

Mitch dévisagea l'homme plus attentivement. Il était certain de ne l'avoir jamais rencontré, mais il y avait pourtant quelque chose de familier dans ses traits.

— Ça vous regarde ?

— Pas vraiment, répondit le dénommé Garth Duncan en tirant une chaise pour s'asseoir. En réalité, je suis son demi-frère, le fils illégitime de Jed Tristan.

Les derniers effets des drogues se dissipèrent. Mitch appuya sur le bouton pour mettre son lit en position assise et dévisager son interlocuteur. Il comprenait mieux cette impression de *déjà-vu*. Il existait une grande ressemblance physique entre Garth Duncan et Jed Tristan.

— Je n'ai jamais entendu parler de vous.

— Personne n'a jamais entendu parler de moi. L'histoire est assez banale. Jed a engrossé ma mère et acheté son silence. Aujourd'hui, j'exige le remboursement. Et je compte lui faire payer le prix fort.

Se renversant contre le dossier de la chaise, Garth ajouta :

— Je me suis dit que vous aimeriez peut-être participer.

— Vous espérez mettre à genoux le vieux Jed ?

— Je vais tous les mettre à genoux, Cassidy. Tous les Tristan.

Garth tira nerveusement sur la manche de sa veste.

— Pas la petite, bien sûr. Erin ne m'intéresse pas. En revanche, les filles et leur père… Je vais les écraser.

Il parlait calmement, d'une voix détachée, mais il y avait une telle intensité dans ses paroles que sa volonté ne faisait aucun doute.

Une lueur d'intérêt s'alluma dans le regard de Mitch.

— Qu'est-ce qui vous fait croire que vous pouvez réussir ? Les filles, ce sera peut-être facile. Mais Jed, c'est une autre affaire. Il ne recule devant rien.

— Tel père tel fils, observa Garth. Je dispose de moyens financiers illimités et de relations haut placées à faire pâlir d'envie Jed Tristan. J'ai tout pour gagner et quand j'en aurai terminé avec eux, c'est moi qui dormirai à Glory's Gate.

— Mais qu'est-ce que je viens faire dans cette histoire ? s'enquit Mitch, impressionné malgré lui.

— Je vous offre une chance de vous venger.

— De quoi voudrais-je me venger ?

Garth haussa les épaules.

— Skye vous a plaqué.

— C'était il y a longtemps.

— Les années n'effacent rien. Jed Tristan a fait du tort à ma mère avant ma naissance et pourtant, je lui en veux toujours à mort. Evidemment, tout le monde n'est pas d'un naturel revanchard. Vous avez parfaitement le droit de ne pas être intéressé par ma proposition.

— Je pourrais les prévenir que vous êtes venu me voir.

— Ça ne changerait rien.

Mitch considéra Garth Duncan. Il vit son sourire ironique et le défi muet qu'il lui jetait.

Ecraser les Tristan. Il n'y avait jamais pensé, mais l'idée le séduisait. Surtout celle de démolir Skye — celle qui l'avait trahi, celle qui avait bousillé sa vie. Tout était sa faute. Il voulait qu'elle se sente aussi impuissante qu'il l'était, aussi frustrée, aussi malheureuse. Terrasser son père par la même occasion serait un plus.

— Qu'attendez-vous de moi ?

Garth lui sourit.

— Vous vous contentez d'écouter, d'observer et de me rapporter leurs points faibles, tout ce qui est susceptible de les faire souffrir. Il faut frapper là où ça fait mal.

Mitch connaissait le principal point faible de Skye. Erin. Mais il ne le dirait pas à cet homme. Parce que aussi étrange que cela puisse paraître, en dépit de son désir de vengeance, il se sentait remué par un instinct primitif, celui de protéger la fillette.

— Naturellement, vous serez payé pour vos services, précisa Garth.

Le regard de Mitch s'assombrit.

— Ne me forcez pas à vous tuer.

Garth leva les mains.

— Pardon. Jusqu'à présent, tous ceux qui ont accepté de participer le font uniquement pour l'argent.

— Je ne fais pas partie du lot.

— Très bien. On reste en contact.

Garth se leva, s'approcha du lit et tendit la main à Mitch. Celui-ci hésita une seconde, avant de la serrer.

— Content de vous avoir rencontré, Cassidy.

Puis il quitta la chambre.

Mitch détourna les yeux de la porte, en essayant de se persuader qu'il se sentait mieux, maintenant qu'il faisait partie d'un plan destiné à anéantir les Tristan.

Mais comme il fermait les yeux sous l'effet de la fatigue et des calmants, il ne put s'empêcher de se demander s'il n'avait pas perdu plus que sa jambe en Afghanistan. S'il n'avait pas perdu une part essentielle de lui-même… son âme.

Chapitre 7

Glory's Gate avait connu des repas de famille plus animés. La grande table de la salle à manger croulait sous la nourriture, mais personne ne semblait vouloir y goûter, et l'atmosphère n'était pas à la liesse. Skye et Izzy n'étaient toujours pas redevenues les meilleures amies du monde, Jed était perdu dans ses pensées. Quant à Cruz et Lexi, ils n'avaient d'yeux que l'un pour l'autre. Seule Erin se comportait comme d'habitude, se réjouissant que l'école soit bientôt finie, racontant ce qu'elle comptait faire pendant les vacances d'été et ses exploits à cheval.

— Tu devrais venir me voir sauter, grand-père, dit-elle gaiement.

Jed réussit à relever les yeux de son assiette et fronça les sourcils.

— Tu as gagné des compétitions ?

— Je commence juste, mais je vais en gagner.

Jed lui sourit.

— C'est bien, mon petit. Ramène-nous une médaille olympique et nous l'accrocherons au fronton de Glory's Gate.

Ravie, Erin s'attaqua à sa purée de pommes de terre. Izzy se pencha vers elle.

— Je connais une discipline qui te plairait. Le *barrel racing*. Il s'agit d'une course à cheval chronométrée entre des tonneaux. C'est amusant. Si tu veux, on pourrait s'entraîner ensemble.

— Super ! acquiesça Erin qui adorait passer du temps avec sa tante.

Lexi murmura quelques mots à Cruz qui le firent sourire. Ils étaient tout simplement amoureux fous l'un de l'autre, songea Skye en essayant de faire taire son amertume.

Elle n'était pas jalouse du bonheur de sa sœur. Pas du tout. Elle aurait juste voulu en posséder quelques miettes. Elle aurait voulu quelqu'un sur qui s'appuyer, quelqu'un avec qui rire et partager sa vie. Et comme toujours dans ces cas-là, l'image de Mitch s'imposa.

Elle ne l'avait pas revu depuis qu'il avait reçu la lettre du laboratoire. Par Fidela, elle savait que le même jour, il avait marché jusqu'à l'épuisement, ce qui lui avait valu d'être hospitalisé et de se déplacer à présent avec des béquilles.

Naturellement, Skye s'inquiétait de savoir comment il allait et elle mourait d'envie de le revoir, même si elle était consciente que Mitch la détestait et qu'elle ferait mieux de ne plus penser à lui. Malheureusement, c'était plus fort qu'elle, elle ne pouvait cesser de penser à lui, et rêvait de s'abandonner de nouveau dans ses bras. Le désir était toujours là, lancinant.

Le désir physique était-il donc si important ? Certainement pas. Elle avait aimé Ray. Leur relation n'avait peut-être pas été tout feu tout flammes, mais leurs rapports avaient été *excellents*. Machinalement, Skye fit la grimace, consciente que cet adjectif n'était pas le meilleur qualificatif pour une relation amoureuse.

Tout le monde rêvait de passion, bien sûr. Mais la passion était pleine d'incertitudes et d'ambiguïtés. La passion était brouillonne et imprévisible. La preuve, elle s'était consumée d'amour pour Mitch et qu'avait-elle gagné ? Un immense chagrin.

La voix haut perchée d'Erin rompit de nouveau le silence.

— Ma maîtresse dit que tes vaches sont folles, grand-père. Je lui ai répondu qu'elles avaient pourtant l'air heureuses.

Jed releva les yeux, l'air furieux, cette fois.

— Qu'est-ce que cette garce…

— Papa, l'interrompit Skye. C'est l'institutrice d'Erin et elle ne faisait qu'exprimer un avis.

Jed jeta un coup d'œil à sa petite-fille.

— Ton institutrice est idiote.

Nullement impressionnée, Erin reposa sa fourchette.

— Elle sait pourtant beaucoup de choses. Simplement, elle ne connaît pas nos vaches.

Izzy esquissa un sourire moqueur.

— Nous devrions peut-être l'inviter à venir visiter le ranch. Nous lui offririons le thé. Ce serait charmant.

Ignorant la remarque ironique de sa sœur, Skye précisa à l'adresse de sa fille :

— Ton institutrice ne veut pas dire que les vaches sont malheureuses. La vache folle est une maladie du bétail. Si les gens mangent la viande d'animaux malades, ils peuvent eux aussi tomber malades.

Erin baissa les yeux sur son steak. Elevée sur un ranch, elle savait d'où provenait la viande dans son assiette.

— Mais nos vaches ne sont pas malades, hein ?

— Non. Elles sont en parfaite santé. Il arrive que les gens racontent n'importe quoi.

— Surtout les adultes, marmonna Erin.

— Tu as raison, renchérit Lexi, en posant un regard appuyé sur Skye.

Le repas s'éternisa. Quand enfin, la table fut desservie, Lexi et Cruz emmenèrent Erin en ville prendre une glace. Skye regagna sa chambre et se mit à faire les cent pas. Au bout d'un moment, n'y tenant plus, elle prit ses clés de voiture et dévala l'escalier. Elle allait probablement se faire rembarrer, mais il fallait qu'elle voie Mitch. Il fallait qu'elle sache s'il allait bien.

Fidela lui ouvrit la porte immédiatement.

— Il est dans le bureau, précisa-t-elle, inquiète. Il se terre là-bas depuis qu'il est sorti de l'hôpital. Il ne veut voir personne, il ne dort pas, il ne mange pas. Il se contente de boire. Je ne sais plus quoi faire. Vous seule pouvez réussir à le raisonner.

— Ne nous emballons pas, murmura Skye. Je vais d'abord aller le voir.

— Il a besoin de vous.

Fidela avait parlé doucement, en espagnol, presque comme une prière.

Skye traversa la cour. L'après-midi touchait à sa fin. L'air s'était rafraîchi, les chevaux étaient calmes. Seules les stridulations d'un criquet rompaient le silence. Skye avait l'impression d'être la dernière personne en vie sur cette Terre. La dernière, jusqu'à ce qu'elle entende le bruit d'un verre qui se brise.

Sans réfléchir une seconde, elle se précipita vers le bureau de Mitch et ouvrit la porte.

Il se tenait debout près de la table, appuyé sur une béquille. La jambe gauche de son pantalon pendait, vide. Une bouteille de scotch était posée sur le classeur métallique.

— Que me vaut l'honneur de ta visite ? dit-il d'une voix traînante. C'est ton jour de visite aux estropiés du coin ?

Le visage mangé par une barbe de cinq jours, les yeux rouges et bouffis, Mitch pesait de tout son poids sur sa béquille. Mais sa main ne trembla pas, quand il se versa une nouvelle rasade de whisky.

— Je ne voudrais pas être à ta place quand tu ouvriras

les yeux demain matin, observa Skye, en désignant le verre d'un mouvement de menton.

— Tu ne voudrais pas être à ma place quel que soit le moment, ricana Mitch. Et Dieu sait que moi non plus, je ne voudrais pas y être.

Se laissant tomber lourdement dans le fauteuil, il poussa la bouteille vers Skye.

— Sers-toi, si tu veux. Désolé, je n'ai pas d'autre verre, mais tu peux boire à la bouteille.

Dédaignant son offre, elle le dévisagea.

— Je suis venue voir comment tu allais.

— Mieux vaut tard que jamais, dit-il en pointant sa béquille sur elle. Et toi, comment vas-tu ? Tu es très séduisante, ce soir. Pourquoi n'enlèves-tu pas ton T-shirt que je puisse admirer tes jolis seins.

Levant son verre, il ajouta d'une voix avinée :

— A tes seins, chérie ! Et à tous les hommes qu'ils ont rendus fous.

Il était complètement ivre. Sans un mot, Skye prit la bouteille de scotch et alla la vider.

— Il m'en reste encore deux comme celle-ci, observa Mitch.

Revenant vers lui, Skye reposa la bouteille vide sur le bureau.

— Peut-être, mais il va falloir te lever pour aller les chercher et dans l'état où tu es, je doute que tu puisses traverser cette pièce.

Mitch posa délibérément les yeux sur sa poitrine.

— Ça dépend de ma motivation.

Skye ignora l'allusion.

— Qu'as-tu fait depuis que tu es sorti de l'hôpital ? Tu vas te contenter de boire et de rester assis ici à t'apitoyer sur ton sort encore longtemps ?

Le regard mauvais, Mitch vida son verre d'un trait.

— Ne joue pas les mères rabat-joie avec moi. Je n'ai pas besoin de tes sermons.

— Il faut pourtant que quelqu'un t'ouvre les yeux, Mitch. Regarde-toi ! D'accord, tu as traversé des moments difficiles, mais tu es vivant. Tu as un foyer et des gens qui t'aiment.

— Mais pas d'enfant, hein ? Pas d'enfant.

— Tu es rentré chez toi, insista Skye, déterminée à se faire entendre. Pense à tous ceux qui n'ont pas eu cette chance, tous ceux qui n'ont pas de famille, pas de toit pour les accueillir. Ils sont plus à plaindre que toi.

En dépit de son état d'ébriété avancée, Mitch redressa la tête et la fusilla du regard.

— Ne me pousse pas à bout, Skye, gronda-t-il. Je pourrais t'attraper et te prendre ici même, sur ce bureau.

— Pas ce soir, tu n'en es pas capable.

— Je peux essayer et je te jure que ça fera mal.

S'approchant du bureau, Skye baissa les yeux sur Mitch.

— C'est ce que tu veux ? Me faire mal ? Tu crois que tu te sentiras mieux après ? Très bien, vas-y, fais-moi mal. Après tout, c'est moi qui suis partie. Je t'ai plaqué. Il est normal que tu veuilles me punir.

Furieux, Mitch reposa violemment son verre sur la table.

— Erreur, Skye. Tu ne m'as pas plaqué. Tu avais accepté de m'épouser, tu disais que tu m'aimais et que tu souhaitais vivre le restant de tes jours avec moi. Ensuite, tu as changé d'avis parce que ton père te l'a demandé.

— J'avais peur, reconnut Skye pour la première fois depuis toutes ces années. J'avais perdu ma mère et je ne supportais pas l'idée que mon père puisse me tourner le dos. Il était tout ce qui me restait.

— Et toi, tu étais *tout* ce que j'avais ! hurla Mitch. J'avais perdu mes parents et je croyais que nous serions toujours là l'un pour l'autre.

Skye baissa la tête.

— Je sais. Excuse-moi, murmura-t-elle.

— Je me moque de tes excuses.

Skye redressa la tête.

— Alors, que veux-tu ?

— Je veux te faire souffrir comme j'ai souffert. Je veux que tu payes pour tout ça !

Sa colère et sa souffrance étaient quasi palpables dans la petite pièce exiguë. Elles aspiraient tout et Skye n'avait qu'une envie, se sauver.

— Tu crois que tout est ma faute, murmura-t-elle. Si je n'avais pas rompu avec toi, tu ne serais pas parti, tu ne te serais pas engagé dans l'armée et tu n'aurais pas perdu ta jambe.

Mitch resta silencieux.

— Tu regrettes ce que tu as fait ? insista-t-elle. Toutes ces vies que tu as sauvées ?

— Ce n'est pas le problème.

— Alors, de quoi s'agit-il ? Tu as fait un choix, Mitch. Nous avons tous deux fait des choix et nous devons désormais en assumer les conséquences.

— C'est facile pour toi, répliqua Mitch d'une voix rauque, chargée de colère. Vivre dans ta luxueuse maison, avec ton enfant et tout le reste. Ce n'est pas toi que le chagrin et la douleur tiennent éveillée toutes les nuits. Est-ce que tu regrettes au moins d'avoir épousé Ray ?

Il en revenait toujours à cette même question, songea Skye tristement.

Alors, regardant droit dans les yeux cet homme qu'elle avait aimé plus que tout, et pourtant pas assez pour oser défier son père, elle répondit dans un souffle :

— Non, je ne le regrette pas. Ray m'a donné Erin et je ne peux imaginer la vie sans elle. Ce qui est fait est fait, Mitch. Nous en sommes là.

— Toi, *tu* en es là, rectifia-t-il. Moi, je suis ailleurs.

— Je ne te reconnais plus, Mitch.

— Dommage. Il paraît que je suis un gars formidable.

— Tu l'étais. Aujourd'hui, tu n'es plus qu'un homme qui voudrait que le monde entier s'apitoie sur son sort.

Mitch avait l'impression qu'un marteau piqueur résonnait sous son crâne. Comment pouvait-on se sentir aussi mal et être encore en vie ? Il avait passé une bonne partie de la nuit précédente dans son bureau et s'était réveillé sur le sol peu avant l'aube. Il lui avait fallu pas moins d'une heure pour se traîner jusqu'à la maison, les béquilles ne lui ayant pas été d'un grand secours — dans l'état où il était, elles avaient été davantage une entrave qu'un soutien.

Un litre de café et un tube d'aspirine ne semblaient pas vouloir apaiser le martèlement sous son crâne, ni la brûlure au creux de son estomac. Pire encore, il ne se souvenait plus vraiment de ce qui s'était passé la veille, si ce n'est que Skye était venue le voir et qu'il s'était comporté avec elle comme le dernier des salauds. Une petite voix démoniaque lui soufflait qu'elle l'avait probablement mérité, mais au fond de lui-même, il n'en était pas si sûr. Il y avait certaines lignes rouges qu'il ne voulait pas franchir et qu'il craignait cependant d'avoir franchies la nuit précédente, sous l'emprise de l'alcool.

Fidela tournait autour de lui, à ses petits soins, jusqu'à ce que, n'y tenant plus, il enfonçât son chapeau sur son crâne et reprît le chemin des écuries. Si ses souvenirs étaient bons, il avait laissé son bureau dans un désordre épouvantable. Il allait le ranger. Ensuite, il se préoccuperait de Skye.

La pénombre tranquille des écuries apaisa la pression sous son crâne. L'espace d'une dizaine de secondes seulement.

— Bonjour, Mitch ! Vous voulez bien venir faire un tour à cheval avec moi ? Il faut vraiment que vous sortiez promener Bullet. Il est triste. Je le sens.

Mitch réprima une grimace. La voix perçante et haut perchée d'Erin lui vrillait le crâne.

— Erin, dit-il doucement. Je ne me sens pas très bien, aujourd'hui. Pourrais-tu parler moins fort ?

— Pourquoi ? C'est ma voix qui vous donne mal à la tête ? Vous êtes malade ? Vous avez pris froid ?

Sous l'avalanche de questions, Mitch ferma brièvement les yeux. Il lui aurait volontiers demandé de lui fiche la paix, mais il ne le ferait pas. Car, même si Erin n'était pas sa fille, il ne voulait surtout pas lui faire de peine. Ce n'était pas grand-chose, mais c'était l'unique point lumineux de l'image déjà salement ternie qu'il donnait de lui-même.

— Tout me donne mal à la tête, répondit-il, en s'efforçant de sourire.

— Je sais ce qui vous remettra d'aplomb, déclara Erin avec un sourire triomphant. Venez faire un tour à cheval avec moi et je vous promets d'être sage et silencieuse comme une image.

— Je ne me laisserai pas manipuler par une gamine de huit ans.

Erin lui adressa un clin d'œil espiègle et posa ses poings minuscules sur ses hanches étroites.

— Vous voulez m'entendre crier ?

— Erin ! fit mine de gronder Mitch.

Le sourire de la fillette s'élargit.

— Je pourrais chanter si vous préférez. Mais ça n'arrangera pas votre migraine. Allez, venez donc faire un tour à cheval !

Mitch réprima un soupir. Il n'avait aucune envie de se faire secouer comme un pantin sur un cheval. Mais il ne put s'empêcher de regarder Erin dans les yeux et d'y lire l'espoir.

— Vous verrez, vous vous sentirez mieux, chuchota-t-elle. Promis, je ne dirai pas un mot.

Puis, baissant les yeux sur sa jambe gauche — ou plutôt, là où elle aurait dû se trouver, elle ajouta :

— Vous avez mal ? Fiddle m'a dit que vous en aviez trop fait et que votre pro-machin chose vous avait blessé.

Erin se mordit la lèvre inférieure et toucha sa propre jambe.

— Moi aussi, je serais affreusement triste si je perdais ma jambe. Les câlins de ma maman ne suffiraient pas à me consoler.

Comme elle relevait la tête, Mitch vit qu'elle avait les larmes aux yeux.

— Ça me fait de la peine que vous ayez été blessé à la guerre.

Une larme roula sur sa joue. Elle ajouta, timide :

— Je peux vous faire un câlin ?

Mitch sentit sa gorge se serrer. Incapable de répondre, il hocha la tête. Alors, elle se précipita vers lui, jeta ses bras fluets autour de sa taille et se cramponna à lui, comme si elle avait l'intention de ne plus jamais le lâcher.

Elle aurait pu être sa fille, songea-t-il, bouleversé. Si Skye l'avait épousé, ils auraient fondé une famille, ils auraient pu avoir une fillette semblable à Erin.

Au lieu de ça, un vieil homme lui avait volé Skye. Non, se souvint-il. Ray n'y était pour rien. Il s'était contenté d'accepter ce qu'on lui offrait sur un plateau. Les fautifs, c'étaient Skye et Jed Tristan. Et il le leur ferait payer…

— Dites oui ! insista Erin, les yeux levés sur lui. Je promets de ne pas crier, ni de chanter, si vous venez faire un tour à cheval avec moi.

Mitch sentit un flot de tendresse lui inonder le cœur.

— D'accord, allons-y.

Elle recula d'un bond en poussant un cri de joie perçant, avant de poser les mains sur sa bouche.

— Hoops. Pardon. Je ne ferai plus un bruit à partir de maintenant.

— Ce serait bien.

Il s'avança jusqu'au box de Bullet et tint la porte ouverte pendant qu'Erin sortait le cheval.

Coincé avec ses béquilles, Mitch ne pouvait pas l'aider à harnacher Bullet, mais la fillette avait l'habitude. Très vite, elle fixa les sangles et posa le mors. Mais la selle était trop lourde et volumineuse pour une enfant de huit ans. Elle la traîna donc jusqu'à Mitch. S'équilibrant sur une jambe, il posa ses béquilles et réussit à balancer la selle sur le dos de Bullet qui se laissait faire sans broncher. Dix minutes après, ce dernier était fin prêt. Erin le conduisit vers le montoir. Mitch s'approcha, hésitant.

— La dernière fois que je suis monté à cheval, c'était il y a près de neuf ans, marmonna-t-il. Et j'avais mes deux jambes.

— Allez-y, je le tiens! dit Erin qui se tenait debout devant Bullet et lui caressait le museau. Mais je ne pense pas qu'il bougera. Il a été spécialement entraîné.

Pour être monté par un infirme, songea Mitch avec amertume.

Abandonnant ses béquilles au bas du montoir, il gravit les trois marches à cloche-pied, en se cramponnant à la rambarde. Une fois sur la plate-forme, il souleva sa jambe gauche et la fit passer par-dessus la selle. Puis, déportant son poids, il rassembla ses forces, bascula vers l'avant en se tirant après le pommeau, souleva la jambe droite et retomba en selle.

— Vous avez réussi! s'écria Erin d'une voix perçante, malgré ses bonnes résolutions.

Mitch grimaça, mais ne lui demanda pas de baisser le ton, tant il était surpris de ne pas se sentir plus dépaysé sur le dos d'un cheval. Rassemblant les rênes, il invita Bullet à avancer. Ce dernier démarra sans broncher et sortit de l'écurie.

Erin courut chercher sa monture, un poney pie, doux et dénué de malice. Elle grimpa dessus comme un petit singe et s'empressa de sortir à son tour.

Concentré sur les réactions de Bullet, Mitch lui faisait décrire de longues courbes. Il pouvait exercer plus de pression avec sa jambe gauche qu'il ne l'aurait imaginé, quoique, sans les muscles du mollet, il devait donner l'impulsion et évaluer la réponse d'après la réaction de Bullet. Celui-ci se comportait comme s'il comprenait et quand ils traversèrent le corral sans un seul écart, monture et cavalier ne formaient déjà plus qu'un. Et Mitch regrettait presque de ne pas être remonté à cheval plus tôt.

— Je savais que ça vous ferait plaisir, déclara Erin.

— Tu avais raison.

Elle lui sourit et Mitch lui retourna son sourire. Un sourire heureux pour la première fois depuis bien longtemps.

Ils chevauchèrent jusqu'à l'endroit où paissaient les vaches et firent le tour du troupeau. Sur leur droite, une clôture délimitait l'élevage de volailles. Erin tendit le bras.

— Il y a un trou dans la clôture. Il faudra prévenir Arturo pour que les coyotes ne viennent pas manger les poulets.

Les coyotes pouvaient bien se régaler, il s'en fichait, râla Mitch en son for intérieur.

— Tu le lui diras, marmonna-t-il.

— On dirait que vous n'aimez pas les poulets. Pourquoi ?

— C'est un élevage de bovins, ici.

— Il faut savoir se diversifier, répondit Erin d'un ton professoral.

Mitch éclata de rire.

— D'où tu sors ça ?

Pinçant les lèvres, Erin prit un petit air suffisant.

— Arturo et moi discutons de choses importantes. Il m'apprend tout ce qu'il faut savoir sur le ranch. D'après lui, il est dangereux de vivre uniquement de l'élevage du bétail. Il faut diversifier les activités. Comme ça, s'il y a un problème avec le bétail, on est sauvé par les poulets. C'est la même chose que de prendre un imperméable quand le ciel est nuageux. Si on ne le prend pas, on risque de se mouiller.

— Tu veux dire que l'élevage de volailles sert d'imperméable en quelque sorte ?

Erin fronça les sourcils.

— Je crois. C'est Arturo qui le dit, pas moi.

— Ma famille élève du bétail sur cette terre depuis plus d'un siècle. Les Cassidy n'ont jamais eu besoin d'élever des poulets.

— Ils n'avaient pas besoin non plus d'ordinateurs. Mais vous, si ! observa fort justement Erin.

Mitch lui glissa un coup d'œil admiratif.

— Tu es une petite futée.

Erin haussa les épaules.

— C'est ce que maman dit aussi. Pour en revenir aux poulets, ce n'est pas leur faute si ce sont des bêtes un peu stupides. Vous ne devriez pas leur en vouloir.

— Je ne leur en veux pas.

— On dirait que si. Ils sont pourtant marrants ces poulets. Ils mangent de la noix de coco.

Mitch tira sur les rênes.

— Quoi ?

— Peut-être pas que de la noix de coco, rectifia Erin. Mais il y en a dans leur nourriture.

— De la noix de coco ! Ils boivent aussi des piña coladas ?

— Ça, je ne sais pas. Vous feriez mieux de demander à Arturo. C'est drôlement compliqué.

De la noix de coco ! soupira Mitch en son for intérieur. Et pourquoi pas leur servir les repas sur un plateau d'argent tant qu'on y était ?

— Où sont vos parents ? demanda brusquement Erin.

— Ils sont morts, il y a dix ans.

— C'est triste.

— Oui. Ils adoraient voyager. Ils étaient en Italie quand l'avion de tourisme qu'ils avaient pris pour survoler les Alpes s'est écrasé.

— Vous vous souvenez d'eux ?

Mitch hocha la tête.

Ses parents étaient souvent absents, mais il se souvenait parfaitement de son père.

James Cassidy avait grandi ici, dans ce ranch qu'il détestait. Il n'attendait qu'une chose, échapper au travail d'éleveur et à ces terres dont il se sentait prisonnier. Il lui tardait de s'évader, ce qu'il avait fait avec son épouse, aussitôt après la mort de son père.

Mitch avait dix ans quand son grand-père les avait quittés, laissant ses parents libres de courir le monde. Arturo et Fidela avaient alors comblé le vide familial, lui offrant la stabilité affective dont il avait besoin.

Ses parents ne lui avaient pas beaucoup manqué, même s'il s'était senti perdu lors de leur disparition — sans doute la prise de conscience de ne pas avoir d'autre famille. Heureusement, il y avait Skye. Et à l'époque, c'était tout ce qui comptait.

— On accélère ? proposa Erin.

— D'accord, acquiesça Mitch qui avait soudain très envie de voir ce dont il était capable.

Se penchant sur l'encolure de sa monture, la fillette lui murmura quelques mots. Obéissant, le poney s'élança immédiatement au galop. Bullet le suivit et Mitch resserra l'étreinte de ses cuisses pour ne pas se laisser désarçonner. L'air lui fouettait le visage, mais en dépit de sa jambe mutilée, il se tenait à cheval sans aucun problème.

Libre ! songea-t-il, heureux d'avoir la chance d'éprouver

de nouveau cette sensation. Et cela, il le devait à Erin. A sa ténacité et à son enthousiasme. Il lui revaudrait ça.

A Skye aussi il lui revaudrait ça, mais pour des raisons bien différentes…

Chapitre 8

Skye s'avança dans la salle du Café Calicot où l'attendaient Lexi et Dana, leur amie et shérif adjoint de Tristanville.

— Où est Izzy ? s'enquit Lexi, en lui tendant la carte. Ne me dis pas que vous vous faites toujours la tête.

— Je parie que c'est à cause d'un homme, intervint Dana avec un sourire moqueur. J'ai raison ?

— Un peu, répondit Skye, sur la défensive. Avant de partir, j'ai proposé à Izzy de venir prendre le petit déjeuner avec nous, mais elle a refusé.

— Qui est donc ce garçon qui sème la discorde entre vous ? questionna Dana, l'œil curieux.

— C'est sans importance.

— C'est sans importance et vous vous disputez tout de même à cause de lui ?

— Je sais, c'est idiot, soupira Skye, en se glissant sur la banquette. Mais j'en ai marre qu'Izzy se prenne pour l'unique tombeuse de mecs de la famille.

Lexi et Dana échangèrent un regard interloqué.

— Parce que tu voudrais en être une, toi aussi ? s'étonna Lexi.

— Mince, alors ! Tu as besoin d'un psy ou d'une bonne dose de calmants, renchérit Dana, en ouvrant de grands yeux. Peut-être même des deux !

Skye se força à sourire.

— Je sais, ça paraît dingue et je ne peux pas vraiment l'expliquer. Mais T.J. Boone est…

— Nous étions au lycée ensemble, précisa Lexi à l'adresse de Dana. Tu te souviens certainement de lui.

— Bien sûr. Plutôt beau garçon, si on a un faible pour les blondinets, version formatée du prince charmant, ajouta Dana avec une moue dédaigneuse.

— Ce n'est pas qu'une question de physique, protesta Skye d'un ton guindé. C'est une question de principe.

— Quel principe ? Celui d'avoir le dernier mot ?

Etant chargée de faire respecter la loi et très intuitive, Dana avait l'art d'aller droit au cœur du problème. D'ordinaire, c'était une qualité que Skye appréciait chez son amie. Mais pas ce matin-là.

— Jed voudrait que je sorte avec T.J., expliqua-t-elle, mal à l'aise. Izzy s'est aussitôt empressée de se mettre au milieu. Elle est allée voir T.J. et m'a ensuite très gentiment informée qu'il n'y avait aucune chance qu'il s'intéresse à moi, parce qu'il était complètement fou d'elle. Normal. Qui ne le serait pas ? Elle est tellement irrésistible ! Et elle a le culot de prétendre avoir accepté de sortir avec lui pour me protéger de ses mauvaises intentions.

Skye sirota une gorgée de café.

— Elle oublie que je suis une grande fille et que je n'ai besoin de personne pour me défendre.

— Izzy se fait peut-être réellement du souci pour toi, intervint Lexi.

— Possible.

— C'est ta sœur.

— Je sais.

Dana se pencha vers Skye.

— Ce que Lexi essaie de te faire comprendre, c'est que tu pourrais faire preuve d'un peu plus de maturité dans cette histoire.

— Ce n'est pas ce que j'ai envie d'entendre.

— Ce garçon, est-ce que tu l'aimes, au moins ? questionna Lexi.

— T.J. est séduisant, charmant, amusant et il fait de gros efforts pour me plaire.

— Mais ? demanda Dana.

Skye réprima un soupir.

— Pourrions-nous changer de sujet ? Il existe des problèmes plus importants. Notre demi-frère par exemple. Toujours rien à ce propos ?

— Cruz a engagé un détective, répondit Lexi. Sans résultat jusqu'à présent. Si nous réussissions à dénicher quelque chose d'illégal le concernant, nous pourrions faire appel à la police.

— Pour ce qui est de la police de Tristanville, je suis prête à mettre une équipe de flics à ses trousses, commenta Dana. Mais il nous faudrait pour cela un témoignage contre lui.

— C'est bien là le problème, soupira Lexi. J'ai réussi à contacter la femme qui voulait m'intenter un procès. Elle a retiré sa plainte, mais elle refuse de témoigner contre Garth. Elle ne veut même pas reconnaître qu'elle a déposé plainte à sa demande.

— Ce gars-là est vraiment très fort, conclut Dana.

— Très fort pour nous détruire, oui, gémit Skye. Dire que nous aurions pu avoir un demi-frère charmant avec qui partager de bons moments ! Au lieu de ça, nous avons sur le dos un être démoniaque qui conspire à notre destruction. J'ai parfois l'impression de jouer dans un James Bond, sauf que je ne dispose pas des gadgets habituels.

— Ni d'un James Bond, ajouta Dana.

— Exact.

— J'aimerais bien lui mettre la main dessus.

Lexi semblait perdue.

— Sur James Bond ?

— Non, Garth, répondit Dana.

— Ce n'est pas ton type d'homme, la taquina Skye.

— Tu ne m'apprends rien, soupira Dana.

— Au fait, tu as quelqu'un ? demanda Lexi.

Quelques semaines auparavant, elles avaient passé une soirée entre femmes, histoire de remonter le moral de Dana qui venait de rompre.

— Je papillonne. Et ça me va très bien pour le moment.

Lexi se tourna vers Skye.

— Et toi, tu as l'intention de continuer à voir T.J. ?

— Je ne sais pas. Il est sympa.

— Le qualificatif que tout homme rêve d'entendre ! gémit Dana en portant la main à son cœur. *Sympa,* le mot qui tue dans une relation amoureuse ! S'il ne te fait pas vibrer, tu ferais mieux de le laisser à Izzy.

— Peut-être, marmonna Skye.

De toute façon, si Jed avait décidé qu'elle épouserait T.J., il l'y contraindrait par des moyens que ni ses sœurs ni son amie ne pouvaient imaginer et encore moins comprendre.

Même maintenant, alors qu'elle était mère et menait une vie bien remplie, elle craignait de perdre l'affection de son père. Peu importe le nombre de fois où elle s'était répété qu'elle n'était plus la petite fille de onze ans, penchée sur le corps sans vie de sa mère, elle tremblait toujours de peur à l'idée de déplaire à Jed et des possibles conséquences. Elle détestait cette faiblesse qu'elle portait en elle, mais elle n'y pouvait rien.

— C'est donc vous le crétin dont Joss m'a parlé.

Mitch releva les yeux de l'écran d'ordinateur. Un colosse d'une trentaine d'années à la carrure d'athlète se tenait sur le seuil de son bureau.

— Qui êtes-vous ? demanda-t-il, soupçonnant déjà le fin mot de l'histoire.

Joss ne se contentait pas de le priver de sa prothèse, il fallait par-dessus le marché qu'il vienne le harceler par personne interposée jusque chez lui.

— Je m'appelle Alex, répondit l'homme.

Il s'avança dans la pièce et prit une chaise sans y avoir été invité.

— Joss m'a demandé de passer vous voir pour discuter.

Ce gars-là avait ses deux mains, constata Mitch. Il avait donc probablement perdu une jambe.

— Laquelle ? demanda-t-il.

— La droite. Pas facile pour conduire. Il y a quinze ans, j'ai été amputé à mi-cuisse, suite à un accident de voiture après une soirée trop arrosée.

Alex haussa les épaules.

— C'est comme ça. J'avais l'excuse de n'être alors qu'un gamin. Et vous ?

— J'ai croisé la trajectoire d'une bombe.

— Je ne parlais pas de la perte de votre jambe. Je parlais de votre attitude complètement dingue. D'après ce que j'en sais, vous vous êtes salement amoché la semaine dernière. Vous pouvez bien marcher jusqu'à l'épuisement, ça ne vous rendra pas votre jambe.

Le peu d'intérêt que Mitch portait à cette conversation tourna à l'ennui.

— Merci pour le conseil. Je suis occupé.

— Dommage. Parce que je ne partirai pas d'ici avant d'avoir dit ce que j'ai à dire.

Mitch croisa les bras.

— Vous pensez pouvoir me forcer à écouter ?

— Réfléchissez un peu, Cassidy. Deux estropiés luttant sur le sol, les prothèses et les béquilles volant autour d'eux. Vous imaginez le tableau ?

Mitch ne put retenir un sourire malgré lui.

— Il est vrai que ce ne serait pas folichon. Pourquoi êtes-vous là ? demanda-t-il, redevenant sérieux.

— Pour vous expliquer comment ça se passe à long terme. Pour vous dire que tout ira mieux, une fois que vous aurez accepté votre vie telle qu'elle est désormais. Vous torturer mentalement et physiquement ne sert à rien. Il faut apprivoiser la perte de votre jambe, s'adapter à la prothèse.

— A condition que Joss me la rende.

— Il vous la rendra. Mais allez-y doucement, cette fois.

— Doucement n'est pas mon allure préférée.

— Ce n'est que temporaire. Et sur le plan sexuel, vous avez eu des rapports depuis l'amputation ?

Pris de court, Mitch répondit sans réfléchir :

— Oui.

— Parfait. Certains gars repoussent à plus tard. Il est préférable de vite se remettre en selle, comme on dit.

Mitch ne put s'empêcher de penser à Skye et à la façon dont elle s'était abandonnée.

— Ce n'était pas avec un cheval.

Alex éclata de rire.

— Je m'en doute. Vous étiez au-dessus ?

Mitch hésita.

— Non. Je n'étais pas certain de pouvoir…

— Evidemment, ça demande un peu de pratique. S'il ne s'agit pas d'une relation régulière, mieux vaut attendre d'être à l'aise avec sa partenaire. Il faut un petit peu de temps pour trouver ses appuis, mais ça vaut la peine de s'entraîner, conclut Alex avec un sourire.

L'imagination de Mitch ne cessait de dériver vers Skye. Il ne pouvait s'empêcher de l'imaginer dans un lit, sous lui, haletante, les yeux fermés. Il avait beau lui en vouloir à mort, le désir était toujours là, bien vivant, aussi violent qu'autrefois.

— Vous n'êtes pas le seul à subir les conséquences de

votre amputation, observa Alex, l'arrachant à ses fantasmes. L'entourage aussi doit s'adapter. Vos amis, votre famille, ils ne savent pas vraiment à quoi s'attendre, ni comment réagir. Doivent-ils vous aider ou s'écarter de votre chemin ? Doivent-ils vous demander si ça va ? La plupart des gens essaient de faire de leur mieux. Vous devez les y aider en étant sincère avec eux. Vous ne voulez pas de leur aide, vous le dites. Vous avez besoin d'aide, vous leur faites signe. Mais si vous attendez d'eux qu'ils devinent la chose à faire ou à ne pas faire, vous perdrez bien davantage que votre jambe.

Mitch dévisagea l'homme qui lui parlait sans détour et lui faisait prendre conscience de l'injustice de son attitude à l'égard de ceux qui l'aimaient. Pour la première fois, il se vit avec lucidité et il eut honte.

— C'est un sacré changement pour tout le monde, insista Alex. Pas forcément en mal, d'ailleurs. Tout dépend de vous. Faites en sorte que ce soit positif.

— Vous avez raison, murmura Mitch, réalisant soudain qu'il avait fait fausse route en n'obéissant qu'à sa colère et qu'il était peut-être encore temps pour lui de reprendre sa vie en main.

Izzy laça ses chaussons d'escalade.

T.J. attendit qu'elle ait terminé pour lui tendre un baudrier. Elle le lui prit des mains, avec un sentiment de mécontentement qu'elle ne s'expliquait pas. Quand il lui avait proposé cette sortie d'escalade, elle avait immédiatement accepté. Alors, pourquoi avait-elle envie de l'envoyer paître, maintenant ?

Parce qu'elle avait mauvaise conscience, parce qu'elle avait l'impression de trahir Skye, lui souffla sa petite voix intérieure. Alors, bien sûr, il était plus facile d'en vouloir à T.J.

Elle aurait voulu pouvoir lui crier dessus, mais elle n'avait aucun motif valable dans l'immédiat. Elle pourrait peut-être se plaindre du style de sortie qu'il lui proposait. De toute évidence, il la considérait tout juste bonne à transpirer, mais pas assez bien pour un dîner ou un théâtre. Sauf que le restaurant et le théâtre, ce n'était pas son genre. Si la soirée devait se terminer au lit, pourquoi perdre du temps autour d'un repas ou devant une pièce de théâtre ? Autant aller à l'essentiel. Mais de là à lui proposer une sortie d'escalade, tout de même... Quel culot !

— On dirait que vous êtes sur le point de m'étriper, observa tranquillement T.J. Vous avez quelque chose à me reprocher ?

— Oui. Vous sortez avec ma sœur.

La réponse avait claqué plus sèchement qu'elle n'en avait eu l'intention.

— J'ai invité Skye à dîner.

— J'appelle ça sortir ensemble.

— Je n'ai pas dit le contraire.

— Il est impossible que vous soyez attiré à la fois par ma sœur et par moi. Nous sommes totalement différentes.

— Justement, je suis d'un naturel éclectique.

Agacée par le petit sourire moqueur sur les lèvres de T.J., Izzy s'impatienta.

— Ecoutez, s'il s'agit d'un fantasme sexuel dans le genre coucher avec deux frangines, pas question !

T.J. esquissa une moue dubitative.

— Je n'y avais pas pensé, mais maintenant que vous le dites...

Franchement exaspérée, Izzy jeta un coup d'œil autour d'elle à la recherche d'un projectile qu'elle pourrait lui lancer à la tête.

— Je suis sérieuse.

— Moi aussi. Alors, comme ça, vous aimeriez avoir l'exclusivité ?

Izzy cligna des yeux.

— Pardon ?

— Eh bien oui, si vous souhaitez l'exclusivité, il suffit d'officialiser notre relation. Vous seriez ma petite amie, je serais votre petit ami. Nous sortirions ensemble et avec personne d'autre.

Médusée, Izzy recula de trois pas et dut se retenir pour ne pas faire le signe de croix.

— Vous êtes fou ! C'est seulement la deuxième fois que nous sortons ensemble. Je vous connais à peine.

T.J. resserra son baudrier.

— Voilà qui flatte mon ego ! Devant tant d'enthousiasme, je peux mourir en homme heureux.

Décontenancée, Izzy le dévisagea. Aucun doute, il avait du bagout et de l'humour.

— Je vois où vous voulez en venir, soupira-t-elle, consciente de sa bévue. Si ce n'est que la deuxième fois que nous sortons ensemble, de quel droit devrais-je vous interdire de fréquenter une autre femme, c'est ça ? Très bien. Vous pouvez sortir avec qui vous voulez, je m'en fiche. Sauf s'il s'agit de ma sœur. Là, il va vous falloir choisir.

— Une idée de celle avec qui ça marcherait le mieux ?

Izzy ravala un juron. Répondre que c'était elle, ce ne serait pas très sympa vis-à-vis de Skye. D'un autre côté, elle mourait d'envie de voir jusqu'où T.J. pouvait aller.

— Vous pourriez décider entre vous, proposa celui-ci.

— Vous plaisantez ? Ce n'est tout de même pas comme si vous étiez le gros lot et que nous tirions à pile ou face celle qui va le décrocher.

T.J. porta la main à sa poitrine.

— Comme c'est flatteur ! Je vais finir par prendre la grosse tête.

— Idiot ! ronchonna Izzy en s'approchant de la paroi artificielle.

Comme elle agrippait la première prise, elle sentit les mains de T.J. se poser sur sa taille. Il était tout proche, le torse contre son dos. Il dégageait une sensation de force, de chaleur et de virilité. Et elle adorait cette sensation.

— Ne me repoussez pas, lui murmura-t-il à l'oreille. S'il vous plaît.

— Donnez-moi une seule bonne raison de ne pas le faire.

Lentement, il la fit pivoter vers lui. Puis, se penchant sur ses lèvres, il l'embrassa.

Ce n'était pas comme leur premier baiser, le jour du saut en chute libre. Ce jour-là son baiser avait été exigeant. Cette fois, il l'embrassait doucement, pressant ses lèvres contre les siennes sans les forcer. Il prenait tout son temps, frôlant ses lèvres jusqu'à ce qu'elles perdent leur rigidité et s'entrouvrent sous les siennes.

Izzy aimait le contact de sa bouche sur la sienne. Elle adorait la façon dont il passait sa langue sur ses lèvres. Ce qui soulevait une question essentielle. Etait-elle prête à passer à l'étape suivante ?

Elle commettait peut-être une bêtise, mais comment résister à une bouche aussi persuasive… Alors, elle lui offrit la sienne sans réserve et ce fut un embrasement. Elle en perdit le souffle.

Il avait un léger goût de café et de menthe. Ses doigts sur sa taille étaient brûlants. Non, elle n'avait vraiment aucune envie de lui résister…

Un bruit de pas les fit revenir sur terre. Ils s'écartèrent.

Izzy plongea dans le regard bleu de T.J. Elle y lut le désir. Il avait l'air en pleine frustration. Avec n'importe quel autre homme, elle aurait ajourné la séance d'escalade sur-le-champ pour se précipiter dans son lit. Mais dans le cas présent, c'était impossible. Pas avec Skye dans le paysage.

— Ne me repousse pas, répéta-t-il, sans la lâcher des yeux.

— D'accord.

C'était venu du plus profond d'elle-même. Izzy avait le sentiment que son libre arbitre n'avait eu aucune part dans cette réponse.

Se tournant vers la paroi, elle commença à grimper. Elle voulait grimper le plus haut possible, pour n'avoir à penser à rien d'autre qu'aux prises. Qu'à s'accrocher. Sinon, c'était la chute.

Arturo passa la tête par la porte entrouverte du bureau.

— Je pars vérifier des clôtures. Tu veux venir?

Deux jours auparavant, Mitch aurait refusé. Mais l'entrevue avec Alex lui avait ouvert les yeux. Fidela et Arturo étaient eux aussi bien obligés de s'adapter aux bouleversements provoqués par son amputation. Ils brûlaient de lui apporter leur aide, mais ce n'était pas facile.

— J'arrive, répondit-il.

Il sauvegarda son fichier et prit ses béquilles.

— Ça va mieux? s'enquit Arturo, tandis qu'ils se dirigeaient vers la camionnette garée derrière les écuries.

— Je cicatrise. Je vais pouvoir appeler le centre de rééducation pour récupérer ma prothèse temporaire.

En supposant que Joss veuille bien la lui rendre, soupira silencieusement Mitch. Le manchon était certainement réparé depuis un bout de temps, mais Joss s'était bien gardé de le prévenir. Il attendait que ce soit lui qui fasse le premier pas.

— En quoi la prothèse temporaire est-elle différente d'une prothèse définitive? questionna Arturo, avant de lever la main, l'air gêné. Excuse-moi. Je ne devrais pas poser ce genre de question.

— Tu peux, le rassura Mitch.

Il attendit qu'Arturo ait mis le contact pour préciser :

— Dans la prothèse temporaire, le pied est articulé, mais sans ressorts. C'est plus facile pour réapprendre à marcher au début. En revanche, la prothèse définitive est équipée d'un pied monté sur ressorts, ce qui permet une démarche plus naturelle et donne davantage d'endurance. Mais ça nécessite un certain entraînement.

— Je comprends.

— J'ai fait la bêtise de marcher alors que la cicatrisation n'était pas complète.

— Et maintenant, ça va, hein ?

Mitch sourit.

— Disons que j'ai compris la leçon. Je déteste me déplacer sur des béquilles et je ferai ce qu'il faut pour pouvoir m'en passer.

— Fidela s'inquiète pour toi.

— Je sais.

Arturo aussi se faisait du souci, mais il ne l'avouerait pas.

Le trajet jusqu'à la clôture se déroula dans un silence confortable. Mitch contemplait les bêtes qui broutaient sous le soleil.

— Le bétail est en excellente santé, observa Arturo.

— Si tu essaies de me convaincre de continuer dans le bio, sache que je commence à adhérer à ton point de vue, reconnut Mitch. Je me suis penché sur les livres de comptes. Nous vendons notre viande deux dollars de plus en moyenne, et les animaux ne sont pas malades, ce qui nous fait faire de belles économies.

— Ce n'est pas tout, renchérit Arturo, en roulant lentement le long de la clôture. Nous respectons la prairie. Nous avons passé un marché avec trois producteurs locaux d'engrais bio. Nous sommes également revenus à la bonne vieille méthode des herbages et nous organisons la reproduction du bétail un peu plus tard, de façon que les veaux naissent en début d'été et puissent ainsi profiter de la belle saison pour grossir en plein air et manger de l'herbe dès la fin du sevrage.

Arturo s'arrêta près d'un poteau pour resserrer un barbelé. Quand il remonta dans la camionnette, il reprit :

— Pour être agréé bio, l'utilisation d'engrais chimiques et de pesticides est interdite. Mais comme tu peux le constater, l'herbe est aussi grasse qu'autrefois. Quant à l'eau, elle est de bien meilleure qualité.

Mitch hocha la tête.

— J'espère tout de même que Fidela ne va pas se mettre à nous servir du tofu. Sinon, je vous vire tous les deux.

Arturo laissa échapper un éclat de rire.

— Je déteste le tofu. Fidela prétend qu'elle en mettra un jour dans un *burrito* et que je ne verrai pas la différence. Mais ce n'est qu'une menace en l'air. Elle ne me ferait pas une blague pareille.

— Elle est trop gentille pour ça, plaisanta Mitch.

— Oui. Tu sais, elle se lève la nuit pour aller te voir.

Mitch ne le savait pas.

— Pourquoi ?

— Pour s'assurer que tu es bien là.

Ce n'était peut-être pas la seule raison. Mitch se demanda si elle l'entendait hurler.

— Il m'arrive de faire des cauchemars.

Arturo lui glissa un coup d'œil, avant de reporter son attention sur la piste caillouteuse.

— Sur ce qui s'est passé pendant l'explosion ?

— Non, juste après. Je rêve aussi à d'autres missions…

La plupart du temps, des missions qui avaient coûté la vie à un ami.

— Tu es parti longtemps, observa Arturo.

Mitch hocha la tête, le regard rivé sur la piste droit devant lui.

— Tu aurais pu rentrer à la maison de temps en temps, reprit Arturo.

— J'étais...

Mitch se tut. Il n'avait pas d'excuse. Arturo lui glissa un coup d'œil.

— Nous sommes ta famille. Tu ne portes pas notre nom, mais nous t'aimons comme un fils. Fidela a prié pour toi chaque soir. Il ne s'est pas passé un jour sans qu'elle parle de toi. Pourtant, tu n'es pas venu la voir une seule fois pendant toutes ces années.

Ni le voir, lui, songea Mitch. Par réflexe, il chercha un signe avant-coureur de la colère devenue pour lui familière — une réponse facile. Mais pour une fois, il ne découvrit en lui que regret et tristesse.

— Je suis désolé, dit-il calmement. Je ne voulais pas revenir.

— A cause de Skye.

C'était un constat, pas une question.

— Parce que je ne me sentais plus à ma place, ici.

— Tu appartiens depuis toujours à ce pays, mon garçon.

— Je sais. Mais je ne voulais plus être là. Je ne voulais pas voir...

Tout ce qu'il avait perdu. Tout ce qui ne lui appartiendrait jamais.

— Je suis désolé, répéta Mitch.

— Je sais.

Arturo savait et il comprenait sans doute aussi. Ce qui mettait Mitch encore plus mal à l'aise, quand il songeait au chagrin qu'il leur avait infligé.

— Je parlèrai à Fidela.

— Ça lui fera plaisir. Elle tricote une couverture pour le bébé de ton ami Pete. Sa femme a appelé juste après l'explosion pour dire quel héros tu étais. Quand elle nous a annoncé qu'elle était enceinte, Fidela s'est aussitôt mise à l'ouvrage.

— C'est gentil, dit Mitch, sachant combien Pete et son épouse apprécieraient l'attention.

Le nom de Pete le replongea brusquement quelques mois en arrière. Comme une série de flashes, les souvenirs tout de suite après l'explosion remontèrent à la surface avec une étonnante précision. Il retrouvait l'atmosphère, le bruit, le chaos, l'odeur de la peur… Pete qui le traînait sur le sol, en lui hurlant de s'accrocher.

Au début, Mitch n'avait rien ressenti, si ce n'est une sorte de stupéfaction et d'hébétude. Puis il avait baissé les yeux et vu le sang, les os et les muscles à l'endroit où aurait dû se trouver sa jambe. Son premier réflexe avait été de vouloir se lever et courir aussi vite, aussi loin que possible, retourner en arrière, avant que rien de tout ça ne soit arrivé. Mais il était incapable du moindre mouvement. A peine pouvait-il respirer, tandis que Pete le traînait à l'abri derrière une jeep retournée.

Il se souvenait du sang sur la veste de Pete et de s'être demandé d'où il provenait. De lui, de Pete ou de quelqu'un d'autre.

— Reste ici ! lui avait crié son ami par-dessus les coups de feu. Je vais chercher un médecin.

Sous le choc de l'explosion et de la perte de sang, Mitch avait été incapable de prononcer un mot. Mais dès que Pete eut disparu de son champ de vision, il avait réussi à reprendre ses esprits. Il avait attrapé son fusil et s'était mis en position de tir. La douleur l'avait alors submergé. Une douleur fulgurante, monstrueuse, qui lui avait donné envie de se recroqueviller sur lui-même et de hurler. Mais il avait serré les dents et rassemblé le peu de forces qui lui restaient. Par un formidable effort de volonté, il avait repéré les snipers et ajusté son tir. Il en avait descendu au moins deux.

Il avait continué de tirer jusqu'à ce qu'il soit à court de munitions. Surmontant sa souffrance, il avait alors rampé jusqu'au corps d'un soldat ennemi. Il lui avait pris son arme et s'en était servi jusqu'à ce que Pete revienne.

— Pete m'a sauvé la vie, dit Mitch, le regard fixé sur la route. Il m'a tiré à l'abri, puis il est allé chercher un médecin pour stopper l'hémorragie. Entre-temps, il s'était fait tirer dessus, mais ça ne l'a pas arrêté pour autant.

— D'après ce qu'en dit son épouse, c'est toi qui lui as sauvé la vie, observa Arturo. Tu as sauvé la vie de toute l'équipe, ce jour-là. Tu as été cité à l'ordre du Mérite et tu vas recevoir une médaille.

— Je n'en veux pas.

— Tu ne peux pas refuser. Les gens aiment dire merci.

— C'est vrai.

Lui aussi, il avait voulu remercier Pete. Il avait essayé, mais son ami avait écarté ses remerciements. Ils étaient coéquipiers. Il était donc normal qu'ils s'épaulent et se viennent en aide.

Ils avaient atteint une crête. Arturo arrêta la camionnette pour contempler un groupe de veaux qui broutaient tranquillement près de leurs mères. Une image idyllique, songea Mitch, la gorge soudain serrée. Bien loin de la guerre et de la souffrance.

— Tu devrais voir quelqu'un, dit Arturo, sans le regarder. Un professionnel. C'est le seul moyen de guérir.

— Je vais bien, répondit Mitch.

Il frotta sa jambe.

— Je n'ai presque plus mal.

Ce qui était vrai.

— Je ne parle pas de la blessure extérieure. Je parle de celle qui est en toi, insista Arturo. Tu as traversé une terrible épreuve, mon garçon. Une épreuve dont personne ne peut sortir indemne. Je crois qu'il serait bon que tu puisses en discuter avec quelqu'un qui comprenne. Evidemment, personne ne peut t'y forcer. C'est seulement si toi, tu le veux.

Mitch lui jeta un regard de côté.

— J'y penserai, dit-il, en se demandant si Arturo savait comme lui qu'il n'en ferait rien.

Chapitre 9

Trisha, la directrice financière de la fondation, avait demandé à la voir de toute urgence et Skye redoutait ce qu'elle allait entendre. Probablement de mauvaises nouvelles.

Garth attaquait à présent dans toutes les directions. Il était imprévisible, rusé, tenace, sans scrupule et manifestement peu soucieux des conséquences de ses actes. Son unique objectif était de détruire les Tristan.

A l'heure dite, Trisha entra dans le bureau de Skye et referma soigneusement la porte derrière elle. La boule dans l'estomac de Skye doubla de volume.

— Tu n'as pas l'air content, dit-elle, en notant l'expression soucieuse de sa collaboratrice. Assieds-toi.

Trisha étala sur le bureau une série de papiers et s'assit face à Skye.

— C'est grave, annonça-t-elle sans ménagement. Suite aux récentes rumeurs, une enquête interne a été conduite. Elle confirme que plusieurs membres du personnel auraient bénéficié de primes colossales. Dans certains cas, les sommes excèdent le salaire annuel.

Skye sentit sa mâchoire inférieure s'affaisser.

— Ce n'est pas possible. Nous n'avons pas le droit de verser des primes.

— En effet, répondit Trisha. Les associations à but non lucratif sont tenues de respecter des règles strictes. Par ailleurs, il existe un code éthique tacite.

Il y avait comme une sorte de remontrance dans son ton, ce que Skye n'aimait pas du tout.

— Trisha, tu me connais. Nous travaillons ensemble depuis le début. Tu sais combien cette fondation est importante pour moi. Je m'y suis énormément investie et je ne ferai rien qui puisse la mettre en péril. Nous ne versons pas de primes. Jamais. C'est la règle.

— Je sais. Pourtant, les faits sont là, répliqua Trisha en désignant plusieurs colonnes de chiffres. Je suis furieuse et très inquiète. En tant que directrice financière, je suis légalement responsable. Ces versements d'argent ne sont pas passés par mon service. J'ai examiné à la loupe tous les livres de comptes et je n'en ai trouvé aucune trace. Pourtant, ils existent bel et bien. C'est comme s'il existait depuis toujours, dans le système informatique, une comptabilité parallèle qui refait surface aujourd'hui.

Une comptabilité parallèle ? Skye réprima une envie folle de prendre une chaise pour la jeter par la fenêtre.

— Impossible, dit-elle.

— Alors, comment expliquer ces chiffres ?

Garth. Ce ne pouvait être que lui, songea Skye. Ça lui ressemblait tellement. Mais comment avait-il fait ? Comment avait-il réussi à s'introduire dans les comptes ?

— Notre système informatique est-il bien protégé ? questionna-t-elle, sans faire part de ses soupçons.

— Nous disposons d'un système pare-feu dernier cri, ultra performant, répondit Trisha. Tu penses que quelqu'un aurait pu le pirater ?

— C'est la seule explication. On devrait pouvoir retrouver la trace de ces entrées dans le système et repérer à quel moment ces sommes ont été saisies.

— Je vais voir avec le service informatique si c'est possible, observa Trisha, dubitative. Il s'agit de retrouver la trace d'une douzaine d'entrées dans une liste de plusieurs millions.

— Je pense qu'il y en a plus d'une douzaine, rectifia Skye. La personne qui a piraté notre système n'a certainement pas pris un tel risque pour se contenter d'introduire un petit nombre de fausses informations seulement. Elle en a certainement entré beaucoup plus.

Trisha hocha la tête.

— Des chèques ont également été établis à ton ordre. Pour certains, les montants sont énormes.

Skye n'imaginait pas que ce pût être pire. Elle avait tort.

— Combien ?

— Près d'un million de dollars.

Skye en resta sans voix.

— Ce n'est pas vrai, murmura-t-elle, sous le choc. Je ne perçois aucun salaire. C'est moi qui ai mis l'argent pour créer la fondation. Je ne touche pas un sou.

Gênée, Trisha détourna les yeux.

— Certaines personnes laissent entendre que tu aurais eu des problèmes d'ordre financier… des dettes à rembourser.

— Ridicule ! s'indigna Skye, gagnée par la colère. Je dispose d'un portefeuille en actions bien garni. Je loge gratuitement à Glory's Gate. Ma voiture est vieille de deux ans. Je ne m'achète ni bijoux ni chevaux. Je ne prends même pas de vacances, si ce n'est la fois où j'ai emmené Erin à Disney World.

Elle n'avait pas à se justifier. De toute façon, ça ne servait à rien. Une fois les rumeurs lancées, les gens croyaient ce qu'ils voulaient bien croire.

— Je ne fais que raconter ce que j'entends, s'excusa Trisha en tournant de nouveau les yeux vers Skye. Cette situation menace d'échapper à tout contrôle.

Dominant son irritation, Skye poussa un profond soupir.

— Je comprends… Au train où vont les choses, nous risquons de perdre notre statut d'association et nous n'aurons d'autre choix que de puiser dans l'argent destiné aux programmes d'aide alimentaire pour régler la note du redressement fiscal.

Elle s'interrompit un instant, pensive, puis fronçant les sourcils, elle reprit d'une voix affermie :

— Il nous reste cependant une chance. Il faut que les gars du service informatique se mettent immédiatement au travail pour trouver l'origine des sommes d'argent saisies dans le fichier comptable. Il faut prouver que nous sommes victimes d'un coup monté.

— Nous ne représentons aucun intérêt financier. Pourquoi quelqu'un voudrait-il nous nuire ? questionna Trisha, sceptique.

Skye ne tenait pas à le lui révéler. Jusqu'à présent, seules ses sœurs et Dana étaient au courant des agissements de Garth à l'encontre de leur famille. Certes, elle avait désespérément besoin de conseils, mais ils ne pouvaient venir que d'une personne étrangère à la fondation. Quelqu'un capable d'examiner la situation sous tous ses angles, en toute impartialité.

— Il nous faut résoudre ce problème le plus rapidement possible, conclut-elle, esquivant la question.

— Très bien. Je m'en occupe.

Trisha rassembla les documents compromettants.

— Cette affaire risque de nous faire perdre pas mal de monde, ajouta-t-elle. Pas seulement des donateurs, mais aussi des membres du personnel.

Rien d'étonnant, songea Skye tristement.

— Vais-je te perdre ?

— Certainement pas. J'ai assisté à la création de la fondation et je te connais, Skye. Je connais ton honnêteté.

— Merci, Trisha.

Skye appréciait son soutien, mais elle ne pouvait s'empêcher de se demander combien de temps il durerait, une fois que Garth aurait réussi à monter tout le monde contre elle.

*
* *

Skye était toujours aussi bouleversée quand elle quitta son bureau en fin d'après-midi. Les problèmes semblaient pleuvoir sur la fondation et elle ne savait comment réagir aux attaques de Garth.

Environ trois kilomètres avant la bifurcation vers Glory's Gate, elle aperçut une camionnette qui arrivait en sens inverse. Elle reconnut aussitôt le véhicule et son conducteur.

Mitch Cassidy.

Ils ne s'étaient pas revus depuis le soir où elle était allée le trouver dans son bureau. Ce soir-là, il était ivre et il l'avait autant déçue qu'exaspérée. Elle savait qu'il n'était plus le même à cause de ce qui lui était arrivé. En revanche, ce qu'elle ne savait pas, c'était si cet état était seulement temporaire. Et si oui, pour combien de temps. L'homme qu'elle avait connu et qu'elle aimait depuis toujours referait-il un jour surface ? Ou Mitch resterait-il éternellement cet homme aigri, vindicatif, plein d'amertume et de rage ?

Comme leurs véhicules se rapprochaient, Skye le vit ralentir. Machinalement, elle en fit autant et baissa sa vitre. Ils s'arrêtèrent au milieu de la route déserte.

— Salut, lui dit Mitch. Tu rentres tôt.

Il avait meilleure mine, songea-t-elle, admirant malgré elle son visage à la beauté presque farouche, avec ses cheveux sombres et ses yeux noirs.

— J'ai eu une journée difficile, dit-elle. J'avais besoin de prendre l'air.

— Que s'est-il passé ?

Skye le dévisagea, méfiante.

— Qu'est-ce que ça peut faire ? Tu as décidé de m'adresser la parole, maintenant ? Ou bien est-ce encore un de tes coups tordus pour me faire parler et pouvoir ensuite passer tes nerfs sur moi ?

Comme il ouvrait la bouche, elle leva la main, les yeux soudain étincelants de colère.

— Mais tu sais quoi ? Je m'en fiche. J'en ai marre de te servir de punching-ball émotionnel. Et j'en ai assez de me culpabiliser pour ce qui est arrivé. Oui, nous avons eu une liaison. Oui, ça s'est mal terminé. Et même si j'en assume l'entière responsabilité, je refuse de passer le reste de ma vie à payer pour ça.

Elle s'interrompit, à bout de souffle, s'attendant à ce que Mitch sorte de ses gonds à son tour et démarre sur les chapeaux de roues dans un nuage de poussière, ou bien qu'il lui lance en pleine figure l'un de ses sarcasmes habituels. Il la surprit par un sourire.

— Tu as l'air à cran.

Skye pinça les lèvres.

— Oui. Et j'ai de bonnes raisons de l'être.

— Désolé si c'est moi qui te mets dans cet état.

— Dis plutôt que ça te réjouit.

— Non, je le pense sincèrement. Je ne me souviens pas des détails de notre dernière entrevue, mais je me doute que je me suis conduit comme un goujat. Et je m'en excuse.

Skye aurait voulu le croire. Elle aurait voulu que les choses s'arrangent entre eux. Evidemment, elle n'était pas naïve au point de croire qu'ils puissent redevenir ce qu'ils avaient été l'un pour l'autre, mais ils pourraient être amis. Mitch lui avait tellement manqué pendant toutes ces longues années. C'était terrible de le voir aujourd'hui si près d'elle et à la fois si distant.

— Tu m'as déjà fait le coup. Tu te montres sympa, ensuite, tu m'agresses.

— J'aime bien te laisser dans l'expectative.

— Bravo ! Tu es très fort à ce petit jeu.

Mitch sortit le bras de sa camionnette. Si Skye avait tendu la main, elle aurait pu le toucher.

— Tu veux bien me parler de ce qui te tracasse ? dit-il. Je promets de ne pas t'embêter.

Skye hésita. Ces derniers temps, il y avait tant de choses qui la dépassaient, tant de choses qui l'effrayaient... Et le besoin de se confier était si grand.

— Je risque de perdre la fondation.

— Un problème d'argent ?

— Non. Les problèmes d'argent peuvent toujours se régler et nous avons des fonds en quantité suffisante pour les pallier momentanément. Ce qui nous arrive est bien plus grave. Quelqu'un essaie de semer le doute dans les esprits en fabriquant des preuves comme quoi nous aurions dépensé des millions de dollars en primes et en frais divers. C'est faux, naturellement. Mais de telles rumeurs suffisent à ruiner une réputation, conclut Skye avec une grimace douloureuse.

Mitch retira son bras.

— Suis-moi. Allons dans mon bureau. Tu me donneras les détails de cette affaire et nous essaierons d'y voir clair.

Skye le dévisagea, indécise.

— Allez, Skye, fais-moi confiance. Pas parce que je le mérite, mais parce que tu en as envie.

Elle avait envie de beaucoup de choses le concernant.

— Tu ne joues pas franc jeu, murmura-t-elle.

— Je ne joue pas, Skye. Je t'assure. Viens, on essaiera de trouver une solution à ton problème ensemble.

Sur ce, il remit le contact, fit demi-tour et attendit qu'elle ait démarré pour rouler jusqu'à l'entrée du ranch Cassidy. Elle se gara à côté de lui, devant l'écurie, descendit de voiture et patienta, le temps qu'il prenne ses béquilles.

— Tu as dû avoir une gueule de bois terrible, l'autre jour, observa-t-elle.

— Je ne me suis jamais senti aussi mal, avoua Mitch. Pire même qu'après l'amputation.

— Tant mieux. Ça te servira de leçon.

Mitch lui sourit et ouvrit la porte de son bureau.

— Tu me crois suffisamment intelligent pour ne plus recommencer ?

— Tu peux l'être quand tu veux.

— Si je suis dans un bon jour.

Contre le mur, face au bureau, un vieux canapé avachi avait été récemment installé. Skye posa son sac à main sur la table basse et s'assit dans un coin du canapé.

— Je ne sais par où commencer, dit-elle. La situation est tellement confuse.

Mitch s'installa à côté d'elle et posa ses béquilles sur le sol.

— Qu'est-ce qui se passe exactement ? Qui est cette personne qui fait courir de fausses rumeurs sur la fondation ?

Skye hésita. Un peu plus tôt, Trisha lui avait posé à peu près la même question, mais Skye n'avait pas jugé bon de lui expliquer. Avec Mitch, c'était différent. Ils se connaissaient depuis toujours et il existait entre eux un lien que ni le temps ni l'éloignement ne pouvaient briser.

— Jed a un fils illégitime dont nous ne connaissions pas l'existence.

Mitch se souvint que lui-même n'était pas censé connaître l'existence de Garth Duncan et ses liens avec les Tristan.

— Quand l'avez-vous appris ?

— Il y a quelques mois. Il semblerait que Jed ait eu une liaison avant d'épouser la mère de Lexi. La femme en question s'appelle Kathy, elle est employée au centre commercial. Elle est…

Skye regarda Mitch.

— Disons qu'elle est un peu dérangée. On ne sait pas si c'est arrivé à la suite d'un accident, mais le fait est qu'elle est psychologiquement perturbée. Jed jure qu'il l'a installée et entretenue avec leur fils. Il assure qu'il leur a constitué un capital financier les mettant à l'abri du besoin jusqu'à la fin de leurs jours. Mais les gens peuvent parfois vous en vouloir pour toutes sortes de raisons.

Mitch digéra l'information. Il n'était pas au courant pour la mère de Garth. Sa fragilité psychologique pouvait-elle expliquer le désir de vengeance de son fils ?

— Comment avez-vous obtenu ces renseignements ?

— C'est Cruz, le fiancé de Lexi, qui a fait le rapprochement. Lexi avait emprunté de l'argent pour agrandir son centre de remise en forme. Le prêt était avantageux, sauf sur un point. A tout moment, l'emprunteur était tenu de le rembourser dans son intégralité, si le prêteur l'exigeait. C'est ce qui s'est passé à peine dix-huit mois après la levée de fonds. Et comme par hasard, Garth Duncan était le prêteur.

Skye se renversa contre le dossier du canapé, sa longue chevelure rousse se répandant sur le tissu élimé, fascinant Mitch au point qu'il avait du mal à se concentrer sur ce qu'elle disait.

— Dans le même temps, deux des chevaux de course de Jed étaient testés positifs aux produits dopants.

— Impossible, commenta Mitch, revenant dans la conversation. Ton vieux a beau se donner tous les droits, jamais, il ne doperait un cheval.

— C'est vrai. Ensuite, la direction des impôts a reçu un tuyau comme quoi la fondation servait de couverture à un blanchiment d'argent. Il y a eu une enquête et les accusations ont été levées. Cependant, le mal était fait. Ça nous a fait une très mauvaise publicité.

Garth Duncan avait pas mal d'atouts dans son jeu, songea Mitch, impressionné, mais aussi terriblement mal à l'aise. Il ne se sentait pas vraiment fier d'avoir accepté d'espionner pour ce gars-là, d'autant que celui-ci n'avait manifestement pas besoin d'aide. Et puis surtout, Mitch avait-il réellement envie de faire du tort à Skye ?

Pas quand il était dans un bon jour.

— Ce n'est pas tout, reprit Skye, découragée. Une cliente du centre de remise en forme a porté plainte contre Lexi. Il s'est avéré que cette femme avait travaillé pour Garth et qu'elle avait le béguin pour lui. Quand Lexi lui a précisé qu'il était illégal de déposer plainte sous de faux prétextes, la femme a retiré sa plainte et a disparu de la circulation.

De plus en plus troublé, Mitch se souvint des gros titres qui avaient fait la une de récents journaux.

— Et les rumeurs concernant la vache folle dans votre troupeau ?

— Garth, naturellement. Ça ne peut être que lui. Dans le même temps, il s'est de nouveau attaqué à la fondation. Quelqu'un a réussi à pirater notre système informatique pour modifier les fichiers comptables. Les chiffres indiquent que nous versons des primes énormes au personnel. Naturellement, ce n'est pas le cas. Ils indiquent également que des chèques ont été établis à mon ordre et quelqu'un fait courir le bruit que j'aurais besoin d'argent pour couvrir de mauvais placements financiers.

Skye s'éclaircit la gorge.

— Rien n'est vrai, mais le résultat est le même. La survie de la fondation repose sur les dons qu'elle reçoit. S'attaquer à sa réputation est la meilleure façon de la couler.

Mitch se sentait de plus en plus mal.

— Tu es certaine que Garth est derrière toutes ces affaires ?

— Absolument. Il prétend vouloir tous nous anéantir. Ce que nous ne savons pas, c'est pourquoi maintenant. Quel a été l'élément déclencheur ? Quelque chose qui lui serait arrivé récemment ou bien a-t-il simplement attendu de disposer d'assez d'argent et de relations pour mener à bien sa vengeance ? Quoi qu'il en soit, il ne nous reste plus qu'à tenter de deviner d'où viendra la prochaine attaque.

— Qu'en pense Jed ?

— Rien. Lexi a essayé de lui parler, mais il a refusé de l'écouter. Il dit qu'il s'occupe de Garth. Si ça se trouve, il essaie de le protéger. Après tout, c'est son fils. En tout cas, pendant ce temps, chaque dollar que la fondation dépense pour payer un avocat ou une enquête est un dollar qui ne va pas dans l'assiette d'un gamin qui a faim.

Mitch réprima une grimace. Maintenant, c'était officiel, il était le salaud du mois ! Il avait d'abord pensé que Garth n'était qu'un gars malheureux qui cherchait un moyen de se venger du père qui l'avait rejeté, mais ce n'était pas aussi simple. C'était bien plus grave. Garth Duncan était un être foncièrement malfaisant. Un être diabolique.

— Serait-il possible qu'un employé de la fondation se soit servi dans la caisse ? hasarda-t-il, même s'il était quasi certain que cette machination était l'œuvre de Garth Duncan.

— Nous le saurons bientôt, soupira Skye. Le service informatique va tenter de localiser les modifications apportées aux fichiers. Cela devrait nous permettre de remonter jusqu'à celui ou celle qui les a introduites. Garth a sans doute payé quelqu'un pour pirater notre système. Nous disposons des sécurités habituelles, mais de toute évidence, ce n'est pas suffisant.

Mitch avait connu Skye dans bien des états — d'humeur joyeuse ou massacrante, en colère, triste — mais jamais il ne l'avait vue aussi abattue.

— Une fois que tu auras les preuves, tu comptes le poursuivre en justice ?

— Peut-être. Encore faudrait-il que nous ayons des preuves. Jusqu'à présent, nous n'avons rien trouvé permettant de le mettre directement en cause. La femme qu'il a soudoyée pour porter plainte contre Lexi a refusé de parler et s'est évaporée dans la nature. La demande de remboursement anticipé du prêt contracté par Lexi n'avait rien d'illégal. Toute personne qui avertit les impôts d'un blanchiment d'argent reste anonyme.

Pour l'instant, le piratage de notre système informatique constitue notre seule chance de mettre la main sur Garth, bien que je suppose que l'enquête va nous conduire à un crack de l'informatique tout juste sorti de l'adolescence, travaillant sous contrat, sans avoir jamais rencontré son commanditaire, ni même entendu mentionner son nom.

Mitch était affreusement mal à l'aise. Tout compte fait, il n'avait pas l'habitude des rôles de méchants. Et puis même s'il en voulait à Skye, elle ne méritait peut-être pas ça.

— Qu'est-ce que je peux faire pour t'aider ? demanda-t-il sans réfléchir.

Mince, il était censé être du côté de Duncan !

Skye parut surprise.

— Je croyais que tu me détestais.

— Eh bien, tu t'es trompée.

— Et toi, tu devrais te reconvertir dans le cinéma, parce que ton jeu était très convaincant.

Mitch n'avait pas vraiment envie d'en parler.

— Tu m'as insultée et tu t'es comporté comme un goujat, insista Skye.

— J'étais ivre.

— Il n'y a pas eu que ce soir-là.

Mitch ne savait quoi dire. Il n'y avait plus de colère en lui.

— Donne-moi un peu de temps, Skye. Tant de choses ont changé…

Elle détourna la tête avec un soupir.

— Ça ne fait rien, Mitch. Je comprends que tu puisses me haïr. Je n'ai que ce que je mérite.

La gorge serrée, Mitch la regarda. Il détestait l'entendre parler ainsi. Ce n'était pas la Skye qu'il connaissait, celle qui rendait coup pour coup, celle qui lui jetait son milk-shake à la figure, celle qui se battait et n'hésitait pas à revenir l'affronter pour un prochain round.

Ce fut plus fort que lui.

— Je vais t'aider.

Surprise, Skye se redressa.

— C'est vrai ? Tu veux bien ?

Mitch hocha la tête.

Skye le dévisagea, les yeux soudain brillants d'excitation.

— La semaine prochaine, mon père offre un cocktail. Garth est invité. Tu pourrais venir et juger par toi-même du type d'individu auquel nous avons affaire.

Mitch ne se sentait pas l'âme d'un agent double. Et encore moins d'assister à un cocktail à Glory's Gate. Il ne pouvait imaginer pire soirée. D'un autre côté, il ne se sentait pas le courage de refuser ce service à Skye. Pas quand elle le regardait avec cet air plein d'espoir.

— J'y serai.

Elle lui sourit comme s'il venait de lui décrocher la lune et jeta ses bras autour de lui.

— Si tu savais comme je suis contente, murmura-t-elle, le visage caché contre son épaule. C'est un tel soulagement de pouvoir compter sur toi.

Sur l'échelle de l'estime de soi, Mitch se sentit dégringoler au plus bas. Il se sentait aussi minable qu'un gamin de huit ans qui vient de faire tomber un oisillon de son nid.

— Skye, je ne suis pas certain de découvrir quoi que ce soit qui puisse t'aider.

Elle s'écarta pour le regarder dans les yeux.

— J'en suis consciente. Mais le plus important, c'est que tu veuilles bien essayer. En dépit de tout ce qui s'est passé, j'ai toujours su que je pouvais te faire confiance.

Il fit de son mieux pour lui rendre son sourire, priant pour qu'elle ne pût lire ce qu'il craignait d'exprimer dans son regard. Un envahissant sentiment de honte. Puis, ne sachant quoi faire, il l'embrassa.

La bouche de Mitch était chaude et familière. Skye se dit que ce n'était pas une bonne idée de se donner ainsi à lui, qu'elle le regretterait probablement plus tard, mais là tout de suite, elle avait besoin d'être embrassée, besoin d'avoir quelqu'un de solide sur qui s'appuyer. Et ce quelqu'un, c'était Mitch.

Elle se serra contre lui, désireuse de se blottir dans sa chaleur. Et puis, Mitch embrassait toujours aussi bien... Skye ferma les yeux et sombra. Elle écarta les lèvres et l'accueillit. Leurs langues se cherchèrent, se frôlèrent. Skye sentit tout son corps trembler. Elle se sentait étourdie, comme si elle flottait, comme si Mitch était devenu son unique point d'ancrage, comme si elle risquait de s'envoler si elle cessait de s'agripper à lui. Et soudain, le désir lui coupa le souffle. Tous ses doutes, toutes ses peurs, toutes ses inquiétudes s'envolèrent. Une seule chose comptait. Que cet instant dure à jamais.

Elle sentit ses bras puissants l'envelopper, comme pour lui dire de ne pas partir. Si elle avait été capable de parler, elle l'aurait rassuré. Elle ne partirait nulle part tant qu'elle sentirait ses lèvres sur les siennes, ses mains sur son corps...

A présent, Mitch l'embrassait passionnément, presque violemment, la rendant folle de désir. Le souffle court, elle fit glisser ses mains sur ses épaules, sentant onduler ses muscles sous le tissu de sa chemise. Sa langue continuait de jouer avec la sienne, excitant chacune de ses terminaisons nerveuses.

C'était comme la dernière fois, songea-t-elle confusément. Une étreinte désespérée et rapide, mais sans la colère... Cette fois, Mitch n'était que passion.

Il fit glisser sa bouche sur ses joues, sur sa mâchoire, avant de l'embrasser dans le cou, tandis qu'elle bataillait de ses doigts fébriles pour déboutonner son chemisier.

Son corps frissonnait, n'aspirant qu'à le sentir contre elle, en elle.

Elle sentit la main de Mitch se glisser dans son dos pour

dégrafer son soutien-gorge. L'instant d'après, il prenait la pointe d'un de ses seins dans sa bouche, lui arrachant un gémissement de pur plaisir. Elle n'avait plus qu'une envie, se débarrasser du reste de ses vêtements et se donner à lui, maintenant.

Elle ne se souvenait pas que leurs étreintes d'autrefois aient été aussi rapides et violentes. Faire l'amour avec Mitch avait toujours été doux. Il y avait du plaisir, mais c'était avant tout le besoin d'être ensemble. A présent, elle était dévorée par le désir, incendiée, ravagée par l'envie de le sentir s'enfoncer en elle jusqu'à ce qu'il explose.

Ce n'était pas le moment d'analyser un tel changement. Tandis que Mitch s'attaquait à l'autre sein, elle tendit les mains vers la ceinture de son jean et abaissa la fermeture Eclair. Elle le sentit gémir contre sa peau quand elle caressa la preuve évidente de son désir pour elle.

N'y tenant plus, elle se redressa pour pouvoir se déshabiller complètement. Mitch la contemplait à présent de ses yeux noirs et brûlants. Mais au lieu de se lever pour se déshabiller à son tour, il l'attira vers lui.

— Agenouille-toi, lui dit-il.

Skye le regarda, regarda le canapé. Une petite part d'elle-même hésitait, tandis que le reste de son corps lui criait d'accepter. Avant qu'elle ne se soit décidée, il avait glissé un doigt entre ses jambes. Une caresse, puis une autre plus profonde. Encore et encore…

— Maintenant, murmura-t-il.

Skye obéit, s'agenouilla de chaque côté de ses hanches. Puis, fermant les yeux, elle s'agrippa au dossier du canapé, tandis que Mitch se glissait sous elle, jusqu'à ce que ses lèvres effleurent le nid humide de sa féminité, d'une caresse si habile que Skye se sentit sur le point de défaillir.

Lentement, il l'explorait du bout de la langue, puis à pleine bouche, et Skye ne pouvait que se laisser consumer par cette extraordinaire sensation d'embrasement, se laissant aller au feu d'artifice qui explosait en elle à chaque petit coup de langue, à chaque impitoyable pression.

Elle n'avait encore jamais fait l'amour ainsi. Pas dans cette position. Jamais son corps n'avait été ainsi exposé. Mitch avait tout pouvoir sur elle, la caressant de plus en plus vite jusqu'à l'amener au bord du gouffre, avant de ralentir de nouveau ses caresses, la laissant pantelante de désir, jouant de son corps comme d'une harpe. Elle en devenait folle.

Sentant enfler en elle une extraordinaire jouissance, menaçante, prête à lui faire perdre pied à tout instant, elle résista à l'envie de supplier Mitch et s'agrippa à ses épaules, se pressant encore davantage contre sa bouche, exigeant davantage. L'orgasme la surprit par son intensité, telle une lame de fond qui semblait se répéter inexorablement.

Lorsqu'elle refit surface, Mitch se redressa et fit en sorte qu'elle se hisse au-dessus de son sexe. Il pénétra sa douceur, plongeant profondément en elle, secouant ses reins d'une nouvelle implosion charnelle.

Comme la vague de plaisir la faisait trembler de la tête aux pieds, elle ouvrit les yeux. Mitch la regardait. C'était trop intime, se dit-elle confusément. Elle voulut fermer les yeux, mais en fut incapable. Alors, elle se mit à bouger, le chevauchant à un rythme de plus en plus rapide, jusqu'à ce qu'elle le sente se raidir et jaillir en elle.

Quand leurs souffles s'apaisèrent, Skye rassembla son courage pour affronter ce qui allait suivre. La dernière fois, elle s'était sentie honteuse et Mitch s'était montré cruel. Aujourd'hui, elle se sentait encore plus vulnérable. Nue, sans aucune protection.

Mais au lieu de la repousser, il la regarda dans les yeux et tendrement, repoussa une mèche de cheveux derrière son oreille.

— Ça va? dit-il.

Une question toute simple. Une question banale qui lui fit pourtant monter les larmes aux yeux.

— Je vais bien.

— Moi aussi, dit Mitch, avec un sourire rêveur.

Skye se dégagea et se leva. Une fois de plus, elle était la seule à être en tenue d'Eve, tandis que lui n'avait qu'à refermer sa braguette pour être de nouveau présentable.

Mais cette fois, il ramassa sa petite culotte et la lui tendit.

— Je voudrais bien t'aider, dit-il en caressant ses seins du regard. Mais je ne ferais que te retarder.

Surprise par sa gentillesse, Skye enfila son slip et prit son soutien-gorge.

— Attends, dit-il.

S'aidant de sa béquille, il se leva, puis, doucement, l'attira à lui.

Soucieuse de ne pas lui faire perdre l'équilibre, elle se retint de s'appuyer contre lui.

Comment s'adaptait-il à la perte de sa jambe ? Souffrait-il encore ? Des questions qu'elle n'osait lui poser. Parce que en dépit de ce qu'ils venaient de partager, elle n'était pas certaine d'avoir encore une place dans la vie de Mitch.

Il l'embrassa, ravivant la flamme de son désir, réveillant des sentiments profondément enfouis qui se pressaient contre les parois de son cœur, cherchant la lumière et une chance de grandir.

Pouvait-elle prendre le risque de s'attacher de nouveau à Mitch ?

L'idée était tout aussi excitante qu'effrayante. C'était une voie dangereuse. Il y avait Erin et tout ce qui faisait sa vie aujourd'hui. Elle était incapable de lire dans le cœur de Mitch. Ils étaient si différents désormais…

S'arrachant doucement à son étreinte, elle termina de se rhabiller.

— On se verra au cocktail, dit Mitch.

Le cocktail ? Ah, oui... Celui auquel elle l'avait invité à assister. Parce qu'il avait accepté de l'aider. Parce qu'il était de son côté.

— Je serai le maître de cérémonie, celle qui veille à ce que tout se passe bien, s'efforça-t-elle de plaisanter, alors qu'en son for intérieur, elle tremblait de peur.

Non, elle ne pouvait pas prendre le risque de retomber amoureuse de Mitch. Elle avait travaillé si dur pendant toutes ces années pour reconstituer sa vie sans lui, morceau après morceau, sur de nouvelles fondations, en se persuadant qu'elle n'avait pas besoin de lui pour se sentir pleine et entière. Lui donner de nouveau son cœur, ce serait compromettre de façon irrévocable tout ce qui faisait de son existence une bulle de survie.

Planté au milieu de la salle de rééducation, Mitch regardait les autres patients s'entraîner à surmonter leurs handicaps. Il y avait de la sueur et des jurons, sans parler des larmes. Mais chacun s'attachait à progresser.

Trois semaines auparavant, quand il était venu ici, il marchait avec une prothèse. Aujourd'hui, il avançait à cloche-pied, appuyé sur des béquilles, et cela lui était insupportable, au point qu'il était prêt à faire tout ce qu'on lui demanderait.

La réceptionniste, une jeune femme au T-shirt vivement coloré, lui sourit.

— Mitch Cassidy ? Joss vous attend.

Elle prit son dossier.

— Si vous voulez bien me suivre en salle d'examen.

Mitch clopina derrière elle sur le sol plastique. Elle lui tint la porte et attendit qu'il soit entré, avant de lui adresser un sourire et de se retirer.

Moins de deux minutes après, Joss arrivait, le nez plongé dans le dossier de Mitch.

— Il me faut un mot du médecin autorisant le port de la prothèse, déclara-t-il sans prendre la peine de relever les yeux du dossier.

Mitch sortit l'autorisation médicale de la poche de son pantalon et la lui tendit.

— Comment puis-je savoir que ce n'est pas un faux? grogna Joss.

Mitch esquissa un sourire.

— Parce que je ne suis pas complètement idiot. Vous pouvez toujours appeler le médecin pour vérifier.

— Je le ferai. Et il a intérêt à confirmer que tu es autorisé à remettre une prothèse, sinon je te bousille l'autre jambe.

S'exhortant au calme, Mitch s'installa sur la table d'examen et posa soigneusement les béquilles près de lui, avant de rouler la jambe de son pantalon.

— Toujours douloureux? questionna Joss.

Mitch voulait sa prothèse à tout prix, mais il était aussi conscient qu'il devait changer d'attitude.

— Toujours, avoua-t-il. Mais pas autant qu'avant.

Joss palpa.

— Tu fais les exercices conseillés?

— Deux fois par jour.

— Prêt à assister aux séances de rééducation aussi souvent que je le dirai?

Mitch n'avait pas vraiment le choix.

— Oui.

Joss se redressa.

— Et pour ce qui est du groupe de parole? Ça te dit de partager ce que tu as sur le cœur avec une bande d'inconnus et de finir la séance en vous embrassant?

Mitch se força à esquisser un sourire.

— Les démonstrations d'affection sont-elles indispensables ?

— C'est un oui ?

Mitch hocha la tête.

— C'est un oui.

— Bonne réponse.

Sur ce, Joss quitta la pièce et revint quelques minutes plus tard avec la prothèse.

— J'ai effectué quelques modifications, précisa-t-il en la tendant à Mitch. Elle devrait être plus confortable. A toi d'y aller doucement. Pas plus d'une demi-heure d'affilée, la première semaine, avec au moins une heure de repos entre chaque essai. Bousille celle-ci et je te flanque une raclée dont tu te souviendras.

La colère était toujours là, songea Mitch, sentant monter en lui l'émotion familière. Il y avait cependant une différence de taille, il n'éprouvait plus l'envie de se rebeller systématiquement. D'accord, il était exaspéré, et après ? La dernière fois qu'il s'était révolté, ça l'avait conduit à l'hôpital, avec des béquilles en prime. Ces dernières semaines lui avaient appris qu'il avait davantage envie de réapprendre à marcher que de continuer à en vouloir au monde entier.

C'était un début.

Chapitre 10

Skye s'était habillée et maquillée avec un soin tout particulier pour le cocktail. Elle en avait déjà organisé plus d'une centaine, mais celui de ce soir était différent. Pour elle… Parce que Mitch serait là.

Ridicule, se dit-elle. Il lui avait simplement proposé de l'aider, c'est tout. Il n'y avait rien de changé entre eux, si ce n'est que Mitch commençait à accepter sa nouvelle vie.

Malgré elle, le souvenir de la façon dont ils avaient fait l'amour lui traversa l'esprit. Elle ne devait surtout pas y accorder trop d'importance et se bercer d'illusions. Mitch ne se sentait certainement pas fondre en repensant à leurs ébats. Pour lui, il ne s'agissait que de plaisir physique.

Elle enfila ses escarpins et gagna la cuisine pour s'assurer que tout était en ordre. Le traiteur avait déjà investi les lieux. Skye refit le point sur les menus avec les employés et vérifia les plats apportés. Elle passa ensuite en revue la sélection musicale. Cette fois, elle avait opté pour des disques plutôt qu'un groupe de musiciens, dans la mesure où il s'agissait d'une réception moins formelle, comptant seulement une cinquantaine d'invités. Dont Garth Duncan.

Son père s'approcha. A soixante ans passés, il était toujours aussi bel homme, ne put s'empêcher de reconnaître Skye. Grand et bien bâti, ses cheveux grisonnants lui donnaient l'air distingué. Il irradiait le pouvoir et l'autorité.

— Tout cela m'a l'air délicieux, observa-t-il en jetant un

œil sur les plateaux de canapés et de petits fours. Quel est le thème de la soirée ?

— Barbecue d'antan, répondit Skye. Nous avons choisi avec le traiteur tout ce qui rappelle les grillades. L'été approchant, je me suis dit que ce serait une sorte de coup d'envoi amusant.

Jed dévisagea sa fille.

— Tu es une hôtesse accomplie, Skye. Il est temps pour toi de te remarier.

— Avec T.J. Boone ? Je sais, tu m'en as déjà parlé.

— Justement. J'espère que ça avance entre vous. Ce garçon ne m'a pas donné l'impression d'être du genre à traîner les pieds.

— Nous ne sommes sortis ensemble qu'une seule fois.

— Eh bien, rappelle-le et propose-lui quelque chose.

Skye prit la carte des vins.

— Non, papa. Je suis une Tristan. Ce sont les hommes qui m'appellent. Pas moi.

Ce qui était pur mensonge. Les hommes ne l'appelaient jamais. En dehors de sa soirée avec T.J., Mitch avait été le seul et unique garçon avec lequel elle soit jamais sortie avant d'épouser Ray.

Sa remarque eut cependant le résultat escompté — Jed éclata de rire.

— Je reconnais bien là ma fille !

Profitant de la bonne humeur paternelle, Skye posa la question qui la tourmentait.

— Pourquoi as-tu invité Garth ?

— Je me suis dit que ce serait une bonne idée de le faire venir ici.

— Histoire de voir quel genre d'homme il est devenu ?

Le visage de Jed se durcit.

— Où veux-tu en venir, Skye ?

— Garth est dangereux. Il cherche à se venger par tous

les moyens. Lexi a essayé de te prévenir, mais tu as refusé de l'écouter. Je ne sais pas si tu es secrètement fier de lui ou s'il s'agit d'un jeu tordu auquel seuls les garçons ont le droit de jouer, mais je peux t'assurer que ça va mal se terminer.

Nullement impressionné, Jed demanda :

— En quoi cela te concerne-t-il ?

— Il s'est de nouveau attaqué à ma fondation. Il a piraté notre système informatique et créé de gros problèmes.

— Dans ce cas, tu devrais faire plus attention à la gestion de tes affaires. Si tu n'en es pas capable, débarrasse-toi de cette fondation. J'ai toujours pensé que c'était une perte de temps et d'argent.

Skye se raidit.

— Nous assurons des repas aux gamins les plus démunis de ce pays. La plupart d'entre eux ne peuvent compter que sur la fondation pour ne pas mourir de faim.

— Les personnes sans ressources ne devraient pas avoir d'enfants, conclut Jed avec sa rudesse habituelle. J'ai lu tes brochures, Skye. Tu t'imagines pouvoir changer le monde. Je comprends que tu aies besoin d'une occupation, mais si tu veux t'occuper sérieusement, trouve-toi un travail.

Désignant du doigt la liste des vins qu'elle tenait à la main, il ajouta :

— Un vrai ! Tu peux dire ce que tu veux de Garth, mais ce garçon a fait quelque chose de sa vie.

Contrairement à tes filles. Skye regarda son père s'éloigner. Seule au milieu de la pièce, elle luttait contre la sensation de défaite qui la tourmentait depuis des jours. Les doutes l'assaillaient. Etait-elle réellement capable de s'occuper de la fondation ? Que se passerait-il si Garth gagnait cette bataille ?

— Je ne le laisserai pas faire, dit-elle à haute voix, comme pour mieux s'en convaincre.

Il n'y avait rien de nouveau dans ce que son père venait de lui dire. Il n'avait jamais compris son désir de créer la fondation avec l'argent hérité de sa mère. Il estimait que c'était une perte de temps. Jed Tristan avait des opinions bien tranchées et il exigeait que tout le monde s'y plie. Ceux qui n'étaient pas d'accord, il les rejetait sans pitié.

C'était ce qui était arrivé à sa mère, songea Skye avec tristesse. Il l'avait épousée, puis il l'avait repoussée, exclue de sa vie. Pourquoi ?

Skye se souvenait avoir entendu Izzy lui confier que leur père ne pouvait plus avoir d'enfants. Peut-être était-ce la raison de l'échec de son mariage avec Pru. Peut-être avait-il écarté son épouse tout simplement parce qu'elle ne lui avait pas donné de fils. Connaissant Jed, peu importe que ce soit sa faute, il avait trouvé un moyen d'en rejeter la responsabilité sur sa femme.

Malgré son jeune âge à l'époque, Skye se souvenait de la froideur proche de l'hostilité que son père manifestait à sa mère. C'était ce qui avait poussé cette dernière au suicide. Paniquée à l'idée de subir le même sort, Skye en avait conclu qu'elle devait tout faire pour ne pas décevoir Jed Tristan. Elle s'était donc efforcée de lui plaire pendant toutes ces années. En vain, semblait-il.

Elle n'aurait pas dû revenir s'installer à Glory's Gate après la mort de Ray. Certes, elle adorait cette maison qu'elle considérait comme son véritable foyer, mais quel prix était-elle prête à payer pour pouvoir rester ? Etait-ce au prix de sa dignité et de sa fierté ?

Le martèlement rapide de petits pieds sur le sol arracha Skye à ses sombres réflexions et amena un sourire sur ses lèvres. A coup sûr, Erin allait passer le coin de la porte à toute vitesse pour se jeter dans ses bras.

— Coucou, maman ! cria celle-ci en se pendant à son cou. Je voulais te voir avant que la soirée commence.

La fillette fronça le nez.

— Ça sent vraiment très, *très* bon dans la cuisine.

Skye posa un baiser sur le bout de son nez.

— Dans un quart d'heure, un plateau sera déposé dans ta chambre.

— Il y en aura assez pour Amber aussi ?

— Ai-je déjà laissé Amber mourir de faim ?

— Jamais !

Amber avait été l'institutrice d'Erin en maternelle. Son fiancé était dans l'armée et elle rêvait de porter une robe Vera Wang pour son mariage. Aussi, était-elle ouverte à toutes les propositions de baby-sitting de Skye.

Erin se serra contre sa maman.

— Je t'aime, maman.

— Moi aussi, je t'aime, mon lapin.

— Tu viendras me dire bonne nuit ?

— Bien sûr.

Erin lui décocha un dernier sourire, avant de se sauver en riant.

Attendrie, Skye réprima un soupir. Erin avait perdu son papa deux ans plus tôt. Pouvait-elle prendre le risque de la priver aussi de Glory's Gate pour une simple question de fierté ? Erin adorait cette maison.

D'un autre côté, il était peut-être temps pour elles deux de songer à s'installer sous leur propre toit.

Tôt ou tard, elle devrait y réfléchir, mais ce n'était pas le moment de prendre ce genre de décision, se sermonna Skye. Dans l'immédiat, elle devait d'abord s'occuper de la soirée. Les premiers invités n'allaient pas tarder à arriver.

Elle s'avançait dans le hall, quand elle aperçut Izzy au pied de l'escalier.

— Tu es éblouissante, dit-elle, embrassant du regard sa sœur moulée dans une spectaculaire robe dos nu en lamé argent.

— C'est le but, déclara Izzy, en tournant lentement sur elle-même pour se laisser admirer.

— Dommage pour toi, T.J. n'est pas là, ne put s'empêcher d'observer Skye d'un ton sec.

— Ce n'est pas lui que je cherche à éblouir. C'est Garth, rectifia Izzy, avec un geste dédaigneux de la main. Je vais m'arranger pour le mettre mal à l'aise.

— Tu espères le mettre mal à l'aise dans cette tenue ? s'étonna Skye.

— Le voilà ! Nous allons bientôt être fixées, décréta Izzy en lui prenant la main pour l'entraîner vers la quarantaine d'invités qui circulaient déjà entre les tables du buffet.

Le respect des convenances aurait exigé que Skye saluât chacun d'entre eux, mais Garth était devenu la priorité du moment. N'ayant aucune idée de ce qu'Izzy avait l'intention de faire, elle était curieuse de voir la réaction de leur demi-frère.

Comme elles s'approchaient, Garth les aperçut, mais ne broncha pas. Lâchant la main de sa sœur, Izzy marcha jusqu'à lui, jeta les bras autour de son cou et l'embrassa sur la joue.

— Enfin ! dit-elle, avec un soupir théâtral. J'ai cru que nous ne nous rencontrerions jamais. Comment est-ce possible ? Tu connais notre existence depuis toujours, mais pas une lettre, pas un coup de fil. Rien. J'attends une excuse digne de ce nom.

Garth haussa les sourcils.

— Izzy, dit-il en la repoussant. Vous avez bu ?

— Pas encore, mais je prendrais bien un verre pour célébrer la fin de mes vacances.

— Vos vacances ?

— Oh, ne me dis pas que tu ne sais pas tout de moi et de mes sœurs ! s'exclama Izzy avec un clin d'œil. Je n'ai même pas eu besoin de me présenter. Mais je veux bien jouer le jeu et faire comme si. Alors voilà, je travaille sur une plate-forme pétrolière quasiment non stop pendant plusieurs semaines. Je prends ensuite tous mes jours de congé d'affilée et j'en profite pour m'amuser. Un peu comme tu le fais avec nous, je suppose.

Inquiète, Skye observait l'échange, sans trop comprendre où Izzy voulait en venir. Celle-ci s'appuya contre Garth.

— Allez, dis-nous, chuchota-t-elle. C'est quoi le but de ton petit jeu à toi ? La destruction pure et simple des Tristan ?

Impassible, Garth la dévisagea froidement.

— Non, ce serait trop doux, chuchota-t-il à son tour. Je préfère vous dépouiller progressivement de la fortune et des privilèges qui font de vous tous des ordures de la pire espèce !

Skye en eut le souffle coupé, mais Izzy ne battit même pas un cil.

— Je vois. Tu tiens à ce que nous restions debout.

— Oui. Du moment qu'il ne vous reste rien d'autre que les larmes pour pleurer.

Il avait au moins le mérite d'être clair, songea Skye, sa peur cédant la place à la colère.

— Pourquoi ? demanda-t-elle. Qu'est-ce que nous vous avons fait ?

— Demandez à votre père.

— C'est donc à cause de lui. Et votre mère dans tout ça ? insista Skye.

Un soupçon d'émotion traversa le visage impassible de Garth. Il posa sur les deux sœurs un regard noir.

— Veuillez m'excuser. Je viens d'apercevoir une connaissance.

Sur ce, il s'éloigna sans qu'elles puissent le retenir.

Izzy s'éventa du bout des doigts.

— Seigneur ! Si les regards pouvaient tuer, nous serions déjà étendues au sol dans une mare de sang. En tout cas, à en juger par sa réaction à ta dernière question, cette histoire concerne sa mère. Que crois-tu que Jed lui ait fait ?

— Aucune idée, mais nous allons devoir trouver, et vite,

soupira Skye, même si au fond d'elle-même elle n'avait pas très envie de savoir.

— J'ai besoin d'un verre, déclara Izzy. Tu en veux un ?

— Pas tout de suite. Je dois d'abord saluer les invités.

Essayant d'ignorer le sentiment grandissant d'appréhension qui l'étreignait, Skye s'avança dans la foule, s'efforçant d'adresser un petit mot gentil à chacun, s'assurant que tous avaient de quoi boire et manger. Quelques minutes plus tard, elle réprima un soupir de soulagement en apercevant Mitch.

Elle courut vers lui, les yeux brillant de joie.

— Je suis si contente que tu sois là.

Il lui sourit.

— Tu accueilles tous tes invités avec autant d'enthousiasme ? Parce que si c'est le cas, je comprends mieux pourquoi il y a foule.

— Je devrais, mais je ne le fais pas. Je suis trop stressée pour ça.

Mitch jeta un coup d'œil sur sa montre.

— Déjà ? Il est à peine 19 heures.

— Je sais, mais les hostilités ont commencé tôt, ce soir. Mon père et moi, nous nous sommes disputés à propos de la fondation.

— Pourquoi ?

— Il considère que c'est une perte de temps et d'argent.

— Et toi, qu'en penses-tu ?

Skye le regarda. Mitch avait toujours eu le pouvoir de lui faire battre le cœur et ça n'avait pas changé. Elle eut soudain envie d'effleurer du bout des doigts la fine cicatrice le long de sa mâchoire, de dessiner le contour de ses lèvres, de l'embrasser jusqu'à ce que le monde autour d'eux n'existe plus. Certainement pas la meilleure chose à faire au beau milieu d'une réception, qui plus est, sous le propre toit de Jed Tristan.

DÉTACHEZ SELON LES POINTILLÉS ET POSTEZ AUJOURD'HUI MÊME.

❐ **Oui,** envoyez-moi mes **2 romans Prélud' gratuits et mes 2 cadeaux surprise. Les frais de port me sont offerts.**

J'accepte de recevoir ensuite chaque mois 4 livres de la collection Prélud', simplement en consultation, au prix exceptionnel de 5,08 € le volume (au lieu de 5,35 €), auxquels viennent s'ajouter 2,80 € de participation aux frais de port. Je n'ai aucune obligation d'achat et je peux retourner les livres, frais de port à ma charge, sans rien vous devoir, ou annuler tout envoi futur. Il en sera ainsi tous les mois tant que je le voudrai. Dans tous les cas, je conserverai mes cadeaux.

N° ABONNÉE (SI VOUS EN AVEZ UN) ⎵ ⎵⎵⎵⎵⎵⎵⎵

❐ Mme ❐ Mlle

NOM .... PRÉNOM ....

ADRESSE ....

....

CODE POSTAL ⎵⎵⎵⎵⎵

VILLE ....

N° DE TÉLÉPHONE ⎵⎵⎵⎵⎵⎵⎵⎵⎵⎵

DATE DE NAISSANCE ....

EMAIL ....

Offre valable jusqu'au 31/01/2011. Votre colis gratuit vous parviendra 20 jours environ après réception de cette carte.

AGØEØ1

❐ Oui, je souhaite recevoir les offres promotionnelles des Éditions Harlequin par e-mail.

❐ Oui, je souhaite recevoir les offres promotionnelles des partenaires des Éditions Harlequin par e-mail.

Cette offre – soumise à acceptation - est valable en France métropolitaine uniquement jusqu'au 31 janvier 2011 à raison d'une demande par foyer. Prix susceptibles de changement. Réservé aux lectrices de plus de 18 ans qui n'ont pas encore demandé de livres gratuits. Conformément à la loi Informatique et Liberté du 6 janvier 1978, vous disposez d'un droit d'accès et de rectification aux données personnelles vous concernant en vous adressant au : Service Lectrices Harlequin BP 20008 - 59718 Lille cedex 9. Photos non contractuelles. Les informations demandées sont nécessaires à la gestion de votre commande et le suivi de la relation commerciale. Si vous ne souhaitez pas recevoir nos offres promotionnelles, cochez ci-contre ☐ Y. Par notre intermédiaire, vous pouvez être amenée à recevoir des propositions commerciales de nos partenaires. Si vous ne le souhaitez pas, cochez ci-contre ☐ O.

ECOPLI **T**

20 g
Validité permanente

HARLEQUIN
AUTORISATION 59031
59789 LILLE CEDEX 9

— Je pense pouvoir faire bouger les choses, répondit-elle.

— Alors, n'écoute pas ce vieux Jed et envoie-le au diable.

Skye réprima un éclat de rire nerveux.

— Je crois qu'il existe un club pour ça. Garth en est le président.

Mitch jeta un coup d'œil autour de lui.

— Il est là ?

Skye le chercha des yeux et le lui désigna discrètement.

— Izzy l'a affronté d'entrée de jeu. La discussion fut brève, mais instructive. Elle confirme ce que nous pensions. Il veut nous détruire. Pour quelle raison ? Ça reste un mystère.

Machinalement, Skye fit la grimace et porta la main à son estomac.

— Trop de stress. Si nous parlions d'autre chose. A toi de choisir le sujet.

— J'ai récupéré ma jambe.

Skye baissa les yeux.

— Exact. Tu n'as plus de béquilles. Excuse-moi, j'aurais dû m'en apercevoir.

Il la contempla fixement, l'air intrigué.

— Quoi ? s'inquiéta-t-elle.

— Tu parles comme si je me tenais sur mes deux jambes. Tu sais, pourtant ?

— Hum… oui… Je ne vois pas où est le problème.

Il lui sourit.

— Tu as raison. Je suis peut-être le seul à le voir comme un problème.

— Peut-être bien.

Skye saisit une coupe de champagne au passage d'un serveur.

— Bon, passons à un autre sujet. Nous pourrions parler de la météo. Voilà un thème dont les gens du coin ne se lassent jamais. Il y a aussi la politique, mais c'est plus risqué. Je préfère te demander où tu as vécu pendant tout ce temps. Tu étais basé quelque part ?

— San Diego.

— Il paraît que c'est un bel endroit.

— Magnifique. Le soleil y brille presque toute l'année et les plages sont superbes.

— Il paraît que là-bas les femmes aussi sont superbes, ne put s'empêcher de le taquiner Skye. Tu… tu avais quelqu'un ?

Ça lui avait échappé malgré elle. Mitch hésita, juste assez longtemps pour que Skye ait le temps de réaliser qu'elle n'avait pas vraiment envie de savoir.

— Excuse-moi, je n'aurais pas dû te poser cette question, dit-elle précipitamment, regrettant de ne pas s'être cantonnée à la météo ou à la beauté des paysages. Enfin… j'imagine que tu as forcément rencontré quelqu'un pendant toutes ces années. Alors, comment était-elle ? T'es-tu…

Elle avait soudain l'impression que son cerveau était gelé.

— … t'es-tu marié ?

Il avait pu se marier et ensuite divorcer. Ou peut-être son épouse était-elle décédée brutalement, lui laissant le souvenir d'une femme merveilleuse qui ne l'avait jamais trahi.

— Je ne suis pas allé jusque-là, répondit Mitch. J'ai fréquenté quelqu'un pendant quelque temps, mais elle désirait passer à l'étape suivante et pas moi.

Voulait-il dire qu'elle était amoureuse et que lui ne l'était pas ? Ou bien qu'il ne l'aimait pas assez pour l'épouser ? Autant de questions dont Skye n'était pas certaine de vouloir connaître les réponses. Elle sentit soudain une tristesse infinie lui étreindre le cœur.

Lexi et Cruz s'approchèrent, provoquant une diversion opportune. Skye s'empressa de faire les présentations.

— Lexi, tu te souviens de Mitch ?

— Bien sûr, répondit Lexi avec un sourire, avant de préciser à l'adresse de Cruz : nous étions ensemble au lycée. Tu devrais t'inquiéter, chéri.

— Je me fais un sang d'encre, plaisanta celui-ci.

Mitch se pencha vers Lexi pour l'embrasser sur la joue.

— Bonsoir, Lexi. Tu es superbe.

Comme d'habitude, Lexi était d'une beauté à couper le souffle. Sa longue chevelure blonde flottait sur ses épaules. Elle portait une robe bleu marine dont le ton faisait ressortir la teinte de ses yeux couleur d'un ciel d'été et elle rayonnait comme seules peuvent rayonner les femmes enceintes de leur premier enfant.

Cruz prit la main de Skye.

— Veux-tu bien m'accorder cette danse ?

L'invitation la surprit. Sans doute Lexi avait-elle perçu son désarroi et s'était-elle arrangée pour venir à son secours.

— Avec plaisir, répondit-elle.

Mitch regarda Skye s'éloigner.

— Te voilà condamné à danser avec moi, observa Lexi, en le poussant du coude vers la piste de danse.

— Je ne peux pas, marmonna Mitch, le regard toujours rivé sur Skye.

— Comment le sais-tu ? Tu as essayé ?

— Non, reconnut-il.

Il supposait. Comme il avait supposé être incapable de remonter à cheval…

Le tempo de la musique était lent.

— Du moment que ce n'est ni un rock ni un tango, pourquoi pas, déclara-t-il soudain en prenant Lexi par la main pour rejoindre la foule des danseurs.

Une fois en place, Mitch se concentra sur son centre de gravité. Prudemment, il se mit à bouger, en guidant légèrement sa cavalière.

— Pas mal, commenta-t-elle. Et maintenant, te sens-tu capable de danser tout en tenant une conversation ?

— On peut toujours essayer.

— Pourquoi prends-tu un malin plaisir à faire de la peine à ma sœur?

Elle souriait tout en parlant d'un ton amical, si bien que Mitch ne saisit pas immédiatement ce qu'elle disait. Aucune importance d'ailleurs, puisque Lexi poursuivait déjà sans lui laisser le temps de répondre :

— Je comprends que tu aies souffert, mais ça ne te donne pas tous les droits. Depuis ton retour, tu t'es comporté avec elle comme un goujat. Et à en juger par sa mine défaite, il y a une minute, tu continues.

Mitch se raidit.

— Tu ne sais pas de quoi tu parles.

— Je ne sais pas tout, en effet, reconnut Lexi. Skye m'a certainement caché le pire. Car elle persiste à te défendre, même si tu ne le mérites pas.

Mitch regarda fixement Lexi.

— Tu as oublié ce qu'elle m'a fait?

— Je suppose que tu fais allusion à son refus de t'épouser, à l'époque.

— Elle a choisi d'obéir à son père.

— Je vois, répliqua Lexi, ses beaux yeux bleus soudain étincelants de colère. Elle aurait dû te suivre aveuglément, parce que tu étais son seul véritable amour. Malheureusement, dans la vraie vie, ce n'est pas comme dans les films. Les choses ne se passent pas toujours comme on le souhaiterait. Skye a choisi d'obéir à Jed parce qu'il était tout ce qu'elle avait.

— J'étais là.

— Vraiment? Tu es devenu fou furieux et tu es parti.

Sidéré par cette remarque injuste, Mitch se figea sur place.

— Je te rappelle qu'elle en a épousé un autre.

— As-tu pris la peine d'essayer de savoir pourquoi ?

Il savait à présent.

— Elle était enceinte de ce gars-là.

— Mais avant ça, insista Lexi, en l'entraînant à l'écart de la piste, dans un coin de la salle. Avant qu'elle ne sorte avec Ray.

— Qu'elle ne couche avec lui, tu veux dire.

— Toujours dans ton rôle de victime, soupira Lexi. J'aurais dû m'en douter. Il ne t'est pas venu à l'idée que le problème, ce n'est pas qui Skye a épousé, mais plutôt pourquoi elle se plie à tous les désirs de Jed ? La réponse est simple : il est le seul parent qui lui reste.

— Ce n'est pas une raison. Quand nous nous sommes connus, je venais de perdre mon père et ma mère dans un accident. Alors, autant dire que lorsque Skye m'a plaqué, il ne me restait plus rien.

— C'est vrai, sauf que tu avais Fidela et Arturo qui t'aimaient et s'occupaient de toi, bien plus que tes parents ne l'avaient jamais fait. Tandis que Skye, elle, était seule quand elle a découvert le corps de sa mère. Tu le savais ?

Mitch ravala un juron. Il ne connaissait pas les détails de la mort de Pru Tristan. Skye ne lui en avait jamais parlé.

— Elle venait d'avoir onze ans, poursuivit Lexi. Pru ne pouvait supporter l'indifférence de Jed à son égard, alors, elle s'est ouvert les veines dans la baignoire. Mais pas avant d'avoir pris soin de laisser un petit mot adressé à Skye, parce qu'elle savait que c'était elle qui venait la retrouver dans sa chambre, chaque jour après l'école. Elle savait que c'était elle qui découvrirait son corps. Apparemment, ce n'était pas un problème pour Pru. Dans son petit mot, elle expliquait à Skye qu'elle n'avait d'autre choix que de se suicider parce que Jed ne l'aimait pas. Imagine un peu, Mitch. Imagine ce qui peut se passer dans la tête d'une petite fille qui découvre le corps sans vie de sa mère et lit cette lettre. Elle pense sans doute au plus profond d'elle-même que si son père ne l'aime plus, elle subira le même sort. Alors, on peut comprendre qu'elle fasse tout pour ne pas le décevoir. On peut comprendre qu'à dix-huit ans, amoureuse pour la première fois, elle ait paniqué et perdu la tête, quand notre père lui a imposé d'épouser l'homme de son choix. A moins que ce ne soit trop compliqué pour toi, Cassidy ! Essaie donc de penser à elle au lieu de ne penser qu'à toi.

Sur ce, Lexi lui tourna le dos et s'éloigna.

Resté seul, Mitch sentit quelque chose se nouer dans sa poitrine, tandis que les paroles de Lexi résonnaient encore sous son crâne. Comment une mère pouvait-elle faire subir une telle horreur à son enfant ? Il avait entendu dire que Pru Tristan était égocentrique et quelque peu dérangée. Il savait désormais qu'il ne s'agissait pas seulement de rumeurs.

Il chercha Skye des yeux. Quand il la vit, il hésita. Lui dire qu'il connaissait la vérité à propos de sa mère ne servirait à rien. En réalité, le problème était de savoir si ça changeait quoi que ce soit pour lui.

Skye sentait que quelque chose clochait sans savoir quoi exactement. Les invités discutaient entre eux, mais le niveau de bruit n'était pas normal. Il régnait une sorte de calme inhabituel qu'elle ne pouvait expliquer.

Skye jeta un regard autour d'elle. Les plateaux surchargés de nourriture circulaient entre les invités qui, visiblement, appréciaient la qualité du cocktail qui leur était offert. Le champagne coulait à flots. Et d'après ce qu'elle avait pu entendre, Jed n'avait rien dit qui puisse offenser qui que ce soit. Alors, qu'est-ce qui clochait ?

Elle en était à penser qu'elle se faisait des idées, quand l'une des serveuses se précipita vers elle.

— Il y a un problème, chuchota la femme. Deux invités

sont malades. C'est arrivé brusquement. Il ne faudrait pas que ce soit la nourriture.

Une étrange sensation de froid s'empara de Skye.

— Où sont-ils ?

— Dans les toilettes du rez-de-chaussée.

Comme Skye courait dans cette direction, elle fut rattrapée par un banquier local qui la bouscula pour se ruer dans les toilettes, la main plaquée sur sa bouche. Dans le même temps, elle entendit un bruit de haut-le-cœur et aperçut une femme en robe du soir, la tête dans le lavabo.

Skye se força à garder son sang-froid. Un plat avarié ? Un empoisonnement alimentaire ne pouvait être aussi soudain. Il y avait forcément un délai…

Elle tourna la tête vers la cuisine. Garth se tenait non loin de là, accoudé au bar. Il leva son verre dans sa direction. Tout autour, les invités commençaient à se ruer vers la sortie.

Skye se précipita vers lui.

— Qu'avez-vous fait, bon sang ?

Il lui sourit.

— On dirait que votre charmante réception tourne à la catastrophe. Un problème de nourriture ?

— Vous avez empoisonné les invités ?

— *Empoisonné*, quel bien grand mot pour une petite plaisanterie de rien du tout ! Vous devriez tout de même composer le 15, au cas où.

— Vous n'êtes qu'une ordure !

Garth prit une gorgée de champagne.

— Exact. Mais vous le saviez déjà, n'est-ce pas ?

Deux heures plus tard, tout le monde était parti. Quelle qu'ait été la cause des nausées, elle avait disparu aussi vite qu'elle était apparue. Le médecin appelé en urgence avait placé quelques personnes parmi les plus âgées en observation à l'hôpital.

— Ma réputation est ruinée, gémit Mary, le chef traiteur. Je ne sais pas ce qui s'est passé.

Skye ne savait quoi lui dire pour la rassurer. Elle savait que Mary n'y était pour rien, mais elle n'avait aucune preuve contre Garth.

— Si vous avez besoin d'une recommandation, je vous la ferai volontiers, proposa-t-elle, terriblement embarrassée.

— Ça pourra toujours m'aider, marmonna la pauvre femme, avant de s'en aller en essuyant ses larmes.

Dana arriva peu après.

— J'ai eu ton message. Que s'est-il passé ?

Skye lui relata l'épisode des invités pris subitement de nausées et sa brève discussion avec Garth.

Dana hocha la tête.

— Es-tu certaine qu'il y est pour quelque chose ?

— Il me l'a quasiment avoué. Mais si je raconte ça à la police, ils ne me croiront pas. Pour quelle raison un homme comme lui ferait-il une chose pareille ?

Skye poussa un soupir de pure frustration.

— Bien sûr, ils mèneront une enquête pour la forme. Après quoi, ils concluront à une mauvaise blague. Garth est trop intelligent pour se faire pincer. Quant à Jed, inutile de compter sur lui. Il a disparu de la circulation dès qu'il s'est aperçu qu'il y avait un problème.

— Si ça peut te consoler, il ne te demandera peut-être plus d'organiser ses cocktails, essaya de plaisanter Dana.

— Maigre consolation, marmonna Skye avec un soupir résigné, sachant que Jed allait forcément la tenir responsable du désastre de cette soirée.

Compatissante, Dana lui tapota l'épaule.

— Ne nous laissons pas abattre. Je vais faire le tour des lieux et voir si je peux trouver un indice quelconque. Quoi qu'il en soit, Garth est un gars débordant d'imagination. A trop en faire, il finira forcément par commettre une erreur et nous serons là pour le cueillir.

— Je l'espère. Je n'ose imaginer ce qu'il va inventer la prochaine fois.

Mitch n'avait aucune envie de bousiller sa prothèse, mais il ne pouvait s'empêcher de faire les cent pas comme un fauve en cage. Il était fou de rage, ce qui n'était pas une nouveauté. Mais pour une fois, sa colère n'était pas dirigée contre le monde entier. Cette fois, elle avait une cible bien précise — Garth Duncan.

Le cocktail de la veille avait été une catastrophe. N'ayant pas eu le temps de toucher au buffet, Mitch avait été épargné, mais il avait assisté à la débandade générale. Et même si l'incident n'avait fait aucune victime sérieuse, à coup sûr, l'histoire allait faire le tour du pays.

Naturellement, Mitch n'avait pas imaginé une seconde que Garth puisse être derrière une telle machination, jusqu'au coup de fil de Skye, le matin même. Il s'apprêtait maintenant à affronter Garth pour mettre un terme à toute cette histoire.

Il entendit une voiture s'arrêter. Serrant les poings, il sortit de son bureau et regarda Garth descendre de sa Mercedes.

— Il y a un problème ? s'enquit ce dernier.

Sans réfléchir, Mitch s'avança et lui donna un coup de poing.

Momentanément déséquilibré, Garth recula d'un pas, mais encaissa le coup avec philosophie.

— Je comprends… vous avez été malade, hier soir, dit-il en se tâtant le menton avec précaution. Désolé. J'aurais dû vous prévenir.

— Je n'ai rien mangé, espèce d'ordure !

— C'est bizarre, ce n'est pas la première fois qu'on m'appelle ainsi, ces derniers temps. Ce doit être le nouveau qualificatif à la mode.

— C'est quoi votre problème ? aboya Mitch. Qu'est-ce qui vous a pris de faire un truc pareil ?

— Je croyais vous avoir expliqué le but de l'opération — démolir Jed et ses filles. Vous aviez pourtant l'air d'apprécier l'idée. Vous étiez même d'accord pour me donner un coup de main.

L'air pensif, Garth remua lentement sa mâchoire endolorie de droite à gauche.

— Je suppose que ça signifie que vous ne souhaitez plus travailler pour moi.

Mitch serra les poings.

— Je n'ai jamais travaillé pour vous.

— Nuance, je ne vous ai pas payé, rectifia Garth avec un sourire glacial. Cela ne veut pas dire que vous n'étiez pas d'accord pour jouer les espions à ma solde.

— Peu importe, marmonna Mitch qui ne voyait pas très bien où Garth voulait en venir. Attaquez-vous à Jed si ça vous chante, mais laissez ses filles tranquilles. Elles n'y sont pour rien.

— Pour moi, si, répliqua Garth en baissant la voix. C'est Skye qui vous préoccupe, n'est-ce pas ? C'est pour elle que vous vous faites du souci. Malheureusement, c'est un peu tard pour ça.

Mitch ne saisit pas immédiatement le sous-entendu, jusqu'à ce qu'il perçoive un bruit dans son dos et comprenne.

Lentement, il pivota sur lui-même et la vit.

Skye se tenait derrière lui, le regardant avec un air horrifié.

— Tu… tu travaillais pour lui ? bredouilla-t-elle, pâle comme un linge.

Mitch aurait donné son autre jambe pour avoir le droit de rejouer les cinq dernières minutes.

— Non, Skye. Attends!

Ignorant la lueur implorante dans ses yeux, elle s'enfuit en courant, sachant qu'il ne pourrait pas la rattraper.

Chapitre 11

— Je vais bien, répéta Skye pour la énième fois, tandis que Dana lui préparait un café et que Lexi et Izzy la couvaient des yeux. Ne vous en faites donc pas pour moi.

Elle n'eut pas besoin de relever la tête pour savoir que ses sœurs échangeaient avec Dana des regards sceptiques.

Tout était sa faute, songea-t-elle tristement. Absolument tout. C'était elle qui avait voulu se rapprocher de Mitch. Elle qui avait voulu lui faire confiance. Il s'était pourtant montré sous son véritable jour, dès le premier jour de son retour. Il avait été clair, mais elle avait refusé l'évidence. Elle avait espéré qu'il n'était pas cet homme-là et Mitch avait finalement accepté de jouer le jeu. Il avait endossé le rôle du gars attentionné, soucieux de l'aider, alors qu'en réalité, il continuait de lui en vouloir à mort et n'avait qu'une envie, lui faire du mal.

Dana lui tendit son café.

— Tu le veux avec une goutte de whisky?

Skye jeta un coup d'œil sur l'horloge. Il était à peine midi.

— Inutile. Ça va aller. J'ai seulement besoin d'un peu de temps pour digérer le choc.

— Ce dont tu as besoin, c'est qu'on t'apporte la tête de Mitch sur un plateau, déclara Dana avec son pragmatisme habituel.

Les quatre femmes se trouvaient dans l'immense cuisine de Glory's Gate. C'était l'une de ces belles journées de printemps où l'air transparent semblait vibrer sous le ciel bleu du Texas. Les rayons du soleil baignaient la pièce d'une lumière dorée. La brise était douce et l'horizon sans nuages. D'habitude, cela suffisait au bonheur de Skye. Mais pas aujourd'hui.

— Je ne peux pas le croire, marmonna Lexi. Mitch avait l'air vraiment heureux d'être de retour. Et si… sympa.

— Quand lui as-tu parlé ? questionna Dana.

— Hier soir, pendant le cocktail. C'est bête, mais j'ai vraiment eu l'impression qu'il tenait encore à toi, Skye.

— Il s'est moqué de nous, soupira celle-ci, s'efforçant de dissimuler l'amertume dans sa voix. Nous nous sommes toutes laissé prendre. Moi la première. J'étais si inquiète pour lui et je me suis sentie tellement mal quand il a cru qu'Erin était sa fille. Avec le recul, je me dis que ce n'était qu'une comédie orchestrée par Garth. Mitch n'a certainement jamais pensé être le père d'Erin. Ça faisait simplement partie du plan. Un moyen comme un autre de me faire culpabiliser pour me mettre en position de faiblesse.

— Sais-tu depuis combien de temps il est de mèche avec Garth ? demanda Izzy.

— Qu'est-ce que ça change ?

— Si c'est récent, ce n'est peut-être pas si grave.

Ebranlée par l'argument, Skye haussa les sourcils.

— Eh oui ! Ça voudrait dire que Mitch ne t'a pas menti depuis le début, ironisa Dana avant de secouer la tête avec un pâle sourire d'excuse. Pardonne-moi, j'essaie d'être positive, mais je ne peux faire taire mon côté cynique. Mitch est devenu un sale type et j'en suis désolée. Autrefois, c'était un gars bien.

Autrefois, songea Skye, le cœur serré.

Elle pouvait comprendre qu'il l'ait trompée, qu'il ait couché avec elle pour assurer son emprise et lui faire payer ce qu'il considérait comme une traîtrise. Elle pouvait comprendre beaucoup de choses. Mais ce qu'elle ne pouvait pas supporter, c'est qu'il ait eu l'audace de lui proposer son aide, tout en sachant qu'il allait la trahir. Là, c'était vraiment misérable de sa part.

— Il n'est pas l'homme que je croyais, murmura-t-elle. C'est ce qui me fait le plus de peine. Je me suis trompée sur celui qu'il est réellement devenu.

Le Mitch d'autrefois était si droit, si honnête. Skye avait encore du mal à croire qu'il ait pu changer à ce point.

Elle enfonça la main dans la poche de son jean d'où elle sortit la bague qu'elle était allée chercher dans son coffret à bijoux. Elle la posa sur la table.

Le diamant scintillait dans la lumière. Les quatre femmes l'admirèrent un instant en silence.

— Elle est très belle, murmura Lexi.

— Elle l'était, précisa Skye en buvant une gorgée de café. Le solitaire que Ray m'avait offert était dix fois plus gros, mais c'est cette bague qui a toujours compté à mes yeux. Mitch et moi avions passé la soirée ensemble, dans la prairie. Le ciel s'était couvert et je lui ai dit qu'il fallait rentrer avant l'orage. Il s'est mis à me taquiner parce que je ne voulais pas avoir les cheveux mouillés et tandis que nous étions en train de rire, il a sorti cette bague et il est tombé à genoux.

Elle revivait la scène comme si c'était hier. Elle pouvait sentir l'odeur de l'herbe coupée, voir les yeux noirs de Mitch, l'éclat intense de son regard. Et comme ce jour-là, elle en perdit le souffle et son cœur s'emballa.

— Il m'a déclaré qu'il m'aimait et qu'il désirait passer le restant de ses jours avec moi. Il a aussi dit que j'étais la meilleure chose qui lui soit arrivée. Puis il m'a demandée en mariage.

Skye laissa couler ses larmes. Le souvenir de leur amour était encore si vif. Elle croyait alors que rien ni personne ne pourrait jamais les séparer.

— Le lendemain, nous nous sommes retrouvés au même

endroit. Quand je lui ai dit que je ne pouvais pas l'épouser, je lui ai rendu la bague, continua-t-elle d'une voix tremblante. Il l'a prise et l'a jetée dans l'herbe. J'étais horrifiée. Nous nous sommes disputés et il est parti. Je pleurais tellement que j'étais aveuglée par les larmes, mais je voulais à tout prix retrouver la bague. Je l'ai cherchée dans l'herbe longtemps, très longtemps. Et j'ai fini par la retrouver.

Skye la toucha du bout de l'index.

— Je pensais que c'était important pour nous deux. J'avais tort…

Dana s'accroupit près d'elle.

— Tu veux que j'aille lui mettre mon poing dans la figure ?

En dépit de son chagrin et de son amertume, Skye ne put s'empêcher de sourire.

— J'apprécie ta proposition, Dana, mais je ne veux pas que tu lui fasses de mal.

Elle essuya ses larmes.

— Dire qu'après ce qui vient de se passer, je refuse encore qu'on lui fasse du mal. Quelle imbécile ! Depuis le début, je me suis comportée comme une idiote.

— Tu ne pouvais pas prévoir, soupira Lexi.

— Si, j'aurais dû. Parce que je sais depuis le début qu'il me reproche la perte de sa jambe. Si je ne l'avais pas laissé tomber, il ne se serait jamais engagé et il ne serait pas allé risquer sa vie à l'autre bout du monde. Il considère que tout est ma faute.

Hier, elle aurait juré qu'il y avait encore quelque chose entre eux. Mais aujourd'hui, elle avait l'impression qu'il n'y avait que colère et traîtrise.

— Peut-être regrette-t-il, temporisa une fois de plus Izzy.

— Ou peut-être pas, objecta Dana, avant de secouer de nouveau la tête, découragée. Zut ! Pourquoi faut-il que ce soit Mitch ? J'aurais pu comprendre venant de n'importe qui d'autre, mais pas de lui. Pas comme ça.

Skye se leva et essuya ses dernières larmes.

— Pourtant, c'est ainsi. Mitch n'est plus le gars honnête et sympa que nous avons connu. Fin de l'histoire.

La fermeté de sa voix la surprit. Elle ne se rappelait pas s'être sentie à la fois aussi triste et aussi déterminée.

Comme elle sortait de la cuisine, elle trouva Erin assise au pied de l'escalier, les genoux repliés contre sa poitrine, l'air triste et effrayé.

Skye s'assit à côté d'elle et lui caressa les cheveux.

— Qu'est-ce qui ne va pas, mon ange ?

— Tu es en colère après Mitch.

Skye réprima un soupir.

— Tu nous écoutais.

Erin leva les yeux sur elle.

— Je ne l'ai pas fait exprès. J'ai juste entendu un petit peu et puis, je suis partie… Mais je t'ai entendue pleurer, maman, ajouta-t-elle, en se blottissant contre Skye.

— C'est fini, maintenant, chérie.

— Je ne me sens pas bien.

Parce que l'entendre pleurer avait sans doute rappelé à Erin de mauvais souvenirs, songea Skye.

Quand Ray était décédé, Skye avait pleuré pendant des jours cet homme qui avait tout fait pour la rendre heureuse.

— Tu as mal au ventre ?

Erin hocha la tête.

— Ça va passer. Que dirais-tu d'une balade à cheval toutes les deux ? Je suis certaine que tu iras tout de suite mieux, plaisanta Skye qui connaissait la passion de sa fille pour les chevaux.

— Il était prévu que je m'entraîne au saut d'obstacles avec Arturo.

Ce qui supposait qu'elle aille au ranch Cassidy. Skye ne

savait que dire. D'un côté, elle ne tenait pas à ce que sa fille soit en contact avec Mitch, de l'autre, elle ne voulait pas la priver de Fidela et d'Arturo. Tous deux tenaient une place importante dans la vie d'Erin.

— Je t'y emmène, déclara Skye. Va chercher tes bottes de cheval.

Un quart d'heure plus tard, elle se garait devant l'écurie. Rapidement, Skye jeta un coup d'œil autour d'elle. Mitch n'était pas dans les parages, ce qui était une bonne chose. Dans l'immédiat, elle ne se sentait pas suffisamment forte pour lui faire face.

Arturo les attendait. Il ouvrit la portière du côté d'Erin.

— File seller ton cheval, lui dit-il. Nous essaierons de monter la barre aujourd'hui.

— Super! s'écria la fillette en courant vers l'écurie.

Arturo se pencha pour regarder Skye.

— Ça va?

Skye comprit qu'il savait ce qui s'était passé. Peut-être pas dans le détail, mais suffisamment pour qu'il s'inquiète.

— Ça ira, répondit-elle.

— Je suis désolé. Ce n'est pas lui.

— Apparemment si.

Le vieil homme poussa un profond soupir, mais n'insista pas.

— Je ramènerai Erin à la maison, quand elle aura fini. Elle voudra sans doute passer un petit moment avec Fidela, alors, ce ne sera pas avant deux bonnes heures.

— C'est parfait. Merci, Arturo.

— Pas de problème.

Il se redressa et referma la portière.

Skye remit le contact et fit demi-tour. Du coin de l'œil, elle perçut un mouvement, mais se garda bien de tourner la tête. Il n'y avait rien ici dont elle ait désormais à se soucier.

Le plus tôt elle se l'enfoncerait dans le crâne, le mieux ce serait pour tout le monde.

Mitch comprit qu'il avait vraiment tout gâché, quand en entrant dans la cuisine à l'heure du déjeuner, il trouva une boîte de thon sur la table. Fidela n'était pas dans les parages et le message était clair. Il n'avait qu'à se débrouiller seul.

Elle l'avait vu discuter avec Garth, elle avait vu Skye s'enfuir et elle avait posé des questions. Il lui avait dit la vérité. Elle l'avait alors regardé fixement, comme s'il était un étranger. Puis, elle lui avait tourné le dos. De toute évidence, elle était furieuse contre lui.

Il aurait voulu pouvoir s'expliquer, lui dire que ce n'était pas aussi grave qu'elle le croyait, qu'il n'avait donné aucune information à Garth. Mais à coup sûr, Fidela lui répondrait que ce qui était grave, c'était qu'il en ait eu l'intention. Et elle aurait raison.

Les premiers temps de son retour au pays, il avait été la proie d'une rage aveugle et destructrice, se souvint-il en cherchant dans le réfrigérateur quelque chose à grignoter. Il était en colère parce qu'il avait été obligé de rentrer, parce qu'il avait perdu sa jambe. Et il en voulait à Skye pour ce qu'elle lui avait fait. Découvrir qu'Erin *n'était pas* sa fille lui avait fait dépasser les bornes. Aveuglé par la colère, il s'était alors acoquiné avec Garth.

C'était une explication, pas une excuse.

Découragé, il referma le réfrigérateur sans avoir rien pris et sortit. Machinalement, il s'avança en direction des rires et du bruit de sabots martelant le sol.

Au centre du corral, Arturo entraînait Erin au saut d'obstacles. Il se montrait d'une grande patience avec elle, lui indiquant ses erreurs et applaudissant quand elle réussissait un sans-faute. Mitch était certain qu'ils l'avaient vu, mais tous deux semblaient décidés à l'ignorer.

Il pouvait comprendre pour Arturo. Fidela lui avait certainement parlé de Garth. Mais Erin ? Pourquoi lui faisait-elle la tête ? Skye lui aurait-elle dit quelque chose contre lui ? Il ne voulait pas le croire.

Déçu, il tourna les talons et partit se réfugier dans son bureau. D'accord, il avait fait une erreur. Mais il était sincèrement désolé. Ça ne comptait donc pas ?

Sa séance d'auto-apitoiement durait déjà depuis un bon quart d'heure, quand Erin fit irruption dans le bureau. Ce fut une furie haute comme trois pommes qui s'avança jusqu'à sa table de travail et le fusilla du regard.

— Vous avez fait pleurer maman, déclara-t-elle, visiblement indignée. Je l'ai entendue pleurer à cause de vous. Un héros, d'habitude, c'est gentil…

Sa voix se brisa. C'était comme si toute son énergie s'était brusquement envolée. De grosses larmes brûlantes emplirent ses yeux.

— Vous l'avez fait pleurer, murmura-t-elle.

Mitch sentit son cœur se serrer. Jamais il n'avait éprouvé une telle sensation de culpabilité et de totale impuissance. Il voulut se lever et contourner le bureau pour aller vers elle, mais elle recula.

— Ne m'approchez pas ! hurla-t-elle, en essuyant ses larmes.

— Je suis désolé. Je ne voulais pas faire de peine à ta maman.

— C'est pourtant ce que vous avez fait.

La fillette semblait choquée, comme si elle ne pouvait croire qu'il soit capable d'une telle chose.

— Vous êtes mauvais.

— Non, Erin. J'ai fait un mauvais choix. Ce n'est pas pareil.

— Si, ça l'est !

Mitch regarda la fillette. Elle se sentait trahie par quelqu'un en qui elle avait eu toute confiance. Et il ne savait comment la consoler.

— Pardon, Erin.

Soudain, elle le poussa, comme si elle voulait lui faire perdre l'équilibre. Comme si elle essayait de le faire tomber. Il chancela, stupéfait par sa réaction. Elle avait d'ailleurs l'air aussi surpris que lui.

Ses larmes coulaient maintenant à flots. La fillette se couvrit le visage de ses mains. Mitch se pencha et la souleva pour l'asseoir sur le bureau. Secouée par les sanglots, elle tapa des pieds contre le bois.

Il attendit qu'elle se soit un peu calmée pour parler.

— Je comprends que tu sois en colère contre moi. Je vais essayer d'arranger les choses avec ta maman.

Erin leva vers lui un visage baigné de larmes.

— Je croyais que vous étiez un héros, murmura-t-elle. Mais ce n'est pas vrai. Vous êtes…

Elle se laissa glisser sur le sol et lui lança un regard noir.

— Vous êtes méchant et je vous déteste !

Dans la bouche d'Erin, c'était probablement la pire des insultes. Elle quitta la pièce, le laissant seul, conscient qu'il venait de détruire quelque chose de précieux. Quelque chose d'irremplaçable.

Le comble, c'était qu'il n'avait absolument rien fait pour faciliter la tâche à Garth Duncan. Ce gars-là n'avait d'ailleurs pas besoin d'aide. Il avait gagné le premier round sans effort. Bêtement, Mitch s'était laissé manipuler. Et Skye était désormais seule, face à un être sans scrupule qui se rapprochait dangereusement de son objectif.

*
* *

Skye passa un week-end épouvantable à faire semblant d'avoir l'air heureuse pour Erin, alors qu'elle avait le cœur brisé. Levée dès l'aube, le lundi matin, elle avait renoncé à essayer de dormir et décidé d'aller à la fondation.

Elle terminait de s'habiller et s'apprêtait à descendre prendre un café, quand Izzy entra dans sa chambre.

— Jette un coup d'œil là-dessus, fit celle-ci en lui tendant le journal du matin.

En voyant le gros titre à la une, Skye sentit la tête lui tourner.

La direction de Tristan World Enterprises
accusée de trafic d'armes

— Ce n'est pas possible, murmura-t-elle en commençant à lire.

Le contenu de l'article reposait uniquement sur des spéculations et non sur des faits. Selon l'auteur, la branche maritime de Tristan World Enterprises faisait l'objet d'une enquête judiciaire. Non seulement la compagnie était accusée d'avoir versé des pots-de-vin à de hauts fonctionnaires étrangers, mais ses navires auraient également transporté des marchandises illégales, notamment des armes et des munitions, sous couvert de produits industriels.

— Je le sens mal, observa Izzy. Les journalistes parlent de crime de haute trahison. Jed risque la prison, cette fois.

Skye acquiesça d'un hochement de tête découragé. Dire que ce matin encore, elle s'inquiétait de la prochaine attaque de leur demi-frère. A présent, elle était fixée.

Chapitre 12

Mitch patienta trois jours avant d'essayer de voir Skye. Elle se sentait forcément blessée et trahie, aussi avait-il jugé préférable de lui laisser un peu de temps, même s'il avait hâte de mettre les choses au clair entre eux.

Il n'y avait aucune excuse à ce qu'il avait fait, mais il y avait une explication. Une explication qu'il voulait lui donner — encore fallait-il qu'elle veuille bien l'écouter.

Il attendit que le bus scolaire soit passé pour se rendre à Glory's Gate. Il s'expliquerait aussi avec Erin, mais plus tard, une fois qu'il se serait réconcilié avec Skye.

Il se gara derrière la maison, près de l'entrée de service, descendit de la camionnette et s'avança vers la porte. Comme il s'approchait, celle-ci s'ouvrit brusquement et Skye apparut sur le seuil, une carabine à la main.

— Va-t'en ! lui cria-t-elle. Je ne veux pas de toi ici.

Elle était incroyablement belle avec ses longs cheveux roux agités par la brise et sa tenue de femme d'affaires — élégante jupe noire et chemisier de soie ivoire. L'ensemble associé à la carabine avait quelque chose de terriblement excitant, ne put s'empêcher de remarquer Mitch.

— Il faut que nous parlions, lui dit-il.

— Nous n'avons rien à nous dire. Fiche le camp !

— Ecoute, Skye, je sais que tu m'en veux.

Elle releva le canon de la carabine et le dirigea sur lui.

— T'en vouloir, c'est peu dire ! Je t'ai fait confiance, je

me suis confiée à toi, et pendant tout ce temps, tu étais de mèche avec Garth.

— Disons plutôt que je l'ai été l'espace d'une dizaine de minutes, précisa Mitch. Mais je n'ai absolument rien dit, rien fait, qui puisse l'aider dans son entreprise de destruction.

— Et ça suffit à t'excuser ? Je devrais te pardonner parce que tu n'es pour rien dans tout ce gâchis ? Tu ne manques pas de culot !

Sa colère était quasi palpable et Mitch pouvait en voir les étincelles dans ses admirables yeux verts.

— Sors de mes terres ! lui cria-t-elle.

— Allons, Skye, nous ne sommes plus à l'époque du Far West et je ne suis pas venu voler du bétail.

— Ce que tu as fait n'en est pas moins criminel.

Mitch la regarda droit dans les yeux.

— Je te demande pardon, Skye. J'ai eu tort. Garth est venu me voir à l'hôpital, juste après que j'ai appris qu'Erin n'était pas ma fille. Je ne le connaissais pas. Et puis surtout, je t'en voulais à mort.

— Pour t'avoir caché un enfant qui n'était pas de toi ?

— Je sais. Dis comme ça, c'est ridicule.

Skye abaissa le canon de la carabine avec un soupir exaspéré.

— Bon sang, Mitch ! Tu me connais suffisamment pour savoir que je ne t'aurais jamais caché ton enfant.

Sa voix s'était adoucie. Mitch se rapprocha. Aussitôt, elle leva la main.

— N'avance pas ! Reste où tu es.

— Je ne savais plus où j'en étais, plaida Mitch. Ma vie avait basculé, j'étais en colère, j'avais besoin…

— De quelqu'un sur qui passer ta rage ?

Mitch hocha lentement la tête.

— J'ai honte de ce que j'ai fait. Ce n'est pas moi, tu le sais, Skye.

Il la vit déglutir.

— Tout de même, ça me dépasse que tu aies pu me croire capable d'une chose pareille.

— Le problème n'est pas là, Skye. En réalité, si je tenais tant à ce qu'Erin soit ma fille, c'était uniquement parce qu'au fond de moi, j'avais besoin de quelque chose de bien dans ma vie. Quelque chose qui me donne une raison de vivre.

Voilà, c'était dit…

Il fit un pas vers Skye et continua d'avancer jusqu'à ce qu'elle l'arrête en pressant sa main contre son torse.

— Tu vas devoir appuyer sur la détente, dit-il calmement. Je n'ai pas l'intention de partir.

Puis, la regardant droit dans les yeux, il ajouta :

— S'il te plaît, laisse-moi entrer.

Il la vit hésiter. Elle avait soudain l'air désemparée, ne sachant plus que faire. Lentement, elle retira sa main et s'effaça avec un soupir pour le laisser entrer dans la cuisine.

— Je te demande une fois de plus de m'excuser, dit-il, tandis qu'elle prenait une tasse de café et s'asseyait à la grande table qui trônait au centre de la pièce. Je ne pensais pas que Garth puisse être aussi dangereux. Je viens de lire l'article dans le journal.

Skye haussa les épaules.

— Mon père risque d'être jugé pour crime de haute trahison. Le pire, c'est que j'ai l'impression qu'il n'est même pas conscient de la gravité de la situation. De toute façon, il ne nous le dira pas. Il mène sa vie de son côté. Ces derniers temps, il dort rarement ici. Il a probablement une maîtresse à Dallas.

Mitch se versa un café et s'installa face à Skye.

— Garth ne recule devant rien. Je suis sincèrement désolé pour ce qui s'est passé pendant le cocktail. Ça a dû être un sacré choc.

Skye soupira.

— Franchement, ce n'était rien comparé au choc ressenti quand j'ai découvert que tu étais de mèche avec Garth. Quoi qu'il en soit, j'ai déclaré aux journalistes qu'il s'agissait d'une mauvaise plaisanterie. Quant à la police, elle enquête, mais depuis que je lui ai parlé de mes soupçons à l'égard de mon demi-frère, l'inspecteur me prend pour une folle. Dana enquête elle aussi, sans beaucoup d'espoir. Garth est trop intelligent pour laisser un quelconque indice derrière lui.

— Je pourrais peut-être me renseigner de mon côté.

— C'est ça... Tu t'imagines que je vais te faire confiance.

— Je te le répète, Skye, je ne suis pas de mèche avec Garth.

— Tu *l'étais*.

— Je n'ai rien fait pour l'aider.

Se penchant vers Skye, par-dessus la table, Mitch ajouta :

— Accepte mes excuses.

— Pas question.

— Tu ne veux pas me pardonner ?

— Pas de sitôt.

Il retrouvait enfin la Skye qu'il connaissait.

— Frappe-moi, si ça peut te soulager.

— Je peux me servir d'un marteau ?

— Non.

— Dans ce cas, ça ne m'intéresse pas. Peut-être plus tard.

— Y a-t-il quoi que ce soit que je puisse faire pour me faire pardonner ?

Skye hésita.

Mitch voyait bien qu'elle était tentée de dire oui. Et pour le moment, ça lui suffisait.

— Prends le temps d'y réfléchir. Je te reposerai la question plus tard.

Skye réprima un soupir.

— Ne joue pas au gars sympa avec moi, Mitch. J'ai déjà assez de soucis comme ça.

— Tu préfères quand je suis méchant et désagréable ?

— C'est plus simple.

Plus simple pour garder ses distances avec lui ? Etrangement, Mitch, lui, n'avait plus très envie de garder ses distances avec Skye.

— Peux-tu au moins dire à Erin que je ne suis pas aussi mauvais qu'elle le croit ?

Skye fronça les sourcils.

— Qu'est-ce qui s'est passé ?

— Elle est venue me dire que je t'avais fait pleurer et que les héros ne sont pas censés agir ainsi.

— Je comprends. Elle a surpris une conversation avec Dana et mes sœurs. J'ai bien vu que ça l'avait bouleversée, mais je ne pensais pas qu'elle oserait t'en parler.

— C'est pourtant ce qu'elle a fait.

— Je lui expliquerai.

— Merci.

Sur ce, Mitch se leva et fit le tour de la table. Aussitôt, Skye repoussa sa chaise et s'écarta avant qu'il ait pu la toucher.

— Ne fais pas ça, murmura-t-elle.

— Je n'allais rien faire.

— Si. Tu allais me prendre dans tes bras et je ne veux pas. Je ne peux pas, Mitch... Je ne sais pas de quoi il s'agit au juste, mais ce n'est pas un jeu pour moi.

— Pour moi aussi, ce n'est pas un jeu, Skye.

— Dans ce cas, nous allons devoir nous éviter jusqu'à ce que nous sachions exactement de quoi il s'agit.

*
* *

Skye courut se réfugier à la fondation. Il était plus facile de se concentrer sur le travail que de réfléchir aux sentiments contradictoires qu'elle éprouvait pour Mitch.

Elle le croyait quand il se disait désolé d'avoir traité avec Garth et que sa décision avait été uniquement dictée par la souffrance et l'amertume. Mais cela n'effaçait en rien la sensation d'avoir été trahie et n'apaisait pas davantage le sentiment de perte.

Elle venait de démarrer son ordinateur quand le téléphone sonna. C'était T.J.

— Bonjour, Skye. Je suis au courant pour Jed. Vous tenez le coup ?

— Je vais bien. J'espère que vous ne croyez pas à toutes ces histoires. Mon père ne se serait jamais laissé entraîner dans un trafic d'armes illégal.

— Je sais. C'est un homme intelligent qui ne risquerait pas l'avenir de son entreprise avec ce genre d'affaire. Comment ça se passe du côté de la presse ?

— Le répondeur a découragé les quelques journalistes qui ont appelé à la maison.

— En tout cas, si je peux vous aider en quoi que ce soit, surtout, dites-le-moi.

Skye esquissa un sourire.

— Je n'y manquerai pas. Merci, T.J.

— J'aimerais vous revoir. Etes-vous libre pour dîner, ce soir ?

Prise de court, Skye hésita, ne sachant que répondre. T.J. était un homme bien. Un homme charmant, plein d'esprit et attentionné. Elle aurait dû être aux anges à l'idée de passer la soirée avec lui. Sauf que ce n'était pas avec lui qu'elle rêvait de passer la soirée… En dépit de sa trahison et de ses sautes d'humeur, Mitch était celui qui lui faisait battre le cœur et la faisait fondre d'un simple regard.

— Skye ? Je n'avais pas l'intention de vous poser une colle, plaisanta T.J.

— Oh, pardon. Pas de problème... Ce sera avec plaisir.

— Parfait, je passe vous prendre à Glory's Gate vers 18 h 30. Ça vous va ?

— Oui, bien sûr... Mais pourquoi ne pas se retrouver directement au restaurant ? Ce serait plus simple. Erin est encore trop jeune pour comprendre que je puisse sortir avec un autre homme que son père.

Il y avait aussi le problème d'Izzy, mais celui-ci, Skye préférait le passer sous silence. Elle n'était pas certaine qu'il y ait quoi que ce soit entre sa sœur et T.J. En revanche, elle était certaine d'une chose : Izzy était têtue comme une mule et détestait perdre. Par conséquent, elle était certainement prête à tout pour prouver qu'elle était la plus désirable.

— Dans ce cas, rendez-vous à 19 heures au restaurant, déclara T.J. Je m'occupe de réserver la table. J'ai hâte d'être à ce soir.

— Moi aussi, répondit Skye, en s'efforçant d'y mettre un minimum de conviction, avant de raccrocher.

Renversant la tête contre le dossier de son fauteuil, elle ferma les yeux, essayant d'ignorer la pointe de culpabilité qui lui chuchotait que T.J. Boone ne lui ferait jamais battre le cœur comme seul Mitch Cassidy savait le faire. Raison pour laquelle miser sur T.J. était sans doute beaucoup moins risqué.

Elle pouvait aussi entendre dans sa tête la voix de sa sœur lui souffler que personne n'était dupe. Qu'elle faisait semblant de s'intéresser à T.J. uniquement parce que leur père le lui avait demandé et que c'était la même chose du côté de T.J. Parce que si Jed ne s'en était pas mêlé, T.J. ne lui aurait même pas accordé un regard. Il aurait préféré sortir avec Izzy.

Skye rouvrit les yeux. D'accord, c'était son père qui la poussait dans les bras de T.J., mais elle ne pouvait croire que la gentillesse et le charme dont ce dernier faisait preuve à son égard ne soient qu'une comédie. Il n'était tout de même pas hypocrite à ce point. Izzy n'était qu'une sale gosse qui s'imaginait que tous les hommes gravitaient autour d'elle.

— Tu as une seconde ?

Skye redressa la tête. Trisha, sa directrice financière, se tenait sur le seuil du bureau.

— Bien sûr. Tu as du nouveau ?

— Rien de très réjouissant, déclara Trisha en s'avançant dans la pièce, un énorme classeur dans les mains. Nos premières investigations indiquent l'existence d'au moins deux fichiers comptables qui tournent sous le même programme. Les saisies sont identiques, exception faite des primes versées aux cadres et des chèques établis à ton ordre. Les techniciens du service informatique pensent avoir repéré le point d'entrée de ces données. Il s'agit d'un accès à distance, ce qui signifie que quelqu'un d'extérieur à la fondation a piraté notre système.

— C'est donc si facile ? s'étonna Skye.

— Normalement, non, précisa Trisha en s'asseyant face à elle. J'ai contacté la compagnie chargée de la protection de notre système informatique. Dans un premier temps, ils m'ont assuré que c'était impossible, jusqu'à ce que je leur montre les preuves. Depuis, ils cherchent à découvrir comment. Et qui, bien sûr.

Skye connaissait déjà le commanditaire du piratage.

— Nous finirons par le coincer, poursuivit Trisha. Mais dans l'immédiat, nous avons un autre problème. Les employés commencent à discuter entre eux et à se poser des questions. Difficile pour eux d'accepter que l'argent qu'ils se sont donné tant de mal à collecter puisse servir à offrir une Mercedes à l'un, un voyage à l'autre. Les donateurs non plus n'apprécient pas.

— Tu crois que c'est ce qui s'est passé ? s'indigna Skye. Tu crois vraiment que des primes ont été versées ?

Trisha la rassura d'un sourire.

— Non, je ne le crois pas. J'ai également trouvé un chèque établi à mon ordre, dont je n'ai jamais vu la couleur. D'ailleurs, c'est moi qui signe les chèques. Je n'aurais certainement pas autorisé de telles primes.

— Tu m'en vois soulagée. Tu signes vraiment tous les chèques ?

— Oui, mais je n'en vérifie qu'un petit pourcentage, sinon, ce serait un boulot à plein temps. Les salaires sont traités par informatique, de même que tous les versements effectués au profit des foyers et des banques alimentaires.

— Nous ne savons donc pas si les chèques suspects sont réellement passés ou non, conclut Skye, désappointée, qui ne savait comment faire pour arrêter le désastre qui se préparait sous ses yeux.

— En effet. Et nous risquons de perdre nos meilleurs éléments, ajouta Trisha, l'air sombre. J'ai entendu dire que certains de nos employés commençaient à chercher ailleurs.

— Toi aussi ? questionna Skye sans détour.

— Pas encore.

Skye hésita. Elle ne tenait pas à exposer au monde entier les histoires de famille des Tristan. Non seulement, ça n'arrangerait rien, mais elle avait le sentiment que Garth n'attendait que ça. Toutefois, le moment était peut-être venu d'en parler à Trisha.

— Tu as déjà rencontré mon père, commença-t-elle d'une voix incertaine.

— Une ou deux fois, répondit Trisha. Un homme intéressant.

— C'est une façon de voir. Quoi qu'il en soit, il y a une trentaine d'années, il a eu une aventure avec une jeune femme, une certaine Kathy, qui a fini par tomber enceinte. Il a refusé de l'épouser et c'est ainsi que tout a commencé.

Posément, Skye exposa ce qu'elle savait de Garth Duncan et de sa mère. Sans aller dans les détails, elle expliqua de quelle façon son demi-frère avait décidé de s'attaquer à leur famille.

— Une femme a porté plainte contre ma sœur et son centre de remise en forme. Elle travaillait pour Garth. Il l'aurait payée pour qu'elle dépose une fausse plainte. Quand elle s'est retrouvée confrontée à Lexi, la femme a abandonné ses accusations et déménagé loin d'ici. Garth est prêt à tout pour nous nuire. Il a même pris le risque insensé d'empoisonner les invités de mon père lors d'un cocktail, il y a quelques jours.

Trisha semblait stupéfaite.

— J'en ai entendu parler. Les journaux ont dit qu'il s'agissait d'une mauvaise blague.

— Garth m'a ouvertement avoué être l'auteur de cet empoisonnement. Il en était même fier. Naturellement, quand je l'ai dit à la police, ils n'ont pas voulu me croire. Pour quelle raison un homme dans sa situation, riche et influent, irait-il empoisonner les invités d'un cocktail ? Ça n'a pas de sens.

— Sauf quand on sait qu'il veut discréditer ta famille, soupira Trisha. Si je comprends bien, il a donc décidé de s'attaquer aussi à la fondation.

— En effet. L'histoire du blanchiment d'argent, c'était déjà lui. Et même si nous avons été lavés de tout soupçon, pense à tout cet argent perdu en avocats pour défendre notre réputation au lieu de nourrir des enfants.

Trisha secoua la tête, consternée.

— Je comprends que tout ceci doive rester secret, Skye. Malheureusement, les employés de la fondation ne vont pas comprendre et certains vont démissionner. Pour ce qui est des cadres, le plus important c'est leur réputation. S'ils pensent que la fondation est sur le point de couler, ils quitteront le navire avant le naufrage.

Lentement, Izzy fit le tour de l'appartement. Les hauts plafonds et les immenses baies vitrées donnaient une impression d'espace. Le décor était sobre, dans les tons de noir et de gris avec quelques pointes de couleurs vives.

Elle adorait le parquet couleur ébène et l'énorme cheminée d'angle. Elle n'aurait pas forcément apprécié d'y vivre, mais l'endroit semblait fait pour T.J.

— Des commentaires ? questionna celui-ci en passant derrière le bar pour préparer un cocktail.

— Tu as couché avec la décoratrice ?

T.J. ouvrit une bouteille de vodka.

— C'est tout ce qui t'intéresse ? La déco, la vue, tu t'en fiches. Tout ce que tu veux savoir, c'est si j'ai couché avec la décoratrice.

— Je me trompe ?

— Non. Tu as raison, répondit T.J. en riant.

Izzy se glissa sur l'un des tabourets de bar et posa les coudes sur la surface de granite noir.

— Tu es d'un tempérament joueur.

— C'est mal ?

— En théorie, non. Sauf que ne suis pas sûre de savoir à quel jeu tu joues avec moi.

T.J. poussa un verre vers elle.

— Faut-il que ce soit un jeu ?

Izzy songea à Skye.

— Pas nécessairement… La question est de savoir jusqu'où tu as l'intention d'aller.

Le regard bleu de T.J. pétilla.

— Je suis ouvert à toutes les suggestions.

Izzy n'en avait aucune. Ce gars-là ne lui était pas indifférent et ce n'était pas si fréquent. Mais jusqu'à quel point son intérêt pour T.J. était-il sincère ? N'était-ce pas plutôt une façon de prouver quelque chose à Skye ? Bien que, là tout de suite, elle ne sache pas quoi au juste.

— Si tu étais au lycée avec Lexi, tu dois aussi connaître Dana Birch.

— Bien sûr. Curieuse, cette fille. Sexy en diable, mais je ne connais aucun garçon qui ait eu le courage de lui demander de sortir. Elle nous avait clairement fait comprendre qu'elle ne voulait pas qu'on l'approche.

Intéressant, songea Izzy qui savait que Dana affichait aujourd'hui une nette préférence pour des hommes effacés qu'elle pouvait diriger à sa guise. Sauf qu'elle finissait par se lasser.

— Tu sais pourquoi ?

T.J. haussa les sourcils.

— Tu plaisantes ? Je suis un homme, pas un psy.

Izzy éclata de rire.

— Voilà qui a le mérite d'être franc.

— Quand reprends-tu le travail ?

— Dans quelques jours. Je serai absente près de deux mois.

— C'est long.

— Le temps passe vite sur une plate-forme de forage, répliqua Izzy. Les journées sont chargées. La dernière fois, je travaillais à l'installation d'un nouveau forage. Cette fois, je vais réparer l'ancien.

— Sans blague, tu fais vraiment de la soudure ?

— Tu n'as jamais vu le film *Flashdance* ? Les soudeurs peuvent être terriblement sexy.

— Personne ne remet en cause ton sex-appeal. Tu aimes ce travail ?

— C'est amusant. Travailler sous l'eau à grande profondeur est encore plus excitant. J'adore avoir le frisson. Pour mes prochains congés, je vais faire de la spéléologie sous-marine. Tu veux venir ?

— C'est soit la plongée, soit la spéléo, mais pas les deux.

— Poule mouillée.

— Nuance, je ne suis pas suicidaire.

— Moi non plus.

— La spéléo sous-marine est un sport dangereux, observa T.J.

— C'est ce qui le rend si excitant.

— Alors, c'est tout ce que tu recherches ? Le grand frisson ?

— Oui.

Leurs regards s'enchaînèrent.

— Pourquoi êtes-vous si téméraire, mademoiselle Tristan ? murmura T.J.

— Parce que ça me plaît.

Contournant le bar, il s'approcha et fit pivoter le tabouret de façon qu'Izzy soit face à lui. Il lui enleva son verre des doigts et le posa sur le bar. Puis, prenant son visage entre ses mains, il l'embrassa.

Sa bouche était douce et tentante, son baiser empli de promesses…

Izzy recula.

— Tu continues de voir Skye ?

— Je l'ai invitée à dîner.

Izzy ne savait comment réagir. Entre elle et T.J., il ne s'agissait pas d'une véritable liaison. Ils ne sortaient pas ensemble, ils se contentaient de prendre du bon temps. Elle ne demandait jamais aux gars qu'elle fréquentait s'ils sortaient avec d'autres femmes, essentiellement parce qu'elle s'en fichait. C'était la même chose avec T.J., sauf que Skye, *elle*, voyait en lui un mari potentiel. Parce que c'était ce que lui avait demandé Jed.

— A quoi penses-tu ? questionna T.J.

— C'est soit Skye, soit moi.

Il se pencha et l'embrassa de nouveau.

— D'accord, souffla-t-il contre ses lèvres.

Sa bouche s'empara de la sienne, plus exigeante, cette fois. Insistante. Enroulant les bras autour de sa nuque, Izzy ouvrit ses lèvres et l'accueillit.

Leur baiser s'approfondit. Les mains de T.J. se mirent à parcourir son corps, enflammant chacune de ses terminaisons nerveuses. Quand il découvrit la fermeture Eclair sur le côté de sa robe bustier, Izzy sentit son cœur rater un battement. Elle descendit du tabouret, si bien que lorsque la fermeture Eclair céda sous les doigts habiles de T.J., la robe glissa sur le sol, la laissant nue.

T.J. la regarda, les yeux illuminés de désir. Puis, sans un mot, il lui prit la main et l'emmena dans sa chambre. Là, sans cesser de la regarder, il se dévêtit rapidement, avant de la prendre de nouveau dans ses bras.

Oubliant ses hésitations, Izzy s'abandonna à ses mains, à sa bouche, qui l'exploraient tout entière, impérieuses. Plusieurs fois, T.J. lui fit atteindre les sommets du plaisir. Puis, tout s'apaisa.

Il se redressa sur les coudes et lui sourit.

— Je savais que ce serait formidable avec toi.

Izzy ne répondit pas. Au lieu de se sentir comblée, elle se sentait gênée et honteuse. Comme si elle avait fait quelque chose de mal. Pas besoin d'un doctorat en psychologie pour savoir que c'était à cause de Skye. Elles étaient en compétition pour le même homme. En théorie, Izzy avait donc simplement marqué un point. Alors pourquoi cette sensation de froid et de profond dégoût ?

Chapitre 13

Skye dirigea sa monture vers l'ouest, là où paissait le gros du troupeau Cassidy. Fidela lui avait dit que Mitch travaillait là-bas, tout l'après-midi.

Depuis sa visite matinale à Glory's Gate, elle n'avait cessé de penser à lui. C'était comme s'il monopolisait tout l'espace entre ses deux yeux. Exaspérée, elle avait fini par conclure qu'elle ferait mieux d'aller lui parler. Comme d'habitude, il finirait par être odieux — c'était plus fort que lui —, ils se disputeraient et ce serait parfait. Elle pourrait ainsi l'éloigner de ses pensées et avoir l'esprit clair. Elle avait suffisamment de soucis comme ça.

Skye l'aperçut qui galopait sur le flanc nord du troupeau. L'un des chiens sentit son odeur et se mit à aboyer. Mitch ramena son cheval au pas, avant de le faire pivoter dans sa direction. Elle le regarda s'approcher.

Il épousait les mouvements de sa monture sans aucune difficulté, malgré la perte de sa jambe et toutes ces années passées loin du ranch. C'était peut-être quelque chose que le corps n'oubliait pas, songea Skye. Un mouvement si familier qu'il restait imprimé dans les muscles. Exactement comme lorsqu'on faisait l'amour.

Malgré elle, elle ne pouvait s'empêcher d'admirer sa silhouette de cavalier. Mitch semblait tout droit sorti d'un western. Grand et athlétique. Puissant. Incroyablement séduisant. Surtout quand il souriait…

Skye secoua la tête. Elle ne voulait pas y penser, pas plus

qu'elle ne voulait penser à la façon dont lui seul savait la faire vibrer. Malheureusement, les images étaient là, gravées trop profondément avec les souvenirs pour pouvoir être effacées. La sensation des mains de Mitch sur son corps l'obsédait.

Il vint à sa hauteur. Son Stetson dissimulait son regard.

— Tu montes de nouveau sans problème, dit-elle, avec un signe de tête en direction du cheval.

— Bullet a été spécialement dressé pour moi. Il n'attend rien de ma jambe gauche. Je peux me mettre en selle d'un côté ou de l'autre.

— Je ne pensais pas que ce fût possible. C'est Arturo qui l'a dressé ?

— Oui.

— Tu as de la chance d'avoir quelqu'un comme lui pour te seconder sur le ranch.

— Je sais.

Gênée, Skye ne savait quoi dire. Elle aurait pourtant voulu savoir comment Mitch se débrouillait avec sa jambe artificielle. Il se déplaçait à présent sans béquilles, ce qui était plutôt bon signe. Mais n'en faisait-il pas trop ?

Ça ne la regardait pas, se sermonna-t-elle. Ils n'étaient plus ensemble. On aurait même pu dire qu'ils étaient ennemis.

— Qu'y a-t-il, Skye ? Tu n'es pas venue me voir sans raison.

Il y avait une dizaine d'excuses qu'elle aurait pu avancer, mais elle choisit la vérité toute simple.

— J'avais envie d'en découdre avec toi.

— Quoi ?

— Je sais, c'est idiot, mais j'avais besoin de passer mes nerfs sur quelqu'un. Tu connais ça, Mitch ?

Comme il ne mordait pas à l'hameçon, elle haussa les épaules avec un soupir découragé.

— J'ai eu une mauvaise journée. L'avenir de la fondation est compromis. Une partie du personnel songe sérieusement à démissionner et tout le monde croit que je suis malhonnête.

— Seulement ceux qui ne te connaissent pas.

— Que crois-tu qu'elle pense, la grand-mère dans l'Indiana qui nous a donné cinq dollars ? Et tous ces gamins qui sont allés se coucher le ventre vide, parce qu'au lieu d'envoyer un chèque à la banque alimentaire, j'ai utilisé l'argent pour payer des avocats et des experts informaticiens ? Que vont-ils penser de moi ?

Mitch rapprocha son cheval et posa une main sur son bras.

— Ils ne savent pas qui tu es, dit-il gentiment.

— Exact. Le juge non plus ne sait pas qui je suis. Si on lui dit que je me suis servie dans la caisse de la fondation, il le croira.

— Ecoute, Skye, chaque chose en son temps. Tu ne peux livrer qu'une seule bataille à la fois. Neutraliser Garth est la priorité. Le reste, tu t'en inquiéteras plus tard.

Voilà qu'il se montrait raisonnable.

— Je le déteste ! déclara brusquement Skye. Et dire que c'est mon demi-frère ! A la première occasion, je le mets en pièces.

— Je t'aiderai.

Skye tourna la tête vers Mitch.

— J'aimerais te croire.

— Attends un peu. Tu finiras par me croire.

— Tu as l'air bien sûr de toi.

— Tu me connais, non ?

Skye hocha la tête. Avec du temps et de la motivation, Mitch pouvait lui faire croire ce qu'il voulait — surtout quand elle était directement concernée.

— Et puis je te dois bien ça, reprit-il. L'été où mes parents sont morts, je ne sais pas ce que je serais devenu sans toi.

Skye n'avait pas vraiment envie de repenser à cet été où elle avait vu Mitch complètement désemparé. C'est en voulant le consoler qu'ils étaient tombés amoureux.

— N'importe qui en aurait fait autant.

— Mais ce n'était pas n'importe qui. C'était toi, Skye.

— J'essayais seulement de t'aider. Et je dois avouer que ce n'était pas seulement par altruisme. J'avais besoin de me sentir exister. Je venais de terminer le lycée et mon père parlait déjà de me trouver un époux.

Elle eut l'impression que Mitch se raidissait comme s'il ne voulait pas l'entendre parler de cette époque ni de son père. Elle ne pouvait pas vraiment lui en vouloir. C'était à cause de Jed qu'elle l'avait quitté. Mais avant qu'elle ait pu changer de sujet, Mitch répliqua :

— Tu n'étais pas obligée de lui obéir au doigt et à l'œil. Tu aurais pu lui tenir tête.

— Facile à dire, objecta Skye. Tu ne le connais pas.

— Bien sûr que si. Jed n'a de pouvoir que celui que tu lui donnes. Tu aurais pu lui dire non.

— C'est mon père.

— D'accord, mais ce n'est pas Dieu. On dirait que tu n'as rien dans le ventre, dès qu'il s'agit de lui.

Skye resta silencieuse.

— Tu continues d'agir selon ses désirs, poursuivit Mitch. La preuve, tu sors avec T.J. parce qu'il te l'a demandé.

Le ton était accusateur. Et il y avait de la colère dans sa voix.

Piquée au vif, Skye dressa le menton.

— Si je suis sortie avec T.J., c'est parce qu'il a décroché son téléphone pour m'inviter à dîner. Il n'attendait pas de moi juste une partie de jambes en l'air dans l'herbe.

Mitch la dévisagea, le regard flambant de colère.

— Moi non plus, ce n'était pas ce que j'attendais. Je me suis contenté de prendre ce qu'on m'offrait. Tu peux te raconter tous les mensonges que tu veux, mais la vérité, c'est que tu continues de te mettre au garde-à-vous devant ton père. Bon sang, quand vas-tu te décider à grandir ?

Skye tressaillit. Les paroles de Mitch lui avaient fait l'effet d'un coup de poing en pleine poitrine.

— Tu ne sais pas de quoi tu parles, murmura-t-elle, en détournant la tête.

— Bien sûr que si. Je crois qu'il est temps de te libérer de la mort de ta mère. Ça n'a rien à voir avec toi. Le jour où ton père sera furieux contre toi, tu n'en mourras pas.

Comment était-il au courant de sa peur la plus profonde ? Une peur monstrueuse tapie dans l'ombre comme une bête.

Skye se sentit soudain acculée. Si elle avait eu une carabine dans les mains, cette fois, elle s'en serait volontiers servie.

— Parlons un peu de toi, Mitch Cassidy ! Ta vie n'est pas fichue parce que tu as perdu une jambe. Et pourtant, tu en veux au monde entier. Tu ferais bien de réfléchir à ton attitude avant de critiquer la mienne.

— Tu tiens vraiment à comparer nos deux situations ? ironisa Mitch. Je vais te dire la différence. Ton principal problème consiste à savoir quelle paire d'escarpins à trois cents dollars choisir pour aller récolter des fonds pour ta fondation.

Skye serra les dents. D'accord, il avait perdu sa jambe, mais il n'avait pas le monopole de la souffrance. Et elle en avait plus qu'assez de lui servir de punching-ball.

— Tu peux penser ce que tu veux de mon travail à la fondation, je m'en fiche. L'essentiel, c'est qu'il y ait des milliers d'enfants qui mangent à leur faim. Et si j'ai commis des erreurs par le passé, en tout cas, moi je n'ai jamais trahi mes amis pour la simple raison que je leur en voulais. Erin a raison. Tu n'as rien d'un héros. Tu n'es qu'un salaud qui a un jour porté l'uniforme.

Sur ce, Skye fit faire demi-tour à son cheval et s'éloigna au galop.

Quand elle regagna Glory's Gate, elle était encore loin

d'être calmée. Maudit Cassidy! Pourquoi fallait-il qu'il se comporte systématiquement comme le dernier des goujats? Et pourquoi s'inquiétait-elle encore de ce qu'il pensait d'elle?

Elle aurait juré qu'il était jaloux qu'elle sorte avec T.J. Pourtant, ce n'était pas comme s'il voulait sortir avec elle. Du moins, ce n'était pas l'impression qu'il donnait. De toute façon, elle-même ne comprenait pas les sentiments qu'elle éprouvait à son égard. Probablement des sentiments appartenant au passé qui remontaient à la surface.

Seulement, ce n'étaient pas les bons.

L'esprit en plein désarroi, Skye rentra par la porte de service directement dans la cuisine, et se servit un verre de thé glacé avant de regagner sa chambre. En chemin, elle croisa Izzy.

Les deux sœurs se regardèrent. Elles ne se disputaient plus, mais elles étaient en froid. Sachant qu'Izzy allait repartir travailler dans peu de temps, Skye chercha quelque chose de gentil à dire.

Sa sœur la devança.

— Tu sors toujours avec T.J.?

— Quoi? Euh... oui, bredouilla Skye, prise de court. Nous dînons ensemble, ce soir.

— N'y va pas, déclara Izzy. Tu ne l'aimes pas. Il n'est pas ton type d'homme.

La surprise cédant place à la colère, Skye redressa le menton.

— Je n'ai pas de type d'homme particulier. Quant à affirmer que je n'aime pas T.J., je le connais à peine. Et c'est précisément pour apprendre à mieux se connaître que nous sortons ensemble.

— Mais tu vois Mitch aussi.

— Pour des raisons différentes. Mitch et moi, c'est fini depuis belle lurette.

Et ils ne se remettraient jamais ensemble. C'était évident.

— Où veux-tu en venir, Izzy?

— Tu ne peux pas sortir avec T.J.

— Parce que tu sors avec lui ?

— Nous ne sortons pas ensemble. Pas vraiment. Mais…

— Mais quoi ? Tu es amoureuse de lui ?

Izzy croisa les bras sur sa poitrine avec un soupir.

— Je n'en sais rien.

Skye leva les yeux au ciel.

— Si je comprends bien, tu me demandes de rester à l'écart, le temps que tu te décides.

— Ce n'est pas ça, marmonna Izzy. Je ne lui fais pas confiance. Voilà tout ce que je peux te dire, Skye.

— Dis plutôt que tu redoutes ce qui pourrait se passer si je tombe amoureuse du gars que Jed me demande d'épouser. Tu as peur que j'hérite de Glory's Gate ?

— Bien sûr que non. Je me fiche de cette maison. Tu peux avoir Glory's Gate et l'argent des Tristan avec. Je n'en veux pas. J'essaie juste de t'aider. Est-ce si difficile à comprendre ?

— Il y a quelques semaines, je t'aurais dit non, mais tu te comportes de façon tellement étrange dès qu'il s'agit de T.J. que je ne sais plus quoi penser. Je crois surtout que tu as l'habitude d'être le point de mire de tous les hommes et que tu ne supportes pas que T.J. puisse te préférer une autre femme, moi, en l'occurrence.

— Nous avons couché ensemble ! hurla soudain Izzy.

Skye se retint pour ne pas la gifler. Elle aurait dû se douter que sa sœur ne reculerait devant rien pour gagner.

— Merci de me prévenir, répondit-elle, en la bousculant pour passer.

Izzy lui saisit le bras.

— Ce n'est pas ce que tu crois. Je l'ai laissé faire pour voir jusqu'où il était prêt à aller. Ce gars-là est capable de me mettre dans son lit, tout en continuant à flirter avec toi.

— Je vois. Tu as couché avec le gars avec qui je sors, uniquement pour mon bien. Eh bien, merci, Izzy. C'est très gentil de ta part, mais à l'avenir, je me passerai de tes services.

— Je déteste quand tu prends ce ton sarcastique, marmonna Izzy. Ouvre les yeux, bon sang! T.J. n'a rien d'honnête.

— Toi non plus, répliqua Skye.

Blessée, Izzy baissa la tête.

— D'accord. Je ne t'embêterai plus avec cette histoire. Je repars bientôt pour la plate-forme de forage.

— Pas assez tôt à mon goût.

Mitch se mit en devoir d'étriller Bullet. Ce travail lui permettait de réfléchir.

Pourquoi s'était-il de nouveau disputé avec Skye? Pourquoi ce besoin de la blesser? Il savait où trouver la réponse. Mais pour cela, il lui fallait remonter à une époque qu'il avait vainement essayé d'oublier — ce terrible été où Skye l'avait rejeté pour la simple et bonne raison que son père le lui avait demandé. Jed lui avait posé un ultimatum et Skye s'y était pliée. Mitch savait pourquoi à présent — Skye était restée traumatisée par le suicide de sa mère et paniquait à l'idée de déplaire à son père et de se voir rejetée. Pourtant, il continuait de lui en vouloir. C'était plus fort que lui. Il ne pouvait s'empêcher de l'agresser.

Cherchait-il inconsciemment à ce qu'elle le déteste? Cherchait-il à l'éloigner définitivement? Essayait-il de la chasser de sa vie pour ne plus avoir à penser à elle? Parce que c'était trop douloureux de la regarder et de réaliser ce qu'il avait perdu? Parce qu'elle le méritait? Parce qu'il était devenu un véritable salopard qui prenait plaisir à faire du mal? Autant de questions qui se bousculaient sous son crâne.

Mitch poussa un soupir exaspéré. Il commençait tout juste à surmonter la perte de sa jambe, alors pourquoi se torturer l'esprit avec Skye?

C'était fini entre eux. C'était terminé depuis des années. Oui, elle avait mal agi et il en avait souffert. Il en avait souffert au point d'être incapable de s'engager avec une autre femme. Mais était-ce le problème de Skye ou le sien ? Comme il l'avait si brutalement assené à Skye, ne devrait-il pas lui aussi se décider à grandir et à prendre sa vie en main ?

Se remémorant leur conversation, Mitch grimaça au souvenir de la dureté de ses paroles.

Il regarda Bullet.

— Je suis un parfait idiot.

Le cheval lui donna un petit coup de tête, comme pour souligner qu'il était temps qu'il s'en aperçoive. Perdant l'équilibre, Mitch chancela. Immédiatement, Bullet passa la tête sous son bras, de telle sorte qu'il puisse s'agripper à sa crinière.

— Le sens de l'humour est essentiel dans ce genre de situation, déclara Mitch en flattant l'animal. Merci de me le rappeler.

Bullet souffla par les naseaux.

Mitch reprit la brosse.

Il avait cerné le problème — le moment était venu pour lui aussi de prendre sa vie en main. C'était la première étape. Il ne lui restait plus qu'à trouver une solution. Ce qui exigeait un objectif et une parfaite franchise de sa part. Qu'attendait-il de Skye ? Et lui, qu'était-il prêt à lui offrir ? Une fois qu'il le saurait, le reste irait de soi.

Le restaurant était plein à craquer, mais dès que Skye mentionna le nom de l'homme qui l'attendait, le maître d'hôtel lui désigna une table.

Elle avait choisi de porter une petite robe noire vraiment très, très courte, dont l'ourlet souligné d'un galon argenté attirait le regard sur ses jambes. Quant au décolleté, il était profond et les minuscules bretelles glissaient sur ses épaules bien au-dessous des clavicules.

Une heure plus tôt, debout devant le grand miroir de sa chambre, elle avait décidé de se montrer audacieuse. Elle avait rassemblé ses cheveux en un chignon souple, mis ses boucles d'oreilles préférées en pierre de lune et enfilé une paire de talons aiguilles.

Ce ne serait peut-être pas suffisant, mais elle était déterminée à faire de son mieux pour montrer à T.J. Boone ce qu'il allait perdre.

Il était déjà installé à table, l'air terriblement sympathique et très séduisant dans son costume sombre. Il se leva dès qu'il l'aperçut. De toute évidence, il était impressionné par ce qu'il voyait.

— Vous êtes splendide, dit-il. Ravissante et sexy en diable.

— Merci.

Comme elle retirait son manteau, Skye vit ses yeux s'écarquiller.

Sa petite robe noire n'était pas seulement scandaleusement courte, elle était aussi très près du corps. Si moulante qu'elle lui collait au corps comme une seconde peau.

— Je crois qu'il va m'être extrêmement difficile de garder les idées claires, ce soir, marmonna T.J., manifestement sous le charme.

— Vraiment? s'étonna Skye avec un sourire mutin.

— Sincèrement, vous êtes belle à mourir.

T.J. jeta un coup d'œil autour de lui, comme pour s'assurer que ce n'était pas un rêve.

— Dites-moi, Skye… Pourquoi sommes-nous ici au milieu de tous ces gens, au lieu d'être seuls en tête à tête chez moi?

— Parce que vous ne m'avez pas invitée à venir chez vous.

Skye vit sa mâchoire s'affaisser légèrement. Une chose de sûre, cette fois, il ne lui jouait pas la comédie. Il avait vraiment l'air sous le choc.

— Vous... vous voulez bien venir chez moi maintenant ?

Elle se pencha vers lui et chuchota :

— Pour faire l'amour ?

Il la regarda, incrédule.

— On peut dire que vous allez droit au but. Je ne vous imaginais pas du genre rapide.

— Eh bien, vous vous trompiez sur mon compte. On y va ?

T.J. se leva si vite que sa chaise bascula.

Skye se leva à son tour et le suivit hors du restaurant, en se réjouissant secrètement de voir sa voiture garée juste devant l'entrée comme elle l'avait demandé au portier. De l'autre côté de la rue, la fourrière embarquait le véhicule de T.J. Ce dernier ne semblait pas s'en être aperçu. Il n'avait d'yeux que pour Skye. Passant un bras autour de sa taille, il lui chuchota à l'oreille :

— Si vous saviez comme je suis impatient...

Skye choisit ce moment pour le repousser.

— Ça ne m'étonne pas, espèce de goujat ! Vous avez vraiment cru que vous pourriez coucher avec ma sœur et me mettre ensuite dans votre lit ? C'est tout simplement répugnant. Que vous a donc promis mon père ?

Suffoqué devant cette attaque imprévue, T.J. ouvrit et ferma la bouche comme un poisson rouge dans un bocal. Skye leva les mains.

— Inutile de répondre, je m'en fiche. Vous avez perdu Izzy et moi aussi par la même occasion. Et je vais vous tailler une réputation telle, que vous n'oserez plus mettre un pied en ville.

Ces derniers mots eurent le mérite de tirer T.J. de son hébétude. Il lui lança un regard mauvais.

— Pour qui vous prenez-vous ? Sans Jed, vous n'êtes rien.

— Je suis une Tristan, riposta Skye. Avec ou sans mon père.

Le regard de T.J. flamba, noir de haine.

— Le prochain mari que votre cher papa essaiera de vous acheter ne sera peut-être pas aussi séduisant que moi.

L'air dédaigneux, Skye le détailla des pieds à la tête.

— Je doute pouvoir tomber plus mal. Vous êtes le genre d'homme qui ne fait qu'illusion. Izzy m'a dit que vous ne valiez rien au lit. Que vous aviez un sexe de la taille d'une cacahuète et que vous ne teniez pas plus de trente secondes. Quelle déception !

Sachant qu'elle ne tarderait pas à regretter sa tirade, mais trop contente dans l'immédiat pour s'en soucier, Skye fit signe au portier qui lui tendit ses clés de voiture. Sans perdre une seconde, elle s'installa derrière le volant et démarra sur les chapeaux de roue. Dès qu'elle eut tourné le coin de la rue, elle se servit de son kit mains libres pour appeler Lexi.

Sa sœur décrocha dès la seconde sonnerie.

— Qu'est-ce qu'il y a ?

— J'ai besoin de ton aide pour discréditer T.J. Boone dans tout le pays.

Lexi éclata de rire.

— Tu sais bien que mon réseau téléphonique rivalise avec celui du Pentagone. Quelles informations souhaites-tu diffuser ?

— Commençons par faire courir le bruit qu'il est nul au lit.

***

Debout devant la tombe de Ray, Skye posa la main sur l'imposante dalle de granite noir. Les enfants de Ray avaient tenu à faire graver dans la pierre une citation pompeuse d'Aristote qui ne reflétait en rien la personnalité de Ray. Skye avait essayé de les en dissuader, mais comme sur bien d'autres points, ils n'avaient pas tenu compte de son avis. Ils n'avaient jamais approuvé le remariage de leur père avec une femme plus jeune. Elle avait eu beau leur expliquer que ce n'était pas pour l'argent, ils ne l'avaient pas crue.

Ce n'est qu'après la mort de leur père qu'ils avaient découvert qu'elle disait la vérité. A la demande de Skye, Ray avait en effet divisé la totalité de sa fortune en parts égales uniquement entre ses enfants. Il ne lui avait rien laissé si ce n'est des souvenirs.

L'argent légué à Erin avait été placé en sûreté. Skye n'avait aucune idée de ce que les autres enfants de Ray avaient fait de leur héritage. Ils n'avaient aucun contact avec elle, ni même avec leur demi-sœur. Ray lui avait dit que les choses finiraient par s'arranger avec le temps, mais tous deux n'imaginaient pas le peu d'années qu'ils avaient à vivre ensemble.

— Chéri, je sais combien tu m'aimais, murmura Skye.

Depuis deux ans qu'il était mort, elle continuait à lui parler. Non pas qu'il puisse l'entendre, mais ça lui faisait du bien de faire comme si. De se dire qu'il allait lui répondre et qu'ensuite il éclaterait de rire. Ce rire grave et chaleureux qui n'appartenait qu'à lui et la rassurait toujours quoi qu'il arrive.

Elle s'interrompit un moment, avant de reprendre d'une voix étranglée par l'émotion :

— Tu étais pourtant conscient de l'immense place que Mitch gardait dans mon cœur. Même quand je t'assurais du contraire. Même quand j'essayais de toutes mes forces de l'oublier…

L'ombre de Mitch avait plané sur leur couple. Une ombre à laquelle ils n'avaient jamais pu échapper.

— Je ne t'ai pas assez aimé, chuchota Skye, les larmes aux yeux. Si tu étais là, tu aurais honte de moi. Je me suis laissé manipuler par T.J. Izzy a bien essayé de me prévenir, mais j'ai refusé de l'écouter. Par fierté. Oh, Ray…

S'agrippant à la pierre, Skye ferma les yeux. Elle aurait tant voulu pouvoir revenir en arrière, offrir à Ray autant d'amour qu'il lui avait donné. Si seulement, elle avait pu oublier Mitch…

Ce n'était pas son seul regret.

Elle avait fini par comprendre qu'elle avait perdu son âme le jour où elle avait sacrifié Mitch pour épouser l'homme choisi par son père. Ce jour-là, elle avait perdu l'essence de la femme qu'elle était et c'était sans doute la raison pour laquelle elle n'avait pas été capable d'aimer Ray comme il le méritait.

Ray avait été bon avec elle. Il n'avait eu de cesse de l'encourager à avoir un but. C'était Ray qui lui avait donné l'idée de la fondation. C'était lui qui avait aidé à la créer en lui apportant son expérience. Il était beaucoup plus âgé qu'elle, mais il avait gardé sa jeunesse de cœur et d'esprit. Et il l'avait chérie.

Désormais, il n'était plus à ses côtés et Skye ne savait pas ce que lui réservait l'avenir. Sauf peut-être que le moment était venu de voler de ses propres ailes, de décider de ce qui était bien pour elle et pour Erin. Et de ne plus laisser personne lui dicter ses choix.

Chapitre 14

Skye fut réveillée par la sonnerie de son téléphone portable. Luttant pour émerger des brumes du sommeil, elle jeta un œil sur le réveil. 5 heures du matin.

— Allô ?

— C'est Dana. Désolée de te réveiller, mais un mandat d'arrêt a été lancé contre Jed. Ils seront à Glory's Gate dans un peu moins d'une heure. La presse va elle aussi débarquer. Débrouille-toi pour tenir Erin à distance.

Encore à moitié endormie, Skye se redressa sur le lit. Elle ne comprenait rien à ce que lui disait son amie.

— Qui vient arrêter Jed ?

— Les fédéraux. C'est à propos de cette affaire de trafic d'armes. Ils ont rassemblé des chefs d'accusation préliminaires en attendant de pouvoir porter le coup final.

— Comment a-t-on pu en arriver là ? souffla Skye. C'est Garth qui a tout manigancé.

— Je sais. Mais jusqu'à ce que nous en ayons la preuve, ton père est sous mandat d'arrêt. Ne dis à personne que je t'ai appelée.

— Promis. Je ne veux pas te causer d'ennuis. Merci, Dana.

— De rien.

Skye dégringola du lit, enfila une robe de chambre et courut jusqu'à la chambre de Jed.

Son père était déjà debout et habillé. Assis à son bureau, il travaillait sur son PC portable.

— Papa, la police arrive.

— Je sais, répondit-il, sans prendre la peine de détourner les yeux de son écran.

Skye le regarda, interloquée. Comment était-il au courant et comment pouvait-il être aussi calme ?

— Ils viennent t'arrêter.

— Je serai sorti de prison avant midi. Mes avocats ont déjà étudié le dossier.

Daignant enfin lui jeter un coup d'œil, Jed ajouta :

— Ne t'inquiète pas, Skye. Je sais ce que je fais.

Elle aurait voulu le croire.

— Tu es au courant que c'est Garth qui est derrière tout ça ?

— Bien sûr.

— Alors, pourquoi ne fais-tu rien pour l'arrêter ?

Jed referma son PC et se leva.

— C'est mon affaire. Tu ne comprendrais pas.

— Je comprends surtout qu'il va réussir à tous nous détruire et que tu me considères comme une idiote, s'indigna Skye.

Jed enfila une veste de costume.

— Ecoute, Skye, je suis sur le point d'être arrêté pour crime de haute trahison. Alors, je te serais reconnaissant de remettre à plus tard ta crise d'hystérie.

Sous l'effet cinglant des paroles de son père, Skye ne put s'empêcher de rougir. Elle se détourna et quitta la pièce sans un mot.

Elle remonta le couloir jusqu'à la chambre d'Izzy.

— Lève-toi, dit-elle en allumant la lampe de chevet. La police va arriver d'un moment à l'autre pour arrêter Jed.

Les deux sœurs ne s'étaient plus adressé la parole depuis qu'Izzy avait avoué avoir couché avec T.J. De son côté, Skye n'avait pas encore eu l'occasion de lui raconter de quelle façon elle s'en était finalement débarrassée et comment elle avait chargé Lexi de diffuser la rumeur qui allait le priver de conquêtes féminines pour un bout de temps. Mais ce n'était pas le moment des confidences et de la réconciliation.

Izzy se redressa sur son lit en clignant des yeux.

— Jed va être arrêté ?

— Pour trafic d'armes et je ne sais quoi encore, répondit Skye tout en ouvrant la porte de la penderie d'où elle sortit un pantalon noir et le pull le plus discret qu'elle put trouver.

La garde-robe d'Izzy n'offrait pas beaucoup de choix en dehors des tenues provocantes qui hurlaient *je suis sexy*.

— Qu'est-ce qui te prend de choisir mes vêtements ? marmonna Izzy, interloquée.

— Les journalistes seront là eux aussi. Il y aura certainement des photos dans la presse. Je tiens à ce que nous ayons l'air respectables.

— Enfin, Skye, notre père va être jeté en prison ! Tu crois vraiment que gens vont s'intéresser à notre tenue ?

— Les apparences sont essentielles dans ce genre de situation, répliqua Skye sèchement. Elles peuvent faire ou défaire une réputation. L'honneur de la famille est en jeu. Nous devons avoir l'air digne.

— Il est 5 h 30 du matin, bougonna Izzy.

— Habille-toi.

Sur ce, Skye courut dans sa chambre se préparer. Elle s'habilla, brossa ses cheveux qu'elle rassembla en un chignon strict. Un léger maquillage estompa les cernes sous ses yeux. Elle mit les perles de sa mère aux oreilles et enfila une paire d'escarpins plats. Elle s'apprêtait à quitter sa chambre quand Erin ouvrit la porte.

— Maman, qu'est-ce qu'il y a ?

Skye la serra contre elle.

— C'est le bruit qui t'a réveillée ?

— Je ne sais pas, marmonna la fillette, les yeux gonflés de sommeil, en se blottissant dans les bras maternels. Qu'est-ce qui se passe ?

Skye s'assit sur le lit et prit Erin sur ses genoux.

— Nous avons un petit problème. Rien de grave. Quelqu'un de malintentionné raconte de vilaines choses sur notre famille. Ça va s'arranger, mais pour le moment, c'est un peu compliqué.

— Dis-le à la police. Ils t'aideront.

— La police, hum… elle ne sait plus trop où elle en est. Elle va venir chercher ton grand-père pour lui poser quelques questions. Tout va très bien se passer, mais je préférerais que tu restes dans ta chambre.

Erin se mordit la lèvre inférieure en levant un regard implorant vers sa mère.

— Je ne veux pas rester seule. J'ai peur, maman.

— Je vais rester avec elle.

Skye releva la tête et aperçut Izzy qui se tenait dans l'embrasure de la porte.

— Tu ne descends pas ?

— Non merci, sans façon, répondit Izzy. Je te laisse le soin de représenter la famille. Pendant ce temps, je tiendrai compagnie à Erin. Et quand ce sera terminé, je l'emmènerai en ville prendre un petit déjeuner.

Puis, se tournant vers Erin, elle lui adressa un clin d'œil.

— Café Calicot avec des brioches ?

Erin hésita une seconde, inquiète, puis hocha la tête.

— D'accord.

Skye l'embrassa.

— Je t'adore, mon lapin. Ne t'inquiète pas, tout va bien.

Rassurée, Erin glissa de ses genoux et prit la main de sa tante et la suivit dans sa chambre, tandis que Skye descendait dans le hall.

Une demi-douzaine de véhicules stationnaient déjà dans l'allée. Les journalistes commençaient à se rassembler devant le porche. Une équipe de télévision installait son matériel.

L'arrestation de Jed Tristan allait faire la une des infos du matin.

Skye attendit de voir arriver les voitures de police pour appeler son père. Celui-ci descendit l'escalier, l'air aussi digne et calme que s'il se rendait à une réception.

De leur côté, les agents fédéraux avaient gravi les marches du perron et frappaient à la porte d'entrée.

— Fais-les entrer, ordonna Jed.

A la seconde où elle entrouvrit la porte, Skye fut aveuglée par les flashes. Les reporters se pressaient derrière les policiers en brandissant leurs appareils photo.

— Nous avons un mandat d'arrêt contre Jed Tristan, déclara l'un des agents fédéraux en montrant son badge.

— Je suis là, dit Jed d'une voix forte et assurée.

Skye ouvrit la porte en grand. L'officier de police entra, lut ses droits à Jed et lui demanda de le suivre jusqu'aux voitures qui les attendaient.

Les journalistes se bousculaient autour d'eux pour prendre des photos et lancer des questions. Les ignorant, Jed marchait la tête haute, sans chercher à dissimuler son visage. Skye n'aurait su dire si c'était par fierté ou par provocation.

Machinalement, elle s'était avancée sous le porche pour regarder partir son père, ce qui s'avéra être une grave erreur.

A peine les voitures de police étaient-elles parties qu'elle fut cernée par une horde de journalistes la mitraillant de questions.

— Saviez-vous que votre père était un criminel ?

— Jed Tristan a-t-il vendu autre chose que des armes à nos ennemis ?

— Considérez-vous votre père comme un traître ?

— Combien d'argent avez-vous puisé dans les caisses de votre fondation ?

— Vous blanchissiez l'argent uniquement pour votre père ou pour la mafia aussi ?

Les questions fusaient. Skye se sentait prise au piège et terriblement vulnérable. Elle savait qu'elle avait l'air d'une biche aux abois et qu'il y aurait des photos d'elle en première page des journaux.

— C'est une propriété privée, cria-t-elle. Vous n'avez rien à faire ici. Allez-vous-en !

Deux ou trois journalistes éclatèrent de rire.

— Vous allez nous jeter dehors de force ?

Un coup de feu éclata, réduisant tout le monde au silence. Mitch descendit de sa camionnette, une carabine à la main.

— Vous avez entendu ce qu'a dit la dame ? Vous êtes sur une propriété privée.

Au Texas, la protection de la propriété privée par les armes restait une tradition vivace. Sans demander leur reste, les journalistes se ruèrent dans leurs voitures.

Mitch attendit que le dernier soit parti, avant de se tourner vers Skye.

— Dana m'a prévenu. Elle a pensé que tu pourrais avoir besoin d'un coup de main.

Skye se mit à frissonner.

— Merci, Mitch.

— De rien.

Il hésita.

— Skye, pour l'autre jour…

Elle leva la main.

— Pas maintenant, je t'en prie.

— Je ne veux plus me disputer avec toi. C'est ce que j'essaie de te dire. Le passé est le passé. Et je m'excuse pour ce que j'ai fait et tout ce que j'ai pu te dire. J'aimerais faire la paix avec toi.

Skye le dévisagea.

Croyait-il que c'était aussi simple que ça ?

— Et moi, qui te dit que j'ai envie de faire la paix ? s'emporta-t-elle brusquement. De quel droit c'est toi qui décides ?

Posément, Mitch s'avança au pied du porche et lui tendit sa carabine.

— Tu peux me descendre, si tu veux.

— Ce n'est pas drôle, Mitch. J'en ai marre de ton petit jeu. Un jour sympa, le lendemain, odieux. Tu vas devoir choisir. Soit tu es un sale type, soit tu es un gars bien. Tu décides et tu t'y tiens !

— Dans ce cas, je te promets d'être un gars bien.

— Pourquoi devrais-je te croire ?

Sur ce, butée, Skye tourna les talons et rentra dans la maison.

Izzy l'attendait en bas de l'escalier.

— Erin s'est rendormie.

— Parfait, murmura Skye, en regrettant de ne pouvoir en faire autant.

Elle aurait donné cher pour fermer les yeux et dormir jusqu'à ce que toute cette histoire soit terminée.

— J'ai entendu ce que Mitch te disait.

— Je n'ai pas envie d'en parler.

— Tu devrais lui laisser une chance.

Posant les mains sur ses hanches, Skye darda sur sa sœur un regard furieux.

— Qui te dit que je ne la lui ai pas laissée ? Tu n'as aucune idée des horreurs qu'il m'a débitées et de la façon dont il m'a traitée. Il a même été jusqu'à s'acoquiner avec Garth.

— Il était en colère, Skye, c'est tout. Il a agi de façon impulsive, certes. Mais tout le monde n'est pas capable de garder la tête froide. Il vit des moments difficiles. Tu pourrais lui donner une chance de se racheter.

— Si Mitch t'intéresse tant, cours-lui donc après. Oh,

mais suis-je bête ! Sans doute y as-tu déjà pensé… pour mon bien, naturellement.

Izzy la dévisagea, puis hocha la tête, l'air triste et désabusé.

— Je pars sur la plate-forme de forage, ce matin. Je ne reviendrai pas avant deux mois.

— Tant mieux !

Comme il levait les yeux de son écran d'ordinateur, Mitch aperçut Erin. Elle se tenait debout sur le seuil du bureau. Il ne l'avait pas entendue entrer et ne savait pas depuis combien de temps elle était là.

Il fit pivoter sa chaise et la regarda. Elle avait l'air triste.

— Tu veux me parler ?

La fillette hésita, les lèvres tremblantes.

— La police a emmené mon grand-père, dit-elle enfin d'une voix à peine audible.

— Je sais. Mais il va revenir.

— Tante Izzy est partie, elle aussi. Avec maman, elles se sont encore disputées et je crois qu'elles ne s'aiment plus du tout.

— Même quand elles se chamaillent, les sœurs continuent de s'aimer. Tu peux me croire.

En disant cela, Mitch ne put s'empêcher de se demander si ses paroles avaient une quelconque valeur pour Erin et si elle lui en voulait toujours pour avoir fait pleurer sa mère. Il aurait souhaité pouvoir plaider sa cause, mais ce n'était pas le moment.

Erin réprima un sanglot, hésita, puis, brusquement, s'élança vers lui.

Mitch la prit dans ses bras. Elle s'accrocha à lui.

— Pardon, murmura-t-il dans ses boucles rousses. Pardon

de t'avoir déçue et d'avoir fait de la peine à ta maman. Promis, je ne le ferai plus.

— D'accord, murmura-t-elle à son tour, la tête posée sur son épaule. Mais je suis tout de même triste et je ne me sens pas bien.

Mitch lui caressa les cheveux.

— Qu'est-ce que je peux faire pour que ça aille mieux ?

— Vous voulez bien m'emmener faire une promenade à cheval ?

Il aurait marché sur des braises, si elle le lui avait demandé.

— Avec plaisir.

Aussitôt, Erin redressa vivement la tête, les yeux brillant d'excitation.

— On pourra galoper ?

— Nous irons aussi vite que tu le veux.

Ce que Mitch s'abstint de lui dire, c'est qu'ils pourraient bien galoper aussi vite que le vent, aussi loin que possible, les choses ne s'arrangeraient pas pour autant. Se sauver ne servait à rien. Il en savait quelque chose. La leçon avait été dure, mais il l'avait retenue.

Il fallut à Jed un peu plus de temps que prévu pour sortir de prison. L'audience avec le juge ayant été fixée à 15 heures, il avait été libéré peu après contre une caution de cinquante millions de dollars. Son passeport lui avait été confisqué, mais il était de nouveau un homme libre. Au moins jusqu'au procès.

Skye et Lexi attendaient devant le tribunal que leur père ait terminé de remplir les formalités. De nombreux journalistes avaient fait le déplacement et les deux sœurs s'efforçaient de les ignorer.

— Comment avons-nous pu en arriver là ? murmura Lexi.

— Devine ! marmonna Skye, l'air défait.

— Ne t'inquiète pas, nous finirons par l'avoir.

Skye aurait aimé partager l'optimisme de sa sœur. Mais comment pourraient-elles arrêter Garth quand elles ne connaissaient même pas les raisons de ses attaques ? La destruction des Tristan était un objectif plutôt vague.

— Izzy est en train de rater quelque chose, essaya de plaisanter Lexi.

— A l'heure qu'il est, elle doit déjà être sur sa plate-forme.

— Au moins une qui sera à l'abri des coups tordus de notre cher demi-frère, soupira Lexi.

Skye approuva d'un hochement de tête. Elle aurait donné cher pour être à l'abri elle aussi. Quand donc cette histoire cesserait-elle ?

Flanqué de ses deux avocats, Jed fit son apparition sur les marches du tribunal. Les journalistes l'entourèrent immédiatement.

— Que s'est-il passé, monsieur Tristan ? Avez-vous été inculpé ?

Jed leva les mains et sourit aux caméras. En dépit des circonstances, il avait l'air en grande forme. Tiré à quatre épingles dans son costume sur mesure, il affichait une assurance inébranlable.

— Je suis tout à fait conscient que les accusations portées contre moi sont graves, mais je fais confiance à notre justice pour prouver qu'elles ont été montées de toutes pièces par ceux qui cherchent à détruire ce que j'ai bâti.

Regardant l'une des caméras de télévision bien en face, il ajouta :

— A ceux-là, je peux garantir qu'ils ne parviendront pas à leurs fins. Je ne les laisserai pas faire.

Jed répondit encore à quelques questions et, tout en l'écoutant parler, Skye ne pouvait s'empêcher de s'interroger sur le nombre de faveurs que sa remise en liberté avait dû lui coûter. Elle attendit qu'il ait terminé pour le suivre avec Lexi jusqu'à la limousine, en se frayant un chemin au milieu de la horde de journalistes.

Dès que les portières se refermèrent, Jed se servit un whisky.

— Bande de vautours, dit-il entre deux gorgées. Je vais leur montrer à ces charognards ce qu'on risque à s'attaquer aux Tristan.

Lexi boucla sa ceinture de sécurité.

— Justement, papa, il serait temps que nous en discutions. Garth attaque sur tous les fronts. Il nous faut un plan de défense.

— J'en ai un.

Skye et Lexi échangèrent un regard.

— Tu veux bien nous en faire part ? hasarda Lexi.

— Cette affaire ne vous concerne pas. Je m'en occupe.

Sans grand résultat jusqu'à présent, ironisa mentalement Skye, intriguée par le refus systématique de Jed d'en discuter avec ses filles. Pensait-il sincèrement qu'elles étaient de parfaites idiotes ou bien y avait-il autre chose ? Quelque chose qu'il voulait leur cacher...

Mitch ne supportait pas de rester assis sur le banc de touche à regarder les coups pleuvoir sur Skye et sa famille. Il décida donc d'avoir une petite explication avec Garth, l'après-midi même.

Les bureaux de la société Duncan occupaient le dernier étage d'un immeuble luxueux en plein centre-ville. Mitch avait fait en sorte d'arriver au moment de la pause déjeuner, si bien qu'il avait réussi à se glisser jusqu'à l'étage sans se faire repérer. Comme il traversait l'accueil, il s'empara d'un dossier posé sur une table et fit mine de le feuilleter tandis qu'il passait devant un groupe d'employés. Ces derniers le saluèrent et poursuivirent leur chemin.

Il n'y avait pas de secrétaire à la réception, devant le bureau de Garth. La porte entrebâillée laissait filtrer les bribes d'une conversation.

Mitch balaya les lieux d'un coup d'œil circulaire. A côté du bureau, il y avait ce qui ressemblait à une salle de réunion. Silencieux comme un chat, Mitch s'y introduisit.

Une porte communiquait directement avec le bureau. Mitch s'en approcha. D'un côté, son éducation lui soufflait que ce n'était pas bien d'écouter aux portes. De l'autre, son entraînement de commando lui soufflait qu'espionner l'ennemi augmentait les chances de victoire. Entrouvrant légèrement la porte, il tendit l'oreille.

— Ce n'est qu'un tissu de mensonges, déclara une voix d'homme.

— Sans doute, répliqua Garth d'un ton plus amusé que compatissant.

— Tu peux rire ! s'indigna l'inconnu. Ce n'est pas de toi dont on parle dans toute la ville. Il paraît que je serais impuissant, fauché et couvert d'eczéma. Selon les dernières rumeurs, j'aurais tabassé ma dernière petite amie pour lui piquer son caniche. Ça me rend malade.

— Il faut reconnaître qu'elles ont de l'imagination, s'esclaffa Garth.

— Elles sont en train de ruiner ma réputation, oui !

— Voilà ce qui arrive quand on dresse deux sœurs l'une contre l'autre. Tu ne t'attendais tout de même pas à ce qu'elles te remercient.

— Je te rappelle que c'est toi qui m'as demandé de semer la zizanie entre elles. Je n'ai fait que suivre tes ordres.

— Mais tu t'es fait prendre. C'est ton problème, pas le mien, observa Garth d'un ton détaché.

— Tu es un véritable enfoiré ! s'indigna l'autre homme.

— Je sais. Cependant, la question n'est pas là. Tu es venu me proposer un plan pour lequel je t'ai grassement payé. Ce n'est pas ma faute s'il s'est retourné contre toi.

Mitch entrouvrit la porte de quelques centimètres supplémentaires pour jeter un coup d'œil dans le bureau. La pièce était vaste et dotée d'une vue impressionnante sur Dallas. Mitch aperçut Garth debout devant la baie vitrée. L'autre homme n'apparaissait pas dans son champ de vision. Qui pouvait-il bien être ? Sa voix lui était familière…

— Si je comprends bien, tu te considères quitte vis-à-vis de moi, répliqua l'inconnu.

— En effet, ton boulot est terminé. Je ne te dois rien.

— Et ma réputation, qu'est-ce que tu en fais ?

— Je suis certain que tout sera oublié d'ici quelque temps. Les rumeurs, ça va ça vient.

— Tu parles ! C'est à toi d'arranger ça.

— Pourquoi ? Je te l'ai déjà dit, je ne suis pas responsable de la tournure prise par ton plan.

— Mais je ne peux pas vivre ainsi ! gémit l'inconnu. Les femmes se mettent à glousser dès qu'elles me voient.

L'homme se déplaça dans le champ de vision de Mitch qui regarda, sidéré, le visage familier de T.J. Boone. Il ne savait s'il devait éclater de rire ou se jeter sur lui pour lui tordre le cou. Puis, réalisant soudain ce que signifiait la présence de cet homme dans ce bureau, Mitch retrouva immédiatement son sérieux.

Son entrevue avec Garth attendrait. Il y avait plus urgent.

Discrètement, il referma la porte et regagna sa voiture. Un quart d'heure plus tard, il se garait devant la fondation de Skye. Cette fois, il ne se glissa pas furtivement dans les locaux. Il se fit annoncer — en espérant qu'elle accepterait de le voir — et fut directement conduit à son bureau.

La lumière du soleil filtrait derrière elle, dessinant sa silhouette à contre-jour. Elle était belle dans sa stricte jupe noire et son chemisier fermé jusque sous le menton. Ce qui lui donnait envie de mettre un peu de désordre dans cette tenue, de déboutonner le chemisier et...

Zut, il n'était pas venu pour ça!

— Mitch. Que se passe-t-il?

— J'ai quelque chose à te dire.

Crispant ses mains sur le dossier de sa chaise, Skye le regarda, inquiète.

— Il ne s'agit pas d'Erin?

— Non, répondit-il en la rejoignant. Il s'agit de tout autre chose.

Il fallait qu'elle sache même si ça devait lui faire de la peine.

— Je suis allé voir Garth, commença-t-il. Il fallait que je fasse... quelque chose.

— Ce n'est pas ton combat, Mitch.

— Ça l'est devenu le jour où il m'a impliqué.

Skye esquissa une moue ironique.

— Tu t'y es impliqué tout seul.

— Je sais. Mais pour l'instant, le problème n'est pas là. Comme je te le disais, je suis donc allé le voir et...

Bon sang, c'était plus difficile à dire qu'il ne pensait. Soudain hésitant, il passa nerveusement les doigts dans ses cheveux, puis il prit une profonde inspiration.

— T.J. Boone était dans son bureau. Ils étaient de mèche.

Skye blêmit.

— T.J. travaille pour Garth?

— Il *travaillait*. De toute évidence, leur collaboration est terminée. T.J. se plaint que cette collaboration lui a coûté sa réputation. Selon lui, il est devenu la risée de toutes les femmes. Ton œuvre, j'espère ?

Skye s'assit sur le coin du bureau.

— C'est mon idée, en effet. Lexi a passé les coups de fil nécessaires. Nous avons fait courir des horreurs sur son compte. Il pourrait nous poursuivre en justice.

— Uniquement s'il est prêt à aller se ridiculiser devant les tribunaux pour prouver que c'est faux. Comment t'est venue l'idée de l'eczéma ?

— Ah ça, c'était une idée de Lexi. En revanche, le vol du caniche vient de moi. Un homme digne de ce nom ne ferait jamais une chose pareille.

Skye ferma les yeux avec un soupir.

— Je n'arrive pas à croire que T.J. ait pu pactiser avec Garth. Pour quelle raison aurait-il fait une chose pareille ?

— Sans doute pour l'argent. T.J. a fait comprendre à Garth qu'il n'avait pas été suffisamment payé.

— Izzy va être furax.

— Que vient faire Izzy là-dedans ?

— C'est une longue histoire. Pour résumer, disons qu'elle a couché avec lui.

Mitch secoua la tête, l'air visiblement confus.

— Je ne comprends pas… Tu sortais avec ce gars-là et elle a couché avec lui ? Pourquoi ?

— Pour me prouver que T.J. faisait semblant de s'intéresser à moi, uniquement parce que Jed le lui avait demandé. Izzy était persuadée que notre père était derrière tout ça.

Réprimant un soupir, Skye se leva et alla jusqu'à la fenêtre. Tournant le dos à Mitch, elle murmura comme pour elle-même :

— Elle avait raison concernant les motivations de T.J., mais elle s'est trompée concernant celui qui payait la note. Ce n'était pas notre père, mais notre demi-frère. Quoi qu'il en soit, T.J. n'avait effectivement aucune envie de sortir avec moi. J'aurais dû m'en douter. Comment aurait-il pu s'intéresser à une fille comme moi ?

La déception dans sa voix, son amertume poussèrent Mitch à s'approcher d'elle. Posant les mains sur ses épaules, il lui demanda doucement :

— Tu t'es regardée dans un miroir, Skye ? Tu es belle, intelligente, pleine d'esprit. Tu es une mère formidable. Et par-dessus le marché, tu as un corps à rendre fou n'importe quel homme. J'en sais quelque chose.

— Tu dis ça pour être gentil.

— Depuis quand me trouves-tu gentil ?

— Maintenant, par exemple... Je me sens tellement bête, si tu savais. A cause de cet escroc, je me suis disputée avec ma sœur. Je me suis comportée de façon puérile et mesquine. Et dire que pendant tout ce temps, il me manipulait pour le compte de Garth...

Mitch sentit les épaules de Skye trembler sous ses doigts. Il la fit pivoter et la serra contre lui.

— Tu t'es laissé embobiner. Ça arrive.

— Je ne suis qu'une idiote.

Mitch la sentait rigide entre ses bras, mais ne la lâcha pas pour autant.

— Tu ne pouvais pas savoir.

— Si, j'aurais dû m'en douter. Si je n'avais pas essayé de jouer les séductrices, je n'en serais pas là.

Sur ce, elle prit Mitch de court en lui flanquant un coup de poing rageur dans le bras.

— Tout ça, c'est ta faute !

Surpris par la soudaineté de l'attaque, Mitch recula d'un pas.

— Mais pourquoi, bon sang ?

— Depuis ton retour, je suis complètement déboussolée. Un jour, tu es le garçon dont je me souviens, celui dont j'étais amoureuse. Le lendemain, tu te comportes comme un mufle.

Mitch leva les mains.

— Qu'est-ce que ça a à voir avec T.J. ?

— Rien, mais c'est tout de même ta faute ! répliqua Skye.

A bout de nerfs, elle se mit à pleurer.

Tout à la fois furieux et déconcerté, Mitch l'attrapa par les épaules et la secoua. Puis, il se pencha pour l'embrasser.

Ses lèvres étaient douces et accueillantes. Mais Skye s'écarta.

— Nous sommes dans mon bureau. Pas question de faire l'amour ici.

— Nous nous embrassons, c'est tout. Personne n'a parlé de faire l'amour.

— Alors, tu ne me désires plus ? Garth t'avait payé toi aussi ?

Mitch ravala une volée de jurons. Décidément, Skye prenait tout de travers.

— Skye, je te jure que…

— Quoi ? dit-elle, le défiant du regard.

— Tu me rends dingue, soupira Mitch.

— Et moi, comment crois-tu que je me sens ?

— Comme quelqu'un qui aurait sérieusement besoin de consulter un psy ?

— Ce n'est pas drôle, protesta Skye.

Mais sa bouche avait esquissé un sourire. Et l'instant d'après, elle enveloppait Mitch de ses bras et l'embrassait sans retenue, avec avidité, comme si elle ne pouvait se rassasier de lui. Se hissant sur la pointe des pieds, elle glissa sa langue dans sa bouche et il répondit à son baiser avec une ferveur qui les laissa tous deux à bout de souffle.

Ils s'écartèrent et se regardèrent.

— Ça va mieux ? demanda Mitch.

Skye hocha la tête, penaude.

— Très bien, reprit Mitch avec un soupir satisfait. Alors, maintenant que tu as retrouvé tes esprits, que puis-je faire pour t'aider ?

— Je ne sais pas encore. Je peux te rappeler plus tard ?

— Bien sûr. Je vais retourner au ranch et te laisser travailler.

Comme il ouvrait la porte pour partir, il se tourna vers Skye.

— Je suis désolé pour T.J.

— Tu mens.

— J'essayais seulement d'être poli.

— Un bon point pour l'effort. Mais rassure-toi, je n'ai pas de peine. Il n'y avait rien entre T.J. et moi.

Et entre nous ?

Mitch n'osa pas poser la question.

Chapitre 15

Skye retrouva Lexi et Dana à l'heure du déjeuner au Bronco Billy's. Elle attendit qu'elles aient passé commande pour leur faire part du dernier scoop.

— T.J. Boone était de mèche avec Garth.

Dana faillit s'étrangler avec son Coca et Lexi s'affaissa sur sa chaise.

— Tu plaisantes ? s'écria Dana, avant de secouer la tête. Question idiote, inutile de répondre. T.J. de mèche avec Garth, mais c'est bien sûr !

— Je comprends mieux son petit jeu entre Izzy et toi, renchérit Lexi. Il voulait semer la discorde.

Skye prit une gorgée de jus de fruits.

— Et nous l'avons laissé faire. Je dois reconnaître qu'il a été très fort sur ce coup-là. Il nous a montées l'une contre l'autre. Après quoi, il ne lui restait plus qu'à profiter du spectacle.

L'air soucieux, Lexi se pencha vers Skye.

— Ça va ?

Skye secoua la tête.

— Si tu veux savoir si j'ai de la peine, la réponse est non. En revanche, si tu veux savoir si je me sens bête et si j'ai honte, la réponse est oui. Je ne me souviens même pas comment notre dispute avec Izzy a commencé. Au début, pour me défendre, elle lui a demandé de me fiche la paix. Ensuite, il l'a draguée et…

Tout était tellement confus.

— … elle m'a dit que quelque chose clochait, mais qu'elle

ne savait pas quoi. Je ne l'ai pas écoutée. Sur le fond, elle avait raison, mais moi, tout ce que j'entendais, c'était que ce gars-là la préférait et j'en avais marre que ce soit toujours elle la reine du bal. Comment ai-je pu être aussi bête ? J'aurais dû l'écouter, conclut Skye avec une grimace atterrée.

— Izzy comprendra, la rassura Dana. C'est une fille cool.

— Je sais, soupira Skye.

Izzy la torturerait quelques minutes seulement, ensuite elle tirerait un trait, laissant Skye barboter dans un océan de culpabilité.

— Tu avais besoin de te changer les idées et T.J. est tombé à pic, observa Lexi.

— Qu'entends-tu par me *changer les idées* ?

Lexi échangea avec Dana un coup d'œil. Ce fut un coup d'œil furtif, mais Skye le vit. De toute évidence, elles en avaient discuté entre elles.

— Alors ? insista-t-elle.

— Eh bien… tu n'es plus vraiment toi-même depuis le retour de Mitch, commença Dana. Note bien que je te comprends. Il y a de quoi être chamboulée. Quoi qu'il en soit, T.J. a pointé le bout de son nez au moment où tu avais justement besoin d'une petite diversion et tu as flashé sur lui.

Skye ne prit pas la peine de rectifier en précisant que ce n'était pas elle, mais Izzy qui avait flashé sur T.J. Au fond d'elle-même, elle savait que ce n'était pas l'homme lui-même qui l'avait attirée, mais plutôt le souci de ne pas déplaire à son père.

— En tout cas, Garth a marqué un point supplémentaire en réussissant à s'immiscer entre nous, déclara Lexi. Il faut prévenir Izzy.

— Je lui ai envoyé un message demandant qu'elle me rappelle dès que possible, précisa Skye. J'espère que la nouvelle ne lui fera pas trop de peine. Je ne sais pas jusqu'à quel point elle s'était entichée de cette crapule.

— Mais toi, ça va ? s'inquiéta de nouveau Lexi.

Skye haussa les épaules.

— Je suis surtout furieuse et honteuse de m'être laissé berner comme une idiote.

— Comment t'en es-tu aperçue ? demanda Dana.

Skye leur parla de Mitch qui avait décidé d'avoir une petite discussion avec Garth.

— Ça ne m'étonne pas de lui, commenta Lexi. Mitch a toujours été un homme d'action.

— Tu es amoureuse de lui ?

La question abrupte de Dana prit Skye au dépourvu.

— Pardon ? s'étrangla-t-elle.

— Il faut que je parle plus fort ?

— Non, s'empressa de répondre Skye, en jetant un regard inquiet autour d'elle.

Heureusement le restaurant était quasiment désert.

— Je ne suis pas amoureuse de Mitch.

— Tu es sûre ? On dirait pourtant qu'il y a quelque chose entre vous.

— Allons, Dana, n'insiste pas, intervint Lexi en lui donnant un petit coup de coude.

— Pourquoi pas ? protesta Dana. Skye s'est laissé embobiner par T.J. à cause de Mitch.

— Tu oublies que c'est Jed qui l'a poussée dans les bras de T.J.

— Elle ne va tout de même pas le laisser lui choisir un autre mari ?

Skye frappa dans ses mains.

— Hé, les filles, je suis là ! C'est de moi dont vous parlez.

Lexi et Dana la regardèrent.

— Tu es libre d'intervenir, observa Lexi.

— Justement, je n'ai rien à dire concernant Mitch.

— C'est bien là le problème, soupira Dana.

Une serveuse apporta leurs commandes.

Lexi avait commandé une salade, contrairement à Skye et Dana qui avaient opté pour des hamburgers. Skye avait envie de viande rouge et de frites.

— Mitch et moi sommes bons amis, c'est tout.

Des amis qui passaient leur temps à se disputer et qui faisaient l'amour comme des fous.

— Vous n'êtes pas amis, décréta Dana. Je ne sais pas ce que vous êtes, mais c'est plus que ça.

— Tu es toujours amoureuse de lui, déclara Lexi, catégorique. Tu n'as jamais cessé de l'aimer, même après ton mariage avec Ray. Voilà ce que je crois.

Skye la regarda fixement.

— Je ne suis plus amoureuse de lui.

Lexi lui sourit, l'air faussement angélique.

— Si tu le dis.

— C'est vrai, insista Skye. Nous avons changé depuis le temps. Si je le rencontrais aujourd'hui pour la première fois, je ne suis pas sûre qu'il m'attirerait.

— Oh que si ! intervint Dana. C'est un garçon extrêmement séduisant.

— Il peut parfois se montrer désagréable, précisa Lexi. Mais il a bon cœur.

— Et bien d'autres qualités ! ajouta Dana avec un sourire canaille. Enfin… c'est ce que j'ai entendu dire.

— Qu'as-tu entendu dire ? questionna aussitôt Skye, piquée au vif. Mitch couche avec quelqu'un d'autre ?

— Ooh ! s'exclama Lexi, avec un air ravi. Alors, comme ça, tu couches avec lui ?

Skye se sentit rougir violemment.

— Toutes les deux, je vous déteste !

— Mais non, sœurette, tu nous adores et maintenant, nous allons cesser de te taquiner, promis.

— Il ne couche avec personne d'autre, crut cependant bon de préciser Dana en portant une main à son cœur dans un geste théâtral. Il est tout à toi…

Skye rentra à Glory's Gate quelques minutes seulement avant que le bus scolaire ne dépose Erin. La fillette entra en trombe dans la cuisine et se mit aussitôt à lui raconter sa journée.

— J'ai eu un A en lecture, dit-elle en posant son cartable. Mais la maîtresse m'a dit que ce serait bien si je lisais autre chose que des histoires de chevaux.

Erin s'interrompit brusquement en fronçant les sourcils.

— Je ne comprends pas pourquoi. C'est super les histoires de chevaux, non ?

— Elle désire simplement élargir ton horizon, expliqua Skye, tout en disposant sur une assiette des quartiers de pomme, des crackers et un morceau de fromage. A part ça, que s'est-il passé à l'école aujourd'hui ?

— La maîtresse nous a demandé d'inviter quelqu'un à venir nous parler de son métier, la semaine avant les vacances d'été. Mandy a proposé d'inviter son père. Il est propriétaire du McDonald.

— Et toi, qui voudrais-tu inviter ? demanda Skye, en espérant que ce n'était pas Jed.

— Mitch, répondit Erin sans hésiter. Il pourrait nous parler des commandos de Marines.

A coup sûr, les gamins seraient fascinés, songea Skye en s'asseyant à table, face à sa fille.

— C'est une bonne idée.

— Tu n'es plus fâchée contre lui ?

— Non, je ne le suis plus.

Erin hocha la tête et croqua dans un quartier de pomme.

— Il t'a pourtant fait pleurer.

— Les gens qui se connaissent depuis longtemps se disputent parfois, mais c'est vite oublié et nous redevenons amis.

— Alors, je peux demander à Mitch ?

— Bien sûr.

Satisfaite, Erin continua de raconter sa journée d'école, ce qu'elle avait mangé à la cantine, le nouveau jeu découvert avec ses copines, et que peut-être — seulement peut-être — elle lirait un livre qui ne parlait pas uniquement de chevaux.

Tout en écoutant sa fille, Skye ne pouvait s'empêcher de repenser à sa conversation avec Lexi et Dana et à leur supposition comme quoi elle était toujours amoureuse de Mitch.

Elles avaient tort, se répéta Skye pour la énième fois. Elle ne savait pas vraiment définir ses sentiments pour Mitch, mais ce n'était certainement pas de l'amour. Il s'agissait de désir physique et d'un mélange complexe d'émotions liées au passé.

Pourtant, tandis qu'elle essayait de se persuader que l'amour n'avait plus sa place entre elle et Mitch, elle ne pouvait s'empêcher de se demander ce qu'aurait été sa vie si elle avait tenu tête à son père, si elle n'avait pas couché avec Ray, si elle n'était pas tombée enceinte… Où en serait-elle avec Mitch aujourd'hui ?

Mitch se tenait dans le couloir, devant la porte fermée. Il n'avait aucune envie d'être là. Il n'avait aucune envie de parler à des inconnus.

Joss attendait patiemment à côté de lui.

— Laisse-moi répondre à la question sur tes lèvres, dit-il tranquillement. Oui, tu dois y aller.

— En théorie, non, marmonna Mitch. Vous ne pouvez pas m'y contraindre.

Joss haussa les épaules avec un sourire blasé.

— C'est vrai. Je le reconnais. Tu préfères qu'on parle des exercices de kinésithérapie énergétique ?

Là encore quelque chose dont Mitch se serait volontiers passé. Ces exercices, il s'en était d'abord moqué. Il avait résisté et pour finir, il avait capitulé. Chaque matin, il frottait ses mains l'une contre l'autre pour accumuler l'énergie, puis il les passait le long de son corps, y compris là où sa jambe avait été, accordant sa respiration aux mouvements. Il exerçait une pression en certains points, se vidait l'esprit, et le diable l'emporte, ça marchait. Les douleurs fantômes avaient presque totalement disparu. En revanche, s'il arrêtait les exercices l'espace d'un ou deux jours, elles réapparaissaient.

— Comme si le bœuf bio et l'élevage de volailles ne suffisaient pas ! maugréa-t-il. Vous me demandez maintenant d'aller embrasser une bande d'inconnus.

— Personne ne t'oblige à les embrasser, rectifia Joss, goguenard. Bon, tu entres ou tu vas continuer à me faire perdre mon temps ?

Mitch aurait préféré continuer à lui faire perdre son temps, mais il savait par expérience que ce n'était pas une bonne idée. Joss était un dur à cuire. Redressant les épaules, il ouvrit la porte.

A l'intérieur, une douzaine d'hommes étaient assis sur des chaises disposées en cercle. Agés entre dix-huit et soixante ans, ils n'avaient rien en commun à première vue. Mais en y regardant de plus près, Mitch distingua un crochet par-ci, un fauteuil roulant par-là, des béquilles. Il s'agissait d'un groupe de parole pour mutilés.

Ça faisait un bout de temps que Joss l'encourageait à y participer. Il avait laissé à Mitch le choix du lieu et de l'horaire, mais il ne lui avait pas vraiment laissé le choix de ne pas y assister. Résigné, Mitch s'était finalement décidé pour une séance exclusivement masculine, avec des anciens combattants pour la plupart.

— Je vous présente Mitch, annonça Joss, en s'avançant dans le cercle pour saluer les participants. C'est un nouveau.

Un homme d'une soixantaine d'années en fauteuil roulant éclata de rire.

— Je parie qu'il n'a aucune envie d'être ici.

L'homme tapota ses deux moignons.

— Moi non plus, je n'en ai pas envie. Mais je viens tout de même chaque semaine.

— Burt est le leader du groupe, précisa Joss à l'adresse de Mitch. C'est lui qui s'occupera de toi.

Résistant à l'envie de se sauver, Mitch prit une chaise, tandis que Joss s'éclipsait.

— Je commence, déclara Burt dès que la porte se fut refermée. A vingt ans, j'étais un parfait abruti et j'ai perdu mes jambes en jouant sur une voie ferrée au « premier qui se dégonfle ». Naturellement, j'ai gagné et le train m'est passé dessus. Je rêve encore que je peux marcher sur mes deux jambes. Tiens ! Pas plus tard que la nuit dernière, je me baladais sur une plage en compagnie de Raquel Welsh. La plupart d'entre vous sont trop jeunes pour la connaître, mais croyez-moi, c'était le genre de femme qui valait la peine de faire des kilomètres à pied.

L'assistance resta silencieuse. Burt sourit, l'air sûr de lui.

— Quoi qu'il en soit, aujourd'hui, je vais très bien. Mais je me sentirais encore mieux, si je pouvais vous amener à évacuer votre colère, bande d'estropiés ! Et c'est pour ça que nous sommes ici. De gré ou de force, je vais vous faire cracher ce que vous avez sur le cœur.

Le sourire de Burt s'élargit.

— Et maintenant, qui veut prendre la parole ?

Un homme d'une trentaine d'années leva le bras. Sa prothèse métallique étincela sous la lumière du néon.

— J'ai perdu mon bras en Iraq. Et je donnerais n'importe quoi pour pouvoir rêver à autre chose qu'à cet enfer, dit-il. Dès que je ferme les yeux, je me retrouve là-bas, au milieu des cris et des explosions.

Il regardait le groupe, mais son regard semblait tourné vers l'intérieur.

— Je n'arrive pas à voir autre chose. Les images me hantent. Et puis je me réveille et je sens la douleur.

Il jeta un coup d'œil vers Mitch.

— Mon bras a été carbonisé par un lance-flammes.

Mitch déglutit nerveusement.

— Désolé, dit-il.

— Ah ouais ? Moi aussi.

Un silence gêné s'abattit sur le groupe. Mitch glissa un coup d'œil vers Burt, attendant qu'il dise quelque chose pour l'aider, mais celui-ci restait muet. Pour finir, ce fut un garçon qui ne paraissait guère plus de dix-huit ans qui vint à son secours. D'une voix timide, il s'adressa au vétéran de l'Iraq.

— As-tu essayé de dormir avec un animal ?

Tous le regardèrent, incrédules. Même Burt semblait stupéfait.

— Cliff, il y a des choses que nous n'avons pas besoin de savoir, observa-t-il.

Le gamin rougit violemment.

— Ce n'est pas ça. Je parlais d'avoir un chien. J'en ai un qui vient de la SPA. C'est un corniaud. Il m'agace parfois, mais il est toujours là, prêt à se faire caresser ou à jouer. Il m'oblige à ne pas me replier sur moi-même. La nuit, il dort au pied de mon lit. Et quand il sent que ça ne va pas, il vient se blottir contre moi et ça m'aide à chasser les idées noires.

Des participants confirmèrent en faisant part de leur propre expérience avec un animal de compagnie. Un autre mentionna le tai-chi comme un excellent moyen de gérer la souffrance. Un autre parla des exercices énergétiques. En revanche, Mitch n'entendit personne conseiller l'alcool pour oublier, pas plus qu'il n'entendit dire que les choses s'arrangeraient d'elles-mêmes.

Pendant l'heure qui suivit, des problèmes furent exposés et des solutions proposées. Certains participants étaient visiblement désireux de s'exprimer. Ce que Mitch avait beaucoup de mal à comprendre. Mais avec le temps, il finirait peut-être par changer d'avis.

A la fin de la séance, Joss l'attendait dehors.

— Alors, tu penses revenir?

— Ai-je le choix?

— Nous avons tous le choix, même si ce n'est pas forcément le bon.

Mitch songea au groupe de parole. Les participants étaient tous différents, mais ils avaient en commun le désir de comprendre et, par là même, d'accepter la perte d'une partie d'eux-mêmes.

— Je reviendrai.

— Parfait, répliqua Joss en lui mettant une brochure dans les mains.

— De quoi s'agit-il?

— Une formation pour apprendre à aider les gens qui ont des problèmes. Les cours s'étalent sur six mois. Ça ne te donne pas un diplôme de psychothérapeute, mais tu sais écouter.

Mitch lâcha la brochure comme s'il s'était agi d'une grenade dégoupillée.

— De quoi vous me parlez? Je suis incapable d'aider qui que ce soit.

Joss le regarda fixement.

— Justement, si. Tu es exactement le genre de gars capable d'aider une personne en détresse, parce que toi, tu sais ce que c'est que de toucher le fond.

Mitch le dévisagea, baissa les yeux sur la brochure, puis il se pencha et la ramassa.

— Je n'ai pas dit un mot aujourd'hui. Qu'est-ce qui vous fait croire que j'ai envie d'écouter les autres ?

— Mon intuition, répondit Joss avec un sourire malicieux. C'est un don qui fait partie de mon charme. Demande à ma femme.

— Je préfère m'abstenir.

Joss tapota la brochure.

— Penses-y. La prochaine session commence dans deux mois. D'ici là, Burt ne saura plus comment te faire taire.

— Ce n'est pas près d'arriver.

— Peut-être, mais ça me fait marrer de t'imaginer en leader d'un groupe de parole.

Reprenant son sérieux, Joss ajouta :

— Ecoute, Mitch, autour de toi, il y a des gens qui t'aiment et qui veillent sur toi. Beaucoup de tes compagnons d'infortune n'ont pas cette chance. Ce n'est pas juste, mais c'est quelque chose que nous pouvons changer.

Sur ce, Joss regagna la salle de rééducation et Mitch sa camionnette. Il grimpa derrière le volant et posa la brochure sur le siège à côté de lui.

Etait-il capable d'aider quelqu'un ? En avait-il seulement envie ? Son premier mouvement fut d'appeler Skye pour lui demander ce qu'elle en pensait. Mais il s'abstint. Elle avait bien assez de soucis.

Joss avait raison — il avait la chance d'avoir Fidela et Arturo qui veillaient sur lui. Mais Skye… Qui veillait sur elle ? Qui la protégerait de la prochaine attaque de Garth ?

Il connaissait la réponse.

Lui.

*
* *

Ce soir-là, après avoir mis Erin au lit, Skye alla voir Jed dans son cabinet de travail.

Ces derniers temps, son père ne se montrait plus, ni au dîner, ni même au petit déjeuner. Il s'enfermait généralement dans son bureau.

La porte était entrouverte. Skye frappa un coup contre le chambranle et s'avança sur le seuil. Jed leva à peine les yeux des papiers qu'il lisait.

— Qu'est-ce qu'il y a ?

— J'aimerais te parler.

— Ce n'est pas le moment.

Skye déglutit.

— T.J. était de mèche avec Garth.

Jed releva la tête.

— Qui t'a raconté cette bêtise ?

— Ce n'est pas une bêtise. C'est la vérité. T.J. nous a manipulés. Il s'est immiscé entre Izzy et moi pour nous dresser l'une contre l'autre. Ça faisait partie du plan de bataille de Garth. Diviser pour mieux régner.

— Garth n'a aucun plan, grogna Jed.

— Bien sûr que si. Il attaque notre famille sur tous les fronts. Toi, moi, Lexi. Même Cruz a eu des ennuis. Personne n'est à l'abri.

Sauf Izzy sur sa plate-forme.

— Et je suis certaine que T.J. n'est pas son unique complice, ajouta Skye, en s'abstenant toutefois de préciser que Garth avait également tenté de soudoyer Mitch.

Inutile de prendre le risque de détourner l'attention de son père de l'essentiel.

— Nous devrions organiser une réunion de famille, poursuivit-elle. Il faut à tout prix établir une défense commune.

Jed rejeta sa proposition d'un geste dédaigneux de la main.

— Ce n'est pas ton problème.

— Si, c'est le mien, répliqua Skye. C'est devenu mon problème, depuis que Garth s'est introduit dans le système informatique de la fondation pour falsifier la comptabilité. Nous sommes à présent dans le collimateur du ministère des Finances et nous risquons de perdre notre statut.

— On s'en fiche ! assena Jed. Comment oses-tu comparer ta stupide fondation avec les accusations portées contre moi ? Je n'ai jamais compris pourquoi tu perdais ton temps avec ça.

— Alors, selon toi, s'occuper d'enfants en difficulté est une perte de temps ?

— Tu ferais mieux d'investir dans des affaires plus importantes.

— Justement, sauver des enfants, c'est important pour moi.

— Alors, tu n'es qu'une idiote. Il est urgent que je te trouve un époux qui te fera une ribambelle de gamins. Ça t'occupera, conclut son père avec un haussement d'épaules dédaigneux.

Skye n'était pas vraiment surprise par son mépris total pour ce qu'elle était et ce qu'elle faisait. La vexation et la douleur n'en étaient cependant pas moins grandes.

— Je ne suis pas ta propriété, observa-t-elle calmement. Ce n'est pas toi qui choisiras mon prochain mari.

— Bien sûr que si. N'oublie pas à qui tu parles, petite. C'est chez moi ici. Si tu veux Glory's Gate, il faudra le mériter. Et pour cela, il te faudra jouer selon mes règles. Lexi n'en a fait qu'à sa tête, elle a perdu. La même chose pourrait très bien t'arriver.

Jed Tristan était son père, mais il restait un inconnu pour elle, songea Skye avec amertume. Elle ne comprenait rien à cet homme. Elle ne voulait pas croire qu'il puisse être délibérément cruel. Pourtant, il se comportait comme tel, en véritable tyran.

— Jouer la carte de la terreur avec ses enfants n'est pas digne d'un père. Qu'est-ce qui te fait croire que tu peux nous acheter ?

Jed se leva.

— Attention, Skye. Ne me pousse pas à bout. Tu sais très bien ce qu'il pourrait t'en coûter.

— Je te le répète, je ne suis pas ta propriété.

Sur ce, elle tourna les talons et sortit.

Tandis qu'elle regagnait sa chambre, elle réalisa soudain combien son père et Garth étaient semblables. Ils étaient tous deux impitoyables. La bataille entre eux risquait d'être un combat à mort et nul ne pouvait prédire lequel en sortirait vainqueur.

Chapitre 16

Mitch était conscient d'avoir commis une erreur monumentale en acceptant de venir parler aux petits camarades de classe d'Erin. Il n'avait pas grand-chose à leur dire et encore moins envie de les effrayer avec sa prothèse. Mais Erin avait tellement insisté qu'il n'avait pas eu le courage de lui refuser cette faveur. Voilà pourquoi il arpentait les couloirs de l'école primaire de Tristanville à la recherche de la classe de Mlle March, l'institutrice d'Erin.

Apercevant un groupe d'adultes, il s'approcha, supposant qu'il était arrivé à destination. Une jolie blonde exhibant un badge affichant l'inscription *« Bienvenue, je m'appelle Monica »* se détacha du groupe.

— Bonjour. Je fais partie de l'équipe pédagogique.

— Vous devez être Monica.

La jeune femme fronça les sourcils.

— Nous nous sommes déjà rencontrés ?

Mitch désigna le badge.

— Oh, oui, bien sûr ! s'exclama Monica en riant. En effet, c'est moi. Mon fils est dans cette classe. Vous êtes ici avec ?

— Erin.

Le visage de la jeune femme s'illumina.

— Heureuse de faire enfin la connaissance du héros dont Erin nous parle depuis si longtemps.

S'il n'avait pas eu peur de perdre l'équilibre, Mitch se serait certainement dandiné d'un pied sur l'autre comme un gamin mal à l'aise.

— Je n'ai rien d'un héros.

— Ex-Marine ?

— Oui.

— Blessé au combat ?

— Hum… oui.

— Vous avez sauvé un nombre incalculable de vies et vous ne souhaitez pas en parler.

Mitch haussa les épaules.

— Bravo ! Vous venez de remplir les critères du héros. Désolée, mais vous n'échapperez pas au titre. Venez, je vais vous présenter aux autres participants.

Elle le conduisit vers le groupe d'adultes et fit les présentations. Avant de s'éloigner, elle posa la main sur son bras.

— Si vous avez besoin de quoi que ce soit, dites-le-moi.

Son sourire était sincère et ses grands yeux bleus exprimaient une invitation sans équivoque. Mitch la regarda s'éloigner, songeur, le regard glissant machinalement sur ses reins, puis le long de ses jambes.

C'était une jeune femme séduisante, songea-t-il, réalisant brusquement qu'elle ne portait pas d'alliance. Ils pourraient sortir ensemble, apprendre à se connaître…

Tout cela aurait dû le réjouir. Sauf que ce qu'il désirait, ce n'était pas des yeux bleus, mais des yeux verts. Une rousse, pas une blonde. Et le seul gamin privé de père qu'il voulait dans sa vie, c'était une fillette baptisée Erin.

Mitch réprima un soupir agacé. Près de neuf années s'étaient écoulées. De longues années. Quand donc réussirait-il à se sortir Skye de la tête, quand donc réussirait-il à se libérer de cette obsession ?

La porte de la classe s'ouvrit sur Erin qui poussa un cri de joie en l'apercevant.

— Vous êtes venu !

Puis, sans attendre, elle lui prit la main et le conduisit jusqu'à l'estrade.

— Je vous présente Mitch Cassidy, annonça-t-elle fièrement. Il est propriétaire d'un ranch et c'est un véritable héros. Il était dans les commandos de Marines. Il s'est battu pour protéger notre pays et sauver des vies.

Elle s'apprêtait à regagner sa place, quand elle s'immobilisa au milieu de la classe.

— Oh, je dois aussi vous prévenir qu'il a perdu sa jambe et qu'il en a une artificielle qui est vraiment géniale.

Plusieurs enfants se penchèrent vers Mitch avec impatience.

— On peut la voir ? demanda l'un des gamins.

L'institutrice, une femme entre deux âges, hésita.

— Je ne pense pas que notre invité veuille…

— Ça ne me gêne pas, l'interrompit Mitch, se surprenant lui-même ainsi que l'institutrice.

Il releva la jambe de son jean.

Plusieurs garçons poussèrent des exclamations et une fillette se couvrit les yeux de la main.

— Je me suis trouvé sur le chemin d'une explosion. La chose à ne pas faire. C'est toujours l'explosion qui gagne.

— Vous avez eu très mal ?

— Avant, oui. Plus maintenant.

— Votre jambe peut se détacher ?

— Pouvez-vous courir ?

L'institutrice leva les mains.

— Une question à la fois, s'il vous plaît.

Puis, se tournant vers Mitch avec un sourire, elle ajouta :

— A moins que vous n'ayez préparé un exposé.

— Pas vraiment, répondit Mitch.

En réalité, il avait jeté quelques notes sur un bout de papier concernant son quotidien dans l'armée, mais ça lui semblait stupide. Répondre aux questions serait certainement plus simple.

— Ma jambe peut s'enlever. Je ne dors pas avec. Je ne cours plus aussi vite qu'avant, mais je m'entraîne et je fais des progrès. Je peux monter à cheval, conduire et pratiquer à peu près tous les sports que je veux.

— Quel effet ça fait d'être un héros? demanda une fillette.

Skye, qui s'était discrètement glissée au fond de la classe, vit passer sur le visage de Mitch le flot d'émotions reflétant le débat intérieur qui l'agitait. Il avait accepté qu'Erin parle de lui comme d'un héros, mais il ne se voyait pas ainsi.

— Je ne faisais que mon métier, répondit-il. C'est ce que font la plupart des gens. Sauf que dans mon cas, il y avait parfois du danger. Heureusement, les équipes des commandos sont spécialement entraînées pour y faire face.

S'asseyant sur un coin du bureau, il précisa :

— Le danger se présente généralement quand vous ne vous y attendez pas. Vous n'avez pas le temps de réfléchir, pas le temps de préparer un plan. Vous devez donc savoir où aller et quoi faire quand le danger arrive.

Plusieurs enfants froncèrent les sourcils. Mitch sourit.

— L'un de vous peut-il me dire quand vous vous entraînez pour répondre à un danger?

Il y eut un silence. Les yeux écarquillés, les élèves échangeaient des regards incrédules. Mine de rien, Mitch désigna le détecteur de fumée au plafond.

— L'exercice incendie! claironna un petit garçon.

— Exact. Vous savez comment quitter la classe et où aller dans la cour.

— Alors, vous aussi, vous faisiez des exercices? s'étonna une fillette.

— Tout le temps.

— Pour pouvoir sauver des gens?

— C'était mon métier.

Pendant près d'une heure, les enfants écoutèrent captivés Mitch leur parler de bateaux, d'avions, de sauts en parachute et de plongée.

— Je suis désolée de devoir vous interrompre, intervint l'institutrice avec un sourire reconnaissant. Mais la cloche va bientôt sonner. Merci d'être venu.

Mitch salua les enfants et s'apprêtait à sortir quand il aperçut Skye au fond de la classe.

— Que fais-tu ici ? lui demanda-t-il, tandis qu'elle le suivait dans le couloir.

— Je suis venue t'écouter.

— Pourquoi ?

— J'ai pensé que ce serait intéressant.

Ils sortirent de l'école et s'arrêtèrent sur le parking.

Skye se sentait étrangement nerveuse. Mitch était beau. Trop beau même. Le regarder suffisait à la troubler. Sans doute à cause des suppositions ridicules de Dana et Lexi concernant ses sentiments à son égard.

— Tu ne pouvais pas faire plus plaisir à Erin, dit-elle, le regard rivé sur le torse de Mitch — elle était si troublée qu'elle n'arrivait pas à le regarder dans les yeux. Erin était folle de joie que tu aies accepté de venir dans sa classe.

— Tant mieux. C'est une gamine adorable.

Skye se risqua à lever les yeux sur Mitch.

— J'avais tellement peur que tu la détestes, souffla-t-elle.

— De ne pas être ma fille ?

Skye acquiesça d'un hochement de tête. Mitch la regarda, puis il baissa les yeux.

— J'avoue que ça m'a effleuré l'esprit. Mais ensuite, j'ai réalisé que si Erin avait été de moi, elle aurait été différente. Or, je l'aime telle qu'elle est.

C'était la plus belle chose qu'il puisse dire. Skye lui en fut reconnaissante.

— Je suis bien contente, murmura-t-elle, avant de s'éclaircir la voix. On peut dire que tu as le contact facile avec les gamins. Ils étaient tous suspendus à tes lèvres.

— C'est le genre d'histoires qui les captivent forcément.

— Tu as parlé de sauver des vies. Mais toi, qui es venu à ton secours quand tu as été blessé ?

— Un gars qui s'appelle Pete.

— Un Marine lui aussi ?

— Oui. Il est marié. Il va bientôt être papa.

Mitch détourna la tête.

— Quand j'ai été touché par l'explosion, il m'a tiré à l'abri, puis il est parti chercher de l'aide. Il aurait pu y laisser sa peau. Il a été blessé par un tir, mais ça ne l'a pas ralenti. Il a ramené un médecin jusqu'à moi. C'est un gars sacrément courageux. Sans lui, je serais mort.

— A t'entendre, on croirait que tu es resté assis à attendre les secours, s'étonna Skye. Tu as pourtant été décoré pour ce qui s'est passé là-bas.

Mitch haussa les épaules.

— J'ai réussi à le couvrir un peu en neutralisant deux ou trois snipers.

Pendant qu'il se vidait de son sang, ajouta Skye pour elle-même. Une journée de boulot comme une autre !

L'une des auxiliaires pédagogiques de l'école traversa le parking à leur rencontre.

— Bonjour, Skye, lança Monica. Vous avez été formidable, Mitch. Merci encore pour avoir accepté de parler aux enfants. Vous les avez captivés. L'équipe enseignante organise une petite réception juste après la sortie des classes. Vous pourriez venir. Vous aussi, Skye, ajouta-t-elle sans même prendre la peine de lui jeter un regard.

Assurément, une invitation du bout des lèvres, songea Skye, en s'écartant machinalement pour ne pas s'interposer entre Mitch et Monica. Elle voyait bien que cette dernière s'intéressait à Mitch.

Agacée, frustrée et ne sachant pas vraiment pourquoi, Skye s'excusa et se dirigea vers sa voiture, en grinçant des dents. De leur côté, Monica et Mitch continuaient de discuter, si bien que ni l'un ni l'autre ne semblèrent remarquer qu'elle sortait du parking.

Quel idiot! râla-t-elle, en s'engageant dans la circulation. Après tout, Mitch pouvait bien sortir avec qui il voulait, elle s'en fichait. Il pouvait même épouser Monica, ça ne lui ferait ni chaud ni froid!

L'espace d'un instant, elle se demanda pourquoi elle ressentait cette colère et cette frustration. Sans doute parce que Monica était une séduisante jeune femme, bien dans sa peau. Le genre de femme capable de prendre son destin en main.

Etait-ce de la jalousie? En tout cas, c'était une souffrance…

Ce soir-là, Mitch sortit faire un tour à cheval après dîner. L'été approchant, le soleil se couchait plus tard. Mitch commença par se diriger vers le troupeau qui paissait un peu plus haut dans la prairie, mais chemin faisant, il décida d'aller jeter un œil à l'élevage de volailles.

Les poulets étaient parqués dans un périmètre clos par une barrière qui les empêchait de disparaître vers l'Oklahoma et les protégeait des prédateurs. Dès que le soleil se couchait, ils regagnaient le poulailler pour la nuit. Après discussion avec Arturo, Mitch avait découvert qu'Erin avait raison. Ces maudites volailles se régalaient bien d'une alimentation à base de noix de coco. Il ne leur manquait plus qu'un petit air de reggae pour se sentir en vacances.

Il avait fini par s'habituer à leur présence sur ses terres et il était bien obligé de reconnaître que cet élevage rapportait un joli bénéfice.

Mitch contempla la prairie qui se déployait à l'infini. En cette fin de printemps, c'était un océan de fleurs sauvages et devant tant de beauté, Mitch se demanda comment il avait pu rester loin de cette terre pendant toutes ces années. Comment se faisait-il que le ciel du Texas — un ciel plus vaste ici que partout ailleurs dans le monde — ne lui ait pas manqué ? Pourquoi n'avait-il pas eu envie de revenir plus tôt galoper dans l'herbe grasse, élever le bétail, déguster les enchiladas de Fidela et passer ses soirées à jouer aux échecs avec Arturo ? Il était resté si longtemps loin d'ici, qu'il avait oublié à quoi ressemblait la maison. Maintenant qu'il était de retour, il se rendait compte…

Une forme sombre traversa le champ devant lui, en rampant vers l'enclos. Mitch tourna Bullet dans cette direction. Il aperçut la brèche dans la clôture, quelques secondes avant que le coyote ne s'en approche.

Sans réfléchir, il prit sa carabine, arma et tira en l'air. Le coup de feu retentit dans la nuit.

Dans le poulailler, les volailles se mirent à piailler. Effrayé, le coyote déguerpit dans la direction opposée.

— La prochaine fois, je tire à vue sans sommation, lui cria Mitch.

Le coyote ne ralentit pas l'allure.

Mitch descendit de cheval et s'approcha de la clôture pour effectuer une réparation de fortune. Il enverrait un ouvrier dès le demain matin.

Comme il retournait vers son cheval, il réalisa brusquement qu'il ne pourrait jamais se remettre en selle sans l'aide du montoir. Atterré, il balaya la prairie du regard. Le soleil se couchait derrière la ligne d'horizon, jetant la plaine dans l'ombre. On distinguait à peine les lumières du ranch dans le lointain.

Mitch soupira. Il avait une longue marche devant lui. Attrapant les rênes de Bullet, il se mit en route. Au bout de quelques pas, le cheval s'immobilisa et le regarda. Mitch aurait juré que l'animal le regardait d'un œil apitoyé, voire condescendant.

— Ne me regarde pas comme ça, marmonna-t-il. C'est moi le mammifère supérieur ici.

Bullet secoua la tête. Là aussi, Mitch aurait juré qu'il roulait des yeux. Incrédule, il le vit se baisser prudemment vers le sol et s'accroupir sur ses antérieurs comme un chameau.

— Je rêve ! murmura Mitch. Pourquoi personne ne m'a dit que tu étais capable d'un truc pareil ?

Sans attendre, il se mit en selle et s'accrocha fermement au pommeau, pendant que Bullet luttait pour se remettre debout.

— Je te dois une fière chandelle, mon grand. Tu auras droit à double ration d'avoine, ce soir.

Bullet dodelina de la tête et se mit en route.

Les lumières du ranch scintillaient dans la nuit. Comme il s'approchait, Mitch distingua la silhouette de Fidela dans la cuisine. Arturo était probablement dans le salon, en train de lire les journaux ou de regarder la télévision. C'était une vie toute simple, mais c'était la sienne. Et pour la première fois depuis des années, Mitch éprouva le sentiment d'être enfin chez lui.

Skye désigna la lettre de démission posée sur son bureau.

— Ecoutez, Marianne, j'aimerais que vous reconsidériez votre décision. Vous êtes un membre important de l'équipe.

Marianne assurait la coordination et la gestion des levées de fonds pour la fondation, tâche pour laquelle elle se dépensait sans compter depuis trois ans. Elle avait à peine trente ans et la volonté de faire avancer les choses.

— Je suis heureuse d'avoir eu la chance de travailler pour vous, répondit la jeune femme, en évitant le regard de Skye. Le poste est passionnant et j'adore l'équipe. Simplement, je pense qu'il est temps pour moi de changer.

Les derniers mots avaient été à peine audibles, mais Skye avait reçu le message cinq sur cinq et savait très exactement de quoi il retournait.

— Marianne, je peux vous assurer qu'aucun cadre de cette fondation n'a jamais touché de prime et que je n'ai pas puisé dans la caisse. La rumeur qui circule actuellement est une mauvaise plaisanterie. Les techniciens du service informatique essaient de régler le problème. C'est une question de quelques semaines, peut-être même de quelques jours seulement. Ne pourriez-vous pas attendre un peu avant de prendre votre décision ?

Skye détestait supplier, mais elle avait déjà perdu trois de ses meilleurs collaborateurs en une semaine.

— J'ai une autre proposition de travail, répondit Marianne, gênée. Je commence lundi. C'est une plus petite association et je n'en ferai certainement pas autant qu'ici, mais le poste est intéressant et…

— Et sans danger pour votre carrière, acheva Skye, dissimulant mal son amertume. Je comprends.

A la place de Marianne, elle en aurait certainement fait autant.

— Je vous souhaite bonne chance, ajouta-t-elle. Si par hasard, votre nouveau job ne vous donnait pas satisfaction, sachez que vous avez toujours une place ici.

Marianne hocha la tête, l'air sceptique, comme si elle n'imaginait pas pouvoir choisir un jour de revenir à la fondation.

Consciente de l'ampleur des dégâts provoqués par Garth,

Skye étouffa un soupir découragé. Même si la vérité éclatait, même si elle réussissait à prouver son innocence, le mal était fait.

Quand Marianne eut quitté la pièce, Skye fit pivoter son fauteuil face à la fenêtre.

A partir de quel moment la situation avait-elle commencé à se dégrader ? Etait-ce à l'instant précis où Garth avait lancé sa première attaque contre la fondation ? Etait-il encore possible de le neutraliser ?

Elle en était là de ses réflexions quand la porte du bureau s'ouvrit à la volée sur un homme aux airs d'adolescent, avec ses petites lunettes rondes, ses cheveux ébouriffés et son jean effiloché.

— J'ai trouvé ! lança-t-il avec fierté. J'y ai passé toute la nuit, mais j'ai fini par trouver.

Il s'interrompit, avec un sourire triomphant.

Skye se leva.

— Qui êtes-vous ?

— Leonard. Je travaille au service informatique. J'ai déniché la faille dans le pare-feu.

Il déversa ensuite une série d'explications dans un langage totalement étranger aux oreilles de Skye.

Elle l'arrêta.

— S'il vous plaît, Leonard, pourriez-vous parler plus lentement, en utilisant des termes simples, comme si vous aviez devant vous une personne qui sait à peine où se trouve le bouton de mise en marche d'un ordinateur.

— D'accord. Excusez-moi. J'étais encore sous le coup de l'excitation. Pour faire simple, celui qui a piraté le système y est entré en utilisant un programme qui fait office de cheval de Troie. C'est assez compliqué, mais le résultat c'est que celui qui réussit ce tour de force a accès à tout ce que nous faisons en ligne. Ajouter des données ou créer un nouveau fichier comptable devient alors un jeu d'enfant.

Leonard sourit, tandis que Skye digérait l'information.

— Vous est-il possible d'arrêter ce programme ?

— Bien sûr. Je peux même faire mieux, en renvoyant un programme qui capturera des informations directement dans l'ordinateur du pirate. De cette façon, nous pourrons l'identifier.

— Est-il possible de s'en servir comme d'une preuve légale ?

Leonard se dandina, l'air embarrassé.

— Hum, non. Pas vraiment. S'introduire dans un ordinateur sans l'autorisation du propriétaire est illégal. Mais cela nous donnerait un point de départ.

— J'ai déjà ma petite idée concernant celui qui se paye ce genre de service, précisa Skye. Ce que je ne sais pas, c'est qui encaisse l'argent et falsifie les données. Votre proposition… jusqu'à quel point est-ce illicite ?

— Aucune idée.

Skye ne voulait pas faire courir le risque à Leonard de se retrouver devant les tribunaux. Cependant, il fallait à tout prix mettre fin aux attaques de Garth.

— Ce programme dont vous me parlez nous permettrait de neutraliser le système informatique du pirate ?

— Certainement.

Skye hésita encore une seconde avant de décrocher son téléphone pour composer le numéro de Dana.

— Il y a une nouvelle urgence ? s'inquiéta celle-ci en guise de salut.

— Est-il parfaitement illégal d'espionner un ordinateur ou seulement un petit peu mal ?

— Bon sang, Skye, je ne peux pas croire que tu me poses ce genre de question ! protesta Dana. Je suis flic, ne l'oublie pas. Et je n'ai aucune envie d'arrêter une copine.

— Calme-toi, Dana. J'ai devant moi un petit génie de l'informatique qui a découvert de quelle façon Garth a réussi à s'introduire dans notre système. Il peut renvoyer un programme qui nous permettra de localiser le pirate et de le neutraliser.

Il y eut un long silence au bout du fil.

— Skye, ne me demande pas ça. Je t'adore, mais je n'enfreindrai pas la loi pour toi. Et je ne t'aiderai pas non plus à l'enfreindre. Alors, arrête. Nous trouverons un autre moyen de piéger Garth.

— Je me doutais que tu réagirais ainsi. On se rappelle plus tard.

Skye raccrocha avec un soupir résigné.

— Leonard, ce que vous proposez est illégal et je ne veux pas vous créer d'ennuis avec la justice.

Il semblait déçu.

— Bien m'dame. Si vous changez d'avis, faites-le-moi savoir.

— Je n'y manquerai pas. Merci, Leonard.

Il sortit.

Skye se renversa contre le dossier de sa chaise avec une grimace désabusée. Garth, *lui*, ne se souciait pas tant de la légalité. Ce serait tellement plus simple si…

Le téléphone sonna.

Persuadée que c'était son amie qui rappelait, Skye n'attendit pas la deuxième sonnerie pour décrocher.

— Dana, dis-moi que tu as changé d'avis.

— Skye Tristan ? demanda un homme.

Skye l'entendait à peine. Il y avait un fort bruit de fond derrière lui.

— Oui.

— Daryl Green, je travaille avec Izzy sur la plate-forme. Il y a eu une explosion. Izzy est blessée. Un hélicoptère la transporte à l'hôpital général de Dallas.

Skye sentit son cœur rater un battement.

— Une explosion… Que s'est-il passé ?

— Nous ne le savons pas encore. Il semblerait qu'il y ait eu une étincelle et tout a explosé. Izzy est vivante. C'est tout ce que je peux vous dire.

L'homme lui exprima sa sympathie puis raccrocha.

Skye sentit soudain la peur la transpercer comme une lame de couteau. Les pensées se bousculaient dans son esprit. Izzy blessée… une explosion… l'œuvre de Garth, bien sûr… ce devait être grave.

L'estomac noué par l'angoisse, elle se leva d'un bond et prit son sac à main. Il fallait qu'elle file à l'hôpital pour être là-bas quand Izzy arriverait. Elle devait aussi prévenir Lexi et Jed. Et demander à Fidela de récupérer Erin à l'arrêt de bus.

Garth avait frappé une fois de plus. Mais cette fois, il avait frappé fort et visé Izzy, songea Skye en se précipitant vers sa voiture. Izzy la téméraire. Izzy qui n'avait rien à perdre. Izzy qui se croyait invulnérable.

Chapitre 17

Skye aperçut Lexi dans le hall de l'hôpital dès qu'elle eut franchi les portes battantes.

— Où est-elle ?

— En salle d'opération. Je n'en sais pas plus.

Lexi avait le teint pâle et l'air défait.

— Je n'arrive pas à le croire, murmura-t-elle. Je ne peux pas croire qu'elle soit blessée.

Skye la serra contre elle. Elle avait envie de pleurer, mais les larmes ne venaient pas. Ce qu'elle ressentait, c'était de la culpabilité et du regret. Regret de s'être disputée avec Izzy. Si elles ne s'étaient pas chamaillées, Izzy ne serait peut-être pas repartie si tôt sur la plate-forme de forage et rien de tout ça ne serait arrivé.

Skye ferma brièvement les yeux. Les odeurs et les bruits familiers de l'hôpital lui rappelaient les derniers jours de Ray, l'attente insupportable.

— Elle ne peut pas mourir, souffla-t-elle. Pas Izzy. Pas comme ça.

Un bruit de talons martelant le sol comme une mitraillette leur fit lever les yeux. Dana accourait.

— Comment va-t-elle ? Qu'est-ce qu'ils font ?

— Nous ne savons rien, répondit Lexi. Les médecins ne sont pas…

— D'accord. Je vais me renseigner. Attendez-moi là. Et Jed ? Quelqu'un l'a prévenu ?

— J'ai laissé un message sur son portable et à sa secrétaire, bredouilla Skye qui avait l'impression que son cerveau était court-circuité.

Elle n'arrivait plus à réfléchir. Tout allait trop vite.

Dana conduisit les deux sœurs vers l'une des banquettes grises de la salle d'attente.

— Asseyez-vous là et attendez-moi, ordonna-t-elle. Je n'en ai pas pour longtemps.

Désemparées, Skye et Lexi s'affalèrent sur la banquette, mais Skye ne tarda pas à se redresser pour se mettre à marcher de long en large.

— Il faut faire quelque chose. Il a tenté de tuer notre sœur.

— Je sais, murmura Lexi, les yeux pleins de larmes. Que se passera-t-il si elle…

— Non ! l'interrompit Skye. Izzy va s'en sortir.

Si elle ne s'en sortait pas, Garth lui non plus ne s'en sortirait pas, se jura-t-elle. Elle ne savait ni quand ni comment, mais elle le réduirait en miettes. Personne ne touchait à sa sœur.

Dana revint.

— Elle devrait sortir du bloc opératoire d'ici une petite heure. Elle souffre de brûlures dues à l'explosion, mais il ne semble pas y avoir de blessures internes. Nous en saurons davantage quand le chirurgien aura terminé.

Skye la regarda fixement.

— Comment t'es-tu débrouillée pour les faire parler ?

Dana se désigna du doigt.

— L'uniforme, ça aide.

Dans son désarroi, Skye ne s'était même pas aperçue que leur amie était en tenue de travail.

— Cruz doit venir ? questionna Dana.

Lexi hocha la tête. Elle était pâle comme un linge.

— Bien. Reste assise et repose-toi. Nous allons voir s'il arrive, déclara Dana en faisant signe à Skye de la suivre.

Dès qu'elles se furent éloignées de quelques pas, Skye jeta un coup d'œil inquiet sur sa sœur.

— Tu crois qu'elle va bien ? Elle a reçu un choc. Ce n'est pas bon pour le bébé.

— Lexi est solide. Dès que Cruz sera là, il sera aux petits soins pour elle et tout ira bien. Et toi, tu tiens le coup ?

— Si tu savais comme je m'en veux. Tout est ma faute.

Dana leva les yeux au ciel.

— Ne sois pas ridicule. Garth a payé un homme de main pour faire exploser la plate-forme. Tu n'y es pour rien.

— Nous nous sommes disputées.

— Et après ? Que vous vous soyez chamaillées ou non, Garth serait de toute façon passé à l'acte.

Skye se frotta les tempes.

— D'accord. Techniquement parlant, ce n'est pas ma faute. N'empêche que je me sens coupable. Ça te va, dit comme ça ?

— Je préfère.

Dana jeta un coup d'œil alentour, comme pour s'assurer qu'elles étaient seules.

— Tu as les coordonnées de ton gars du service informatique ? Celui qui est capable de s'introduire dans un ordinateur.

— Leonard. J'ai son numéro de poste à la fondation. Pourquoi ?

— Dès que Cruz sera là pour s'occuper de Lexi, tu me donneras ce numéro, répondit Dana, le visage empreint d'une froide détermination. Cette fois, Garth a franchi la ligne rouge et, quoi qu'il puisse m'en coûter, je vais le coincer et le mettre hors d'état de nuire.

— Dana, non ! protesta Skye. Tu es shérif adjoint. Tu ne peux pas enfreindre la loi.

— Pourquoi pas ?

— Parce que tu as bien trop à perdre.

— Izzy est comme une sœur pour moi. Aujourd'hui, c'est elle que j'ai failli perdre. Rien ne peut être pire. Donne-moi ce numéro, Skye. Si on t'interroge, tu n'auras qu'à dire que Leonard m'a tapé dans l'œil et que je rêvais de sortir avec lui.

Skye serra son amie dans ses bras.

— Merci, Dana.

— Je te promets de tout faire pour arrêter Garth Duncan. J'en fais une affaire personnelle, conclut Dana.

Skye quitta l'hôpital vers 2 heures du matin. Elle se rendit directement au ranch Cassidy chercher Erin. Quand elle l'avait appelée en début de soirée, la fillette était à la fois inquiète pour sa tante et ravie de passer la soirée avec Fidela, Arturo et Mitch.

Skye se gara devant la maison. Il y avait de la lumière sous le porche et le salon était éclairé. A peine avait-elle coupé le moteur que la porte d'entrée s'ouvrit.

Mitch était là, debout devant elle, fort et solide.

Elle avait été incapable de pleurer à l'hôpital, mais dès qu'elle le vit, Skye sentit les larmes rouler sur ses joues. Ne pouvant se dominer plus longtemps, elle s'élança vers lui et se jeta à son cou.

L'enveloppant de ses bras, il la tint serrée contre lui.

— Il a failli tuer Izzy, sanglota-t-elle.

Mitch posa un baiser sur son front. Puis, tendrement, il repoussa ses cheveux en arrière et essuya ses joues mouillées de larmes.

— Oui, mais elle est toujours en vie, dit-il doucement. Elle va s'en tirer.

Skye ravala un sanglot, hocha la tête et se blottit dans ses bras.

— Ça aurait pu être pire, dit-elle d'une voix brisée. Elle

souffre de nombreuses brûlures et d'ecchymoses. Mais rien de cassé. Sauf que…

Skye releva sur Mitch un regard empli de détresse.

— Il se pourrait qu'elle perde la vue.

Mitch ravala un juron.

— C'est sûr ?

— Pas encore. Les médecins disent qu'il faut attendre la cicatrisation. Nous en saurons plus dans quelques jours, mais ils n'ont pas caché que le risque était grand.

Les sanglots de Skye redoublèrent. Passant un bras autour de ses épaules, Mitch la fit entrer et la conduisit vers le canapé sur lequel elle s'effondra, le visage caché dans ses mains.

— Ce n'est pas possible, bredouilla-t-elle. Izzy est si jeune, si pleine de vie… Comment fera-t-elle pour escalader des montagnes, plonger au milieu des requins et tous ces trucs stupides qu'elle adore faire ?

— Pour le moment, nul ne peut affirmer qu'elle sera aveugle, observa Mitch en s'asseyant à côté de Skye.

— Je sais. Mais que se passera-t-il si elle ne retrouve pas la vue ?

Mitch ne répondit pas et se contenta d'envelopper Skye de ses bras. Il s'abstint de lui expliquer qu'Izzy ferait sans doute comme la plupart des gens. Elle surmonterait l'épreuve et serait bien obligée de s'adapter à son handicap.

Skye laissa aller sa tête contre son épaule.

— Il faut que je sois forte. Izzy va certainement avoir besoin de moi. Je ne sais pas ce que j'ai à pleurer comme ça.

— Un tas de raisons. Mais cette nuit, tu n'as pas besoin d'être forte. Je m'occupe de tout.

— Il faut pourtant que je ramène Erin à la maison.

— Il est presque 3 heures du matin, Skye. Laisse-la dormir ici. Je te la ramènerai plus tard.

Skye essuya ses larmes du revers de la main.

— Comment a-t-elle réagi ?

— Elle se faisait un peu de souci, mais nous avons réussi à la distraire. Fidela lui a lu des histoires jusqu'à ce qu'elle s'endorme.

— Tu crois que les histoires marcheraient aussi avec moi ?

— On peut essayer.

Skye esquissa un sourire triste.

— Merci, mais il faut que je rentre.

— Rien ne t'y oblige, déclara Mitch en se levant.

Il lui prit les mains et la remit debout.

— Suis-moi. Tu dormiras dans l'autre chambre d'amis. Comme ça, tu seras là quand Erin se réveillera. Ce sera mieux pour toutes les deux.

Skye eut une seconde d'hésitation, avant d'acquiescer et de se laisser conduire à l'étage.

Mitch aurait bien sûr préféré l'emmener dans sa chambre — pas pour lui faire l'amour, mais pour la tenir dans ses bras, pour la consoler, pour la protéger. Mais il devait d'abord penser à Erin. Si la petite se réveillait avant eux, elle ne comprendrait pas de voir sa mère dans son lit. Aussi, continua-t-il son chemin jusqu'au fond du couloir.

Skye entra dans la chambre et se tourna vers lui.

— Merci, murmura-t-elle. Merci pour tout, Mitch.

Il posa un baiser sur son front.

— Essaie de dormir. Si tu as besoin de quoi que ce soit, ma chambre est de l'autre côté du couloir. Et la salle de bains est ici, précisa-t-il en désignant une porte sur la droite.

— D'accord. Merci.

Il lui sourit et, doucement, referma la porte. Puis il gagna sa chambre. Pensif, il alla à la fenêtre et scruta l'obscurité. Cette fois, Garth était allé trop loin. Il fallait à tout prix l'arrêter. Malheureusement, en l'absence de preuve, la police ne pouvait rien contre cet homme. C'était donc à lui d'agir.

*
* *

La décoration du siège de Cruz Control était exclusivement axée sur le thème de la course automobile. Cruz accueillit Mitch dans son bureau, un endroit où les pièces détachées de moteur se disputaient l'espace avec des magazines automobiles du monde entier.

— La police locale ne souhaite pas intervenir, expliqua Mitch. L'explosion a eu lieu dans les eaux internationales et la plate-forme est la propriété d'une compagnie britannique.

— Et l'empoisonnement lors du cocktail ? Les flics le considèrent toujours comme une mauvaise farce ?

Mitch hocha la tête. Il avait passé la matinée à discuter avec un inspecteur qui s'était montré compatissant, mais nullement disposé à approfondir l'enquête.

— En l'absence d'une quelconque preuve contre Duncan, il n'existe aucun lien entre les deux événements. Ils semblent être le fait du hasard. Quant au reste, il n'y a rien d'illégal à faire circuler des rumeurs.

— Il ne s'agit pas seulement de rumeurs, protesta Cruz. Qu'en est-il des accusations portées contre la fondation, des accusations de trafic d'armes, de dopage des chevaux, et de la plainte déposée contre l'établissement de Lexi ?

— Je croyais que la plainte avait été retirée.

— Oui, mais cette femme a tout de même fait un faux témoignage à la demande de Garth.

— Pour la police, du moment que la plainte a été retirée, il n'y a pas lieu de poursuivre l'enquête, soupira Mitch. Et même si Dana a promis de faire de son mieux, je crois que nous allons devoir compter uniquement sur nous-mêmes pour neutraliser cette ordure.

— Tu as un plan ?

— Oui.

— Dans ce cas, je suis ton homme, conclut Cruz, l'air déterminé.

— Parfait.

Assise sur une chaise, Skye caressait la main de sa sœur étendue sur le lit d'hôpital, le visage presque aussi blanc que les pansements sur ses yeux.

Izzy souffrait de brûlures aux bras et aux mains. Sous les couvertures, l'une de ses jambes était surélevée.

— Arrête de me caresser tout le temps, marmonna Izzy en retirant sa main de celle de Skye. J'ai l'impression d'être un chat.

— Pourtant, tu ne ronronnes pas, essaya de plaisanter Skye. Tu dormais ? C'est difficile de savoir avec tous ces bandages.

— C'est la dernière mode, cet été. Non, je ne dormais pas.

Agrippant la main de Skye, Izzy ajouta plus doucement :

— Arrête simplement de me caresser, d'accord ?

— Ce que tu peux être pénible ! fit mine de soupirer Skye. Je suis surchargée de travail et tu devrais m'être reconnaissante de prendre de précieuses minutes sur mon emploi du temps pour être ici avec toi.

— C'est ça. Dis que tu te fais du souci pour moi, railla Izzy.

— Un petit peu seulement, répondit Skye d'une voix qu'elle espérait suffisamment détachée. Comment te sens-tu ?

— Comme quelqu'un qui aurait été soufflé par une explosion. A quoi je ressemble ?

— Tu as l'air toute cabossée. Tu veux que j'appelle quelqu'un ?

— Seulement s'il s'agit d'un infirmier et qu'il est mignon.

Comme elle essayait de se redresser, Izzy grimaça de douleur.

— Autrement, je préfère m'en passer.

Désignant la perfusion sur son bras, elle ajouta :

— Avec ce qu'ils me donnent, j'ai le corps tout engourdi. On ne peut rêver mieux.

Pendant les deux jours qui avaient suivi l'opération, Izzy avait été plongée dans un semi-coma encore accentué par les sédatifs. Quand elle s'était réveillée quelques heures plus tôt, elle était aussi cohérente et normale qu'on pouvait l'espérer, si bien qu'à chaque fois qu'elle parlait ou qu'elle plaisantait, Skye avait envie de courir dans le couloir claironner au monde entier que sa sœur allait mieux.

Naturellement, elle se retenait, mais tout juste.

— Tu veux bien qu'on discute de ce qu'a dit le médecin ? hasarda-t-elle.

— Non.

— Il le faut pourtant.

— Pas du tout.

— Izzy, tu vas avoir besoin d'une opération.

— Skye, il me reste une jambe valide, alors si tu ne veux pas que je te jette dehors d'un grand coup de pied aux fesses, laisse-moi tranquille.

— Pour le moment.

Izzy poussa un grognement.

— Je grince des dents. Ça se voit ? dit-elle en retroussant ses lèvres.

— En effet, répondit Skye. Tu as les dents serrées.

— Parfait. Alors, parlons d'autre chose.

Il faudrait bien finir par parler de l'opération, mais le médecin avait dit qu'il n'y avait pas d'urgence et qu'il était préférable de ne pas bousculer sa patiente. Skye s'était juré de l'écouter, même si elle aurait préféré programmer l'intervention au plus vite. Elle choisit donc de changer de sujet.

— Tu avais raison pour T.J.

— J'ai toujours raison, tu le sais bien, soupira Izzy.

Puis, tournant la tête vers Skye, elle demanda :

— Il t'a fait de la peine ? Parce que si c'est le cas, je te promets qu'il va le regretter !

Luttant contre les larmes, Skye pressa affectueusement la main de sa sœur.

— Ce n'est pas si terrible, murmura-t-elle. Oh, Izzy, si tu savais comme je m'en veux de m'être disputée avec toi. J'en suis malade. Excuse-moi.

Izzy ébaucha une grimace douloureuse en guise de sourire.

— Merci, frangine. C'est pour entendre ça que j'ai mis en scène l'explosion. J'adore quand tout se déroule comme prévu.

Malgré son émotion, Skye ne put s'empêcher de sourire. C'était bien d'Izzy de tourner en dérision même les choses les plus graves.

— Bravo ! Ton plan a parfaitement réussi, plaisanta-t-elle à son tour avant de reprendre d'une voix embarrassée. J'étais furieuse contre toi et je ne suis même pas capable de dire pourquoi.

Cette fois, ce fut Izzy qui chercha la main de Skye sur le drap.

— Tout ce que je t'ai dit à propos de T.J., ce n'était pas pour te faire de la peine. Simplement, ce gars-là avait quelque chose de louche.

— Il était de mèche avec Garth.

— Quoi ?

Izzy se redressa brusquement sur le lit, avant de retomber contre les oreillers.

— Incroyable. Je parie qu'il a été payé pour nous monter l'une contre l'autre.

— Et nous avons joué le jeu, soupira Skye.

— Toi plus que moi, rectifia Izzy.

— Comme d'habitude, tes paroles me réchauffent le cœur.

Un sourire malicieux se dessina sur les lèvres d'Izzy — sourire qui s'effaça presque aussitôt.

— Dire qu'il travaillait pour Garth, le salaud !

Skye la regarda, inquiète.

— Dis-moi… tu t'étais vraiment entichée de lui ?

— Pas du tout. Ce n'était pas un gars très intéressant, répondit Izzy.

Puis, serrant les doigts de sa sœur, elle marmonna :

— Tu sais, si j'ai couché avec lui, ce n'était pas dans l'intention de te blesser.

— Un petit peu tout de même.

Izzy hésita.

— Peut-être. Ton petit côté parfait est tellement agaçant.

— Pourquoi dis-tu ça ? Je suis loin d'être parfaite.

— Bien sûr que si. Tu es une mère formidable qui élève une petite fille formidable et qui a créé, par-dessus le marché, une fondation pour les enfants défavorisés. Comment veux-tu que je rivalise ?

Skye ne savait quoi dire.

— Il ne s'agit pas d'une compétition.

— Ça y ressemble parfois. Lexi est le symbole même de la femme élégante, raffinée, classe. Toi, tu es Mère Teresa version sexy avec des seins, des yeux verts et des boucles rousses. Et moi dans tout ça ? Je suis l'idiote qui se fait souffler par une explosion.

— Ne dis pas ça ! protesta Skye. Tu es le genre de fille

qui fait se retourner les hommes sur son passage et ce n'est pas l'explosion qui y changera quoi que ce soit.

— Peut-être, soupira Izzy en palpant de sa main libre les pansements sur ses yeux. Comment T.J. a-t-il été démasqué ?

— Mitch l'a surpris en train de discuter avec Garth. Mais je m'en étais déjà débarrassée avant ça. En fait, sachant qu'il avait couché avec toi et qu'il persistait malgré tout à vouloir sortir avec moi, j'avais décidé de lui donner une leçon.

— Non ! s'exclama Izzy.

— Si.

Skye lui parla de son invitation plutôt directe à coucher ensemble.

— Bien entendu, il a sauté dessus. Révoltant quand on sait qu'il venait de coucher avec toi. Alors, je lui ai dit le fond de ma pensée sur le trottoir, devant le restaurant, pendant que sa voiture partait en fourrière.

— Bravo, Skye !

— Merci. Je dois avouer que ça m'a fait beaucoup de bien. Ensuite, j'ai appelé Lexi et nous avons répandu de vilaines rumeurs sur son compte. Notamment qu'il avait un petit oiseau de la taille d'une cacahuète et qu'il était nul au lit.

— Dis donc, je ne te savais pas aussi dangereuse. J'ai pris de sacrés risques en t'embêtant, plaisanta Izzy.

— Tu as toujours été d'un naturel téméraire. Raison pour laquelle je suis certaine que tu seras d'accord pour te faire opérer le plus vite possible.

Le sourire d'Izzy s'effaça.

— Je trouve la transition peu subtile.

— Allons, Izzy. Tu sais bien qu'il faudra te décider tôt ou tard.

— Justement, je n'ai encore rien décidé. Il faut que j'y réfléchisse.

— Réfléchir à quoi ?

— Au risque de cécité totale et définitive.

— Sans opération, tu resteras dans cet état.

— Tant que les pansements n'ont pas été retirés, je n'ai aucune idée de l'état dans lequel je suis. C'est à moi de décider, Skye. Arrête de m'embêter avec ça.

— Mais, tu dois…

Izzy pointa l'index en direction de ce qu'elle devinait être la porte.

— Il me semble que les heures de visite sont terminées. Tu devrais partir.

— Izzy, je t'en prie.

— Va-t'en, Skye. Je suis fatiguée et je n'ai plus envie de discuter. Tu reviendras me voir plus tard.

Skye hésitait. Au bout de quelques secondes cependant, elle se leva et embrassa sa sœur sur la joue.

— Pardon. Je ne t'en parlerai plus, promis.

— Comme si je pouvais te croire !

— Je reviens bientôt.

— Prends ton temps. Ne t'inquiète pas, je ne vais pas me sauver.

Skye sortit. Elle avait retrouvé sa complicité avec Izzy, mais il avait fallu qu'elle gâche tout au dernier moment en remettant l'opération sur le tapis.

Elle s'arrêta dans le hall, incertaine. Devait-elle attendre un peu et retourner voir sa sœur d'ici quelques minutes ou bien serait-il préférable de repasser plus tard ? Avant qu'elle ait pu décider, Skye aperçut un homme qui s'avançait vers elle.

Elle sentit aussitôt une paix singulière s'insinuer en elle, comme si sa présence suffisait à arranger les choses. Elle n'aurait pas à décider seule. Elle pourrait lui demander son avis, parce qu'il lui dirait ce qu'il pensait vraiment. Il était peut-être compliqué et difficile à vivre, mais c'était quelqu'un sur qui elle pouvait s'appuyer.

Elle fit les quelques pas qui les séparaient et, l'instant d'après, elle était dans ses bras.

— Tu vas bien ? s'inquiéta Mitch.

— Non. Si tu savais comme je m'en veux… Ma sœur est allongée sur un lit d'hôpital et je trouve le moyen de me disputer avec elle. Je me demande parfois ce que j'ai dans la tête.

Calmement, Mitch la conduisit vers la banquette grise de la salle d'attente et la fit asseoir. Enlaçant ses doigts aux siens, il demanda :

— Pourquoi vous disputiez-vous ?

— Izzy a besoin d'une intervention chirurgicale. Les médecins ne sont sûrs de rien, mais ils estiment qu'elle devrait récupérer environ trente pour cent de sa vision, une fois les pansements retirés. Toutefois, sa vue risque de se dégrader avec le temps.

— Ce doit être terriblement angoissant.

— Certainement. Mais il existe une solution. Une intervention chirurgicale permettrait de réparer les dégâts et Izzy y verrait aussi bien qu'avant.

Mitch plongea son regard dans celui de Skye.

— C'est quoi l'inconvénient ?

— Si l'intervention tourne mal, il y a un risque de cécité totale. Naturellement, ce risque est minime et le chirurgien du service d'ophtalmologie a précisé n'avoir jamais connu d'échec. Comme Izzy n'a toujours pas programmé l'opération, j'ai voulu insister pour qu'elle le fasse dans les plus brefs délais, mais elle ne veut rien entendre.

— Laisse-lui un peu de temps, observa Mitch. Elle vient de subir un sacré choc.

Skye fit la moue.

— Alors, tu es d'accord avec elle ?

— Oui.

— Pourquoi ?

— Parce qu'il n'y a aucune raison de précipiter les choses. Izzy a le temps. Laisse-la d'abord digérer ce qui vient de lui arriver.

Skye baissa les yeux sur la jambe gauche de Mitch. Avec le jean et les bottes, nul ne pouvait deviner qu'il savait de quoi il parlait.

— T'ai-je déjà dit que je détestais quand tu prenais ce ton raisonnable ?

— Non. Mais ça ne me surprend pas.

Son humour la fit sourire.

— Très bien. Je laisse tomber pour l'instant. Tu as raison. Il n'y a pas d'urgence. C'est juste que ça ne ressemble pas à Izzy. D'habitude, elle réagit au quart de tour.

— Je te rappelle qu'elle vient d'être soufflée par une explosion. Fiche-lui la paix.

— Oui, mais c'est ma sœur. Je tiens à ce que tout se passe au mieux pour elle.

— Ne t'inquiète pas, elle se rétablira.

Jetant un coup d'œil sur sa montre, Mitch ajouta :

— Si tu préfères rester ici, je peux me charger de récupérer Erin à l'arrêt de bus.

Skye le dévisagea, émue par son attention.

Mitch savait qu'Erin n'allait pas tarder à monter dans le bus et que quelqu'un devait aller la chercher. Et même si elle n'était pas sa fille, même si elle n'était pas sous sa responsabilité, Mitch s'en occuperait. Parce qu'il était ce genre d'homme qui fait ce qu'il faut quand il faut. Celui sur qui elle pourrait toujours compter.

Malgré elle, Skye se souvint de ce qui s'était passé des années plus tôt, quand son père l'avait terrorisée au point de lui faire quitter Mitch. Elle avait obéi sans réfléchir et le temps qu'elle réalise son erreur, il était trop tard…

Sous le coup de l'émotion, impulsivement, Skye prit la main de Mitch et s'y agrippa.

— J'aimais Ray, dit-elle en le regardant droit dans les yeux.

Il essaya de lui retirer sa main, mais elle la retint.

— J'aimais Ray, répéta-t-elle. Avec le temps, j'ai appris à l'aimer pour ce qu'il était : un homme bon. Je ne pourrai jamais lui enlever ça.

Mitch plissa les yeux.

— Pourquoi me racontes-tu ça ?

— Parce que je veux que tu saches que je l'aimais, mais que je n'ai jamais été *amoureuse* de lui. Je n'ai jamais éprouvé de désir. Quand il est décédé, j'ai pleuré plus par culpabilité de ne pas avoir su lui donner mon cœur que par chagrin de l'avoir perdu. Il désirait tout de moi et je ne lui ai pas donné l'essentiel.

Skye perçut la tension dans tout le corps de Mitch. Il lui arracha sa main et se leva d'un bond.

— Encore une fois, où veux-tu en venir ? gronda-t-il entre ses dents. Pourquoi me dis-tu ça maintenant ?

Elle se leva à son tour et accrocha son regard.

— Je veux que tu saches que je n'ai jamais cessé de t'aimer, Mitch. Pas un jour, pas une minute. Je faisais comme si — j'essayais de vivre ma vie — mais tu as toujours été une part de moi-même et tu l'es encore. Je crois que je suis incapable d'aimer quelqu'un d'autre. Je n'attends rien, Mitch. Je veux juste te dire combien je regrette de ne pas avoir eu le courage de me battre pour toi, autrefois. Je suis désolée pour tout ce que je t'ai fait subir. Et pourtant… devenir maman est certainement la meilleure chose qui me soit jamais arrivée. Aujourd'hui, nous sommes différents de ce que nous étions, mais mon cœur n'a pas changé. Je t'aime, Mitch.

Il serra les dents. Il avait réussi à faire la paix avec elle. Mais de là à parler d'amour… Ne savait-elle pas que c'était le genre de mot qui pouvait faire mal, qui pouvait faire souffrir à en crever ? Il ne voulait pas l'entendre. Pas maintenant. Pas de cette façon…

Il la regarda. Elle avait l'air si sincère. Comme si elle ne lui avait pas déjà brisé le cœur… ce cœur qui ne survivrait pas à une seconde déception.

— Je ne te crois pas.

Parce que c'était plus simple. Moins risqué.

Skye lui offrit un sourire désabusé. Un sourire triste.

— Ça ne m'étonne pas. Pourquoi me croirais-tu ? Mais si mon amour pour toi signifie encore quelque chose, laisse-moi regagner ta confiance et ton respect. Je t'aime, Mitch. C'est ainsi. Je te demande juste d'y réfléchir. D'envisager la possibilité qu'après tout ce temps, nous ayons enfin trouvé le chemin pour revenir l'un vers l'autre.

Mitch ne savait quoi dire. Skye venait d'exprimer à voix haute tout ce qu'il avait rêvé d'entendre et c'était aussi tout ce dont il avait peur. Pouvait-il une fois de plus prendre le risque d'ouvrir son cœur à Skye, de faire voler sa carapace en éclats au risque de se rendre vulnérable ? Non, c'était trop exiger de lui. Pas tout de suite.

Alors, il tourna les talons et partit sans un mot.

Il monta dans sa camionnette et resta immobile, les mains crispées sur le volant jusqu'à en avoir les phalanges douloureuses. C'était ça ou lancer un coup de poing dans le pare-brise.

Pourquoi fallait-il qu'elle ait l'air aussi sincère ? Pourquoi aurait-il tant voulu la croire ?

Son portable sonna, mais il l'ignora. Il mit le moteur en marche et retourna au ranch. Le téléphone continuait de sonner toutes les deux minutes. Sans doute Skye qui insistait pour lui parler, mais il avait besoin de temps.

Quand il se gara devant la maison, Fidela accourut vers lui.

— J'ai essayé de t'appeler, dit-elle, très émue, en se tordant les mains. Oh, Mitch, je suis tellement désolée. C'est affreux.

Chapitre 18

— Pete est mort ? répéta Mitch bêtement.

Impossible. C'était une erreur. Pete lui avait sauvé la vie. Il allait être père.

— Son frère a appelé, expliqua Fidela, les larmes aux yeux. J'ai son numéro.

Mitch avait l'impression d'être engourdi, glacé, saisi. Il ne ressentait rien, ni douleur, ni colère, ni regret. C'était comme si son cerveau barbotait dans un brouillard opaque.

Il prit le bout de papier que lui tendait Fidela et le regarda fixement. Puis il décrocha le téléphone et composa le numéro.

— Allô ?

— Mitch Cassidy. Pourrais-je parler à Zane ?

— C'est moi, répondit son interlocuteur d'une voix lasse. Merci d'appeler. Vous êtes au courant ?

— Oui. Je suis sincèrement désolé. Pete était le meilleur d'entre nous.

— Il parlait souvent de vous, dit Zane d'une voix brisée par le chagrin. Nous savons de quelle façon vous lui aviez sauvé la vie.

— C'est Pete qui m'a sauvé la vie.

— Mais vous l'avez couvert, lui et toute l'équipe. Il vous admirait. Je sais que vous avez été gravement blessé, alors c'est peut-être trop vous demander, mais nous aimerions que vous assistiez à ses funérailles. Sa femme, Lisa, souhaiterait vous rencontrer.

Il n'avait jamais vu l'épouse de Pete et pourtant, Mitch avait l'impression de la connaître à travers tout ce que son ami lui avait raconté.

— J'y serai, dit-il, le brouillard disparaissant peu à peu.

Il nota le lieu et l'horaire et promit d'appeler pour donner le numéro de son vol. La cérémonie aurait lieu dans trois jours. Des funérailles militaires. On attendait de lui un discours. Mitch n'avait aucune idée de ce qu'il pourrait dire.

— J'appelle Skye, décréta Fidela dès qu'il eut raccroché.

— Non, inutile de l'ennuyer avec ça.

— Elle…

— J'ai dit non.

Là, tout de suite, il se sentait incapable de lui parler. Incapable de parler à qui que ce soit. Alors plutôt que de discuter, il courut à l'écurie seller Bullet.

Il attendit de s'être éloigné de la maison pour lui lâcher la bride. Bullet reçut le message et fonça ventre à terre. On l'aurait dit prêt à s'envoler. Couché sur son encolure, Mitch laissa le vent lui brûler les yeux, avant de donner libre cours à ses larmes, à son chagrin. Il aurait voulu galoper ainsi pour toujours, mais il savait qu'il ne pourrait fuir éternellement la mort de Pete.

La voiture de Skye était garée devant la maison quand il rentra. Il glissa au bas de son cheval, le prit par la bride et passa devant Skye sans un mot. Elle le suivit dans l'écurie.

— Je suis au courant pour ton ami, dit-elle, derrière lui. Je suis désolée, Mitch.

Comme il restait silencieux, elle ajouta :

— Fidela m'a appelée.

— Elle ferait mieux de s'occuper de ses affaires.

— Elle s'inquiète pour toi.

Mitch retira la selle et la couverture du dos de Bullet et se mit à le faire marcher pour le rafraîchir. Sa jambe gauche lui faisait un mal de chien, mais cela n'avait aucune importance. Plus rien n'avait d'importance.

— Tu vas aller aux funérailles, reprit Skye. Laisse-moi organiser ton voyage là-bas. Je peux venir avec toi, si tu veux. Ou ne pas venir, si tu préfères être seul. Laisse-moi au moins faire ça pour toi.

Mitch tourna la tête vers elle, mais ce fut Pete qu'il vit. Pete éclatant de rire. Pete, l'éternel optimiste qui s'amusait de tout, même des nuits de veille, des réveils à l'aube, des sauts dans l'eau glacée…

— Sa femme est enceinte, dit-il machinalement.

— Je sais. Une part de Pete continuera de vivre dans cet enfant.

— Il était tellement fier. Le jour où il nous a montré le premier cliché de l'échographie, nous trouvions tous que le bébé avait une tête d'extraterrestre, mais Pete affirmait que c'était son portrait tout craché.

Skye esquissa un sourire triste.

— Il avait l'air d'un gars formidable. Fidela m'a dit que la cérémonie aurait lieu dans l'après-midi. Tu veux passer la nuit là-bas ?

— Non. Je préfère faire l'aller-retour dans la journée.

— Très bien, je m'occupe de l'avion.

Skye hésita, comme si elle était sur le point d'ajouter quelque chose. Ou peut-être attendait-elle que ce soit lui qui dise quelque chose. Mais il s'en sentait incapable. Pas maintenant. Il était incapable de penser à ce qu'elle lui avait dit un peu plus tôt. L'amour ? Pas aujourd'hui. Pas quand il venait d'apprendre la mort de Pete.

— Merci, dit-il finalement, en flattant l'encolure de Bullet.

— De rien. Si tu as besoin de quoi que ce soit, dis-le-moi.

Il hocha la tête et la regarda retourner à sa voiture. Comme elle posait la main sur la poignée de la portière, il lui cria :

— Attends, Skye.

Elle le regarda.

— Tu pourrais venir avec moi ?

— Bien sûr. Je me libérerai pour la journée.

— Je ne serai sans doute pas de bonne compagnie. Il y a même de fortes chances pour que je sois exécrable.

— Ça ne changera pas, j'ai l'habitude.

Mitch esquissa une grimace.

— Touché.

— Excuse-moi, soupira Skye en ouvrant sa portière. J'aimerais qu'il y ait une formule magique que je puisse dire pour tout arranger.

— Moi aussi.

Les riches vivaient réellement dans un autre monde, songea Mitch en descendant de l'avion privé que Skye avait fait mettre à leur disposition pour se rendre à Phoenix. Une limousine noire les attendait sur le tarmac de l'aéroport — privé lui aussi.

Skye le rejoignit sur la banquette arrière.

— Ça va ? s'inquiéta-t-elle.

— Jolie voiture.

— Je me suis dit que ce serait plus simple d'avoir un chauffeur.

Elle le regarda.

— Tu ne veux pas me dire si ça va ?

— Je ne veux pas parler de mes sentiments.

Mitch les sentait trop proches de la surface. Il appréhendait la cérémonie de funérailles.

— Je comprends, murmura Skye, en posant la main sur son bras.

Vêtue d'un tailleur noir, elle avait relevé ses cheveux en un chignon strict. Son expression était empreinte de dignité et de gravité. Cette journée lui rappelait-elle la disparition de Ray ?

Pour la première fois depuis qu'il avait appris la mort de Pete, Mitch s'autorisa à penser à ce qu'elle lui avait avoué, comme quoi elle n'avait jamais cessé de l'aimer, même une fois mariée.

Etait-ce la vérité ? Voulait-il que ce soit la vérité ? Pouvait-il la croire ? Quoi qu'il en soit, en cet instant, il était content de l'avoir près de lui.

Quand ils arrivèrent devant l'église, Skye descendit de voiture et attendit que Mitch la rejoigne. Il mit tant de temps pour se décider à sortir qu'elle craignit un instant qu'il n'ait changé d'avis. Quand il s'avança enfin vers elle, il avait l'air sonné.

Il y avait plus d'une centaine de personnes sur le parvis de l'église. Mitch présenta brièvement Skye à quelques-unes de ses connaissances — des hommes appartenant sans doute comme lui aux troupes d'élite de la marine américaine, supposa-t-elle. Solides et sûrs d'eux, ils se déplaçaient pourtant au milieu de la foule avec une sorte d'agitation, de nervosité — comme s'ils redoutaient de s'arrêter de bouger, sous peine de devoir prendre conscience de la perte de l'un des leurs.

Le service funèbre, terriblement émouvant, fut une épreuve même pour Skye qui ne connaissait pas Pete. Plusieurs de ses amis vinrent raconter des anecdotes à son propos. Mitch raconta la façon dont Pete lui avait sauvé la vie. Il ne s'attarda pas sur les circonstances dangereuses pour insister davantage sur le côté bon enfant de son ami, un homme qui ne se prenait pas pour un héros. Un peu comme Mitch.

Dans le cimetière militaire, à la fin de la cérémonie, une jeune femme enceinte s'approcha de Mitch. Elle lui dit quelques mots. Les larmes aux yeux, Mitch la serra contre lui, puis, se tournant vers Skye, il lui fit signe qu'ils pouvaient partir.

Il resta silencieux durant tout le trajet jusqu'à l'aéroport. Une fois dans l'avion, il s'enfonça dans son siège et ferma les yeux.

— Ça aurait dû être moi, dit-il calmement. C'est moi qui aurais dû y laisser ma peau. Pas Pete. Ce n'est pas juste. Pete était un gars formidable.

— D'après ce que j'ai entendu dire de lui, aujourd'hui, il n'aurait pas voulu qu'un autre prenne sa place, observa Skye doucement. Il est mort au combat, en faisant ce en quoi il croyait. Je me trompe ?

Mitch garda les yeux fermés.

— Non, mais il aurait été plus juste que ce soit moi. Pete avait un enfant qu'il ne connaîtra jamais. Une femme. Une famille.

Skye se retint pour ne pas lui dire qu'il pourrait avoir toutes ces choses lui aussi. Elle avait le cœur brisé de le voir ainsi, de le sentir aussi malheureux et de ne rien pouvoir faire pour le réconforter.

— Le destin en a décidé autrement, dit-elle doucement. Tu es là et Pete t'aurait certainement dit de ne pas laisser passer cette chance.

— Peut-être.

Skye n'insista pas. Plus tard, ils en reparleraient, mais pas maintenant.

Mitch la reconduisit jusqu'à Glory's Gate. Comme il s'arrêtait devant le porche, Skye se pencha vers lui pour couper le moteur.

— Qu'est-ce que tu fais ?

— Erin passe la nuit chez Lexi et Cruz. Mon père n'est pas là. Viens.

Mitch hésita.

— Je n'ai pas très envie de discuter.

— Nous n'allons pas discuter. Suis-moi.

Skye crut qu'il allait refuser. Qu'il attendait qu'elle soit descendue de voiture pour remettre le contact et partir. Elle le vit hésiter. Pour finir, il prit les clés et la suivit à l'intérieur.

Sans un mot, elle l'emmena à l'étage, dans sa chambre, et referma la porte derrière lui. Là, elle s'approcha et posa les mains sur ses épaules.

— Laisse-toi faire, souffla-t-elle avant de presser ses lèvres contre les siennes.

Mitch réagit aussitôt. L'enveloppant de ses bras, il s'empara de sa bouche pour un baiser délicat, doux, empli de tendresse. Skye s'abandonna aux ondes de désir, de plaisir. De tout son cœur, de tout son corps, elle avait envie de lui. Envie de le caresser, de le sentir contre elle. Peau contre peau.

Elle entreprit de le déshabiller. Les mains tremblantes, elle dénoua sa cravate et déboutonna fébrilement sa chemise. D'un même mouvement, elle fit glisser de ses épaules la veste de costume et la chemise qui tombèrent sur le sol.

A son tour, Mitch lui ôta sa veste et son chemisier. Sans cesser de l'embrasser, il défit la fermeture Eclair de sa jupe qui glissa à ses pieds. Puis, lentement, il retira une à une les épingles à cheveux qui retenaient son chignon, enfouissant les doigts dans la soie de ses boucles rousses.

Skye l'entraîna vers le lit, impatiente d'assouvir ce désir brut qui l'embrasait tout entière telle une lave incandescente. Mais quand elle posa les doigts sur la ceinture de son pantalon, elle le sentit se raidir.

Nul n'était besoin de lui demander ce qui n'allait pas — elle savait. Ils avaient fait l'amour deux fois depuis son retour. Il n'y avait pas eu de préliminaires. Leurs étreintes avaient été rapides et sans doute moins risquées pour lui, car il ne s'était jamais déshabillé. Elle ne l'avait pas vu nu. Elle n'avait pas vu sa jambe mutilée et il n'avait pas eu à se soucier de sa réaction.

Sans un mot, le regard rivé au sien, elle s'écarta, retira son soutien-gorge et son slip. Lorsqu'elle fut complètement nue, elle prit sa main et la guida entre ses cuisses.

— Je te veux, Mitch, murmura-t-elle.

Elle retint sa respiration, ferma les yeux, s'abandonnant à la caresse intime de ses doigts. Une caresse à la fois forte et douce, légère et pressante. Une caresse qui la laissait vibrante et offerte.

— Skye, souffla-t-il contre ses lèvres, en retirant sa main. Il faut que nous parlions.

Elle fit de son mieux pour ne pas laisser échapper un gémissement de pure frustration et protester qu'elle n'avait aucune envie de discuter dans l'immédiat.

Faisant appel à toute sa volonté, elle posa les mains sur ses épaules et lui sourit.

— D'accord, parlons.

— J'ai du mal à me concentrer quand tu es toute nue.

— Je sais. Tu devrais te mettre à l'aise toi aussi.

Baissant les yeux sur la preuve évidente de son désir pour elle, Mitch fit la grimace.

— A l'aise ne me semble pas le qualificatif le plus approprié.

Puis, relevant les yeux sur Skye, il murmura :

— Ce n'est pas vraiment horrible à voir, mais c'est un choc.

— Je sais à peu près à quoi m'attendre, répondit Skye.

Elle s'était renseignée sur le Net. Elle avait vu des photos. Evidemment, ce n'était pas l'homme qu'elle aimait, mais elle était certaine de pouvoir y faire face.

— Ecoute, Skye… J'ai envie de te faire l'amour et de t'avoir sous moi, cette fois. Mais…

Mitch hésita.

— Je ne suis pas sûr que ça marche.

Pourquoi serait-ce un problème ?

Skye réalisa. Avec sa jambe mutilée, Mitch s'inquiétait de ne pas avoir les appuis et la force nécessaires pour les faire tous deux monter au septième ciel.

— Dans ce cas, nous allons devoir nous exercer jusqu'à ce que nous réussissions, dit-elle avec un sourire. Je veux bien me sacrifier sur ce coup-là.

Il ne lui retourna pas son sourire. Elle lut l'inquiétude dans ses yeux. Elle devait à tout prix le rassurer, lui prouver que la mutilation ne changeait rien à ce qu'elle éprouvait pour lui.

Elle le fit asseoir sur le lit et s'agenouilla à ses pieds pour lui retirer ses chaussures et ses chaussettes. Mais lorsque sous la chaussette gauche, elle sentit la texture plastique de sa jambe artificielle, la tristesse la submergea. Tristesse pour ce qu'il avait souffert. Il n'était pas le seul. Des milliers d'autres de ses compagnons d'armes avaient souffert comme lui.

Elle se ressaisit. Se lamenter ne servait à rien. Elle devait se concentrer sur Mitch et lui faire comprendre qu'elle aimait tout de lui. Qu'elle l'aimait tel qu'il était.

Elle se redressa pour défaire son ceinturon. Mais avant qu'elle ait pu poser la main sur la boucle, Mitch l'attira contre lui et enfouit son visage entre ses seins. D'un geste qu'elle n'avait pas oublié, Skye caressa ses cheveux drus, sa nuque, son dos où elle sentait les muscles rouler sous ses doigts. Quand il glissa les doigts une fois de plus entre ses cuisses, elle protesta, le souffle court :

— Tu essaies de me distraire.

— Un peu. Tu es nue, Skye. Que suis-je censé faire ? T'ignorer ?

Elle défit son ceinturon.

— Non. Tu es censé te déshabiller toi aussi.

Mitch repoussa ses mains et se leva. Son pantalon glissa sur ses chevilles. Skye ne le quittait pas des yeux.

— Presque, réussit-elle à plaisanter. Je veux voir l'homme tout entier.

— Tu es sûre ?

Skye hocha la tête. Il s'assit et retira son pantalon.

Elle s'assit à côté de lui et baissa les yeux.

Comme il avait dû souffrir, songea-t-elle tristement.

— Je m'attendais à quelque chose de plus dramatique, dit-elle sans réfléchir.

— C'est-à-dire ?

— Je ne sais pas, musique sinistre en fond sonore avec roulements de tambour par exemple.

Il la regarda fixement et, l'espace d'une seconde, elle crut qu'il allait se mettre en colère. Au lieu de ça, il se mit à rire. Et quand elle joignit son rire au sien, il la prit par la taille et la fit rouler sur le matelas, sous lui, en l'embrassant comme un fou, la goûtant, la dévorant. Elle referma sur lui ses jambes et ses bras. N'y tenant plus, il s'enfonça en elle.

Lorsque leurs lèvres se détachèrent, il se souleva et la regarda, et pour la première fois, sourit en bougeant en elle au rythme de leur union.

— Je ne pensais pas que ce serait aussi facile, murmura-t-il.

De quoi parlait-il ?

L'esprit confus, emportée par le tourbillon de sensations, Skye se souvint. Sa jambe. Il s'était inquiété. Elle aussi. Mais à présent, ils faisaient l'amour et, tout comme autrefois, leur accord était parfait.

Leurs regards s'enchaînèrent, graves, avec le sentiment grandissant de l'urgence, jusqu'à l'instant où Skye vit Mitch tressaillir et ciller sous la violence de l'orgasme. Sans le quitter des yeux, elle s'accrocha à lui et se laissa emporter à son tour par la vague de plaisir.

*
* *

Skye se réveilla seule dans son lit, le lendemain matin. Mais elle était heureuse. La nuit passée avec Mitch avait été comme une seconde naissance. Elle avait l'impression qu'une nouvelle vie l'attendait. Même s'ils n'avaient pas parlé de l'avenir, elle savait qu'il était prêt à lui redonner une chance. De longues années et des milliers de kilomètres les avaient séparés, mais ils s'étaient finalement retrouvés.

Elle prit une douche rapide et s'habilla. C'était un samedi matin. Erin ferait sans doute la grasse matinée chez Lexi et Cruz. L'après-midi, elle était invitée à une fête d'anniversaire. Skye espérait pouvoir s'éclipser pour courir retrouver Mitch.

Elle fredonnait en descendant l'escalier. Tout allait s'arranger. Izzy allait se rétablir et il ne resterait plus qu'à trouver un moyen de neutraliser Garth, songea-t-elle, pleine d'optimisme, en entrant dans la cuisine.

Son père était assis à table, une tasse de café à la main.

— Tu es là, s'étonna Skye.

Jed sirota une gorgée de café.

— Jusqu'à preuve du contraire, je vis toujours ici.

— On ne t'a pas beaucoup vu, ces derniers temps.

Bien que ce soit le week-end et qu'il soit tôt, Jed était en costume, comme s'il avait un rendez-vous d'affaires.

— J'ai été très occupé. Comment va ta sœur ?

— Beaucoup mieux. Elle serait contente que tu passes la voir.

— Je déteste les hôpitaux. Je la verrai quand elle rentrera à la maison.

Skye le dévisagea.

— Izzy est ta fille. Elle a été blessée dans une explosion. Tu devrais prendre le temps d'aller la voir.

— Ne me dis pas ce que j'ai à faire. Je n'ai pas le temps de m'amuser avec ça. Un dénommé Jack va t'appeler dans la journée et t'inviter à sortir. Je veux que tu acceptes.

Skye qui s'apprêtait à se verser un café laissa retomber sa main et regarda son père.

— Quoi ?

— Tu as bien entendu. Je t'ai trouvé un nouveau parti, un homme qui possède une solide fortune. C'est le plus important pour moi. Par ailleurs, les gens disent qu'il est plutôt bien de sa personne, ce qui est sans doute le plus important pour toi.

— Non, dit Skye, figée sur place.

— Tu vas commencer par sortir avec lui, histoire de faire connaissance et de voir si ça colle entre vous deux.

— Tu m'as entendue ? J'ai dit non.

Un rayon de soleil illumina la cuisine. Jed prit une nouvelle gorgée de café.

— Je me fiche de ce que tu dis.

Skye redressa les épaules.

— Tu as tort. Je ne referai pas la même erreur qu'autrefois. Ray était un homme bon et je lui suis reconnaissante pour Erin, mais je n'aurais jamais dû l'épouser. Je n'aurais jamais dû t'écouter. Ce jour-là, j'ai perdu une part de moi-même et il m'a fallu tout ce temps pour la retrouver.

— Foutaises ! Seigneur, pourquoi faut-il que tu sois si sentimentale ? On parle affaires, Skye. Tu vas faire ce que je te demande parce que tu aimes vivre ici. Tu es habituée au luxe. Et tu as gaspillé tellement d'argent dans cette stupide fondation qu'il ne doit plus te rester grand-chose. Par conséquent, tu n'as pas le choix. Je traverse une mauvaise passe et tu feras ce que je te dis.

Il n'avait pas élevé la voix, mais Skye avait l'impression qu'il hurlait. Elle rassembla son courage.

— Non, répéta-t-elle. Il me reste encore beaucoup d'argent. Quant à cette maison…

Elle regarda autour d'elle. Ce n'était pas pour la maison qu'elle vivait ici, songea-t-elle tristement. Vivre à Glory's

Gate, c'était avant tout faire partie d'une famille. C'était ce qu'elle avait voulu offrir à Erin après la disparition de Ray.

— Non merci, je n'en veux pas. Et je ne vais pas sacrifier ma vie pour t'offrir le gendre de tes rêves.

— Je ne te demande pas ton avis, répliqua Jed en posant sa tasse. Il n'y a pas de négociation possible. Tu es ma fille et tu feras ce que je te dis. Tu sais dans quel pétrin je me débats en ce moment. Garth m'attaque de tous côtés. Il essaie de m'envoyer en prison. Regarde ce qu'il a fait à ta sœur.

Skye songea à Izzy, étendue sur un lit d'hôpital.

— Je suis parfaitement au courant.

— Alors, aide-moi au lieu de me tenir tête.

— Papa, je t'aime et je te respecte, mais je ne te laisserai pas m'imposer un autre mariage. Ce n'est pas ainsi que ça doit se passer. En revanche, nous devons nous serrer les coudes pour arrêter Garth. Nous devons agir tous ensemble.

Jed repoussa sa chaise.

— Pas question. Tu crois que j'ai besoin de vous trois ? Lexi est à peine capable de faire tourner son affaire. Toi, tu me déçois. Et Izzy ne vaut plus rien. Qui voudrait d'une épouse aveugle ? Tu vas donc sortir avec Jack. Tu n'as pas le choix.

Sur ce, il quitta la pièce.

Restée seule, Skye se laissa tomber sur une chaise et se mit à trembler.

Un peu plus tard dans la matinée, après avoir récupéré Erin, Skye traversait le hall, quand elle entendit son père l'appeler. Elle suivit le son de sa voix jusqu'à la bibliothèque.

Elle s'immobilisa sur le seuil.

Les paroles paternelles l'avaient tourmentée tout le matin. La menace était claire et même si Skye s'était confortée dans sa décision de ne pas céder, elle était nerveuse.

Il lui fit signe d'approcher.

Elle s'avança jusqu'à son bureau.

— Qu'est-ce qu'il y a?

Il la dévisagea un long moment, comme s'il la jaugeait.

— Tu te crois forte?

Serrant les poings, Skye se fit violence pour ne pas perdre pied. Elle soutint son regard.

Jed haussa les épaules.

— En tout cas, si tu crois pouvoir me faire changer d'avis c'est que tu as perdu l'esprit.

L'ironie dans la voix de son père réveilla la colère de Skye et ranima son courage. Elle avait passé sa vie à se rabaisser et à s'effacer devant lui…

— Assez de gentillesses, papa. Dis-moi où tu veux en venir.

— J'y viens, répondit Jed en désignant le dossier sur son bureau.

Il l'ouvrit et le tourna vers Skye de façon qu'elle puisse en lire le contenu.

— Je ne pensais pas en arriver là, mais tu ne me laisses pas le choix.

Skye baissa les yeux sur les papiers. D'abord, elle ne comprit pas. Ce qui était écrit n'avait aucun sens. Puis, elle relut et s'arrêta sur un document. Il s'agissait d'une lettre adressée à Jed, portant l'en-tête d'un psychiatre. Elle remettait en cause la santé mentale de Skye et sa capacité à s'occuper de sa fille. Le médecin conseillait un examen psychiatrique dans les plus brefs délais.

Sans un mot, Jed lui désigna une autre lettre. Le contenu de celle-ci était pire. Un groupe d'experts psychiatres déclaraient qu'elle n'était pas seulement incapable de s'occuper d'un enfant, mais qu'elle représentait un danger pour Erin et pour elle-même. Ils conseillaient un internement.

— Tu tiens malheureusement de ta mère, observa Jed d'un ton désinvolte, comme s'ils discutaient du menu du dîner.

Les médecins pensent que ton instabilité mentale vient du traumatisme que tu as subi quand tu as découvert son corps. Note bien qu'il y avait de quoi être traumatisée. Le problème, c'est que tu étais déjà psychologiquement fragile. Comme Pru. Quel dommage ! Erin va te manquer, bien sûr, mais ne t'inquiète pas, je prendrai soin d'elle.

Skye n'aurait jamais cru que la terreur puisse avoir un goût. Elle avait dans la bouche un goût amer et métallique, presque comme le sang. Un goût qui lui remplissait la bouche, manquant la faire s'étrangler. Désemparée, elle regarda l'homme qu'elle avait chéri toute sa vie et ne vit qu'un étranger.

— Tout ceci est faux.

Jed lui sourit avec l'affection que montre un alligator à la proie qui s'est approchée trop près du bord de l'eau.

— Il n'est plus question de savoir ce qui est vrai ou faux, ma chérie. Tu n'as donc pas compris ? C'est ta fille qui est en jeu. Quel sacrifice ne ferions-nous pas pour nos enfants !

— Lexi et Izzy témoigneront pour moi. Elles savent que ce n'est qu'un tissu de mensonges.

— Je le leur ferai payer cher à elles aussi.

Jed continuait de sourire.

— Mais il y a une solution très simple. Romps une bonne fois pour toutes avec Mitch et sors avec Jack. Je suis certain que c'est un homme charmant. Ce devrait être facile pour toi. Après tout, tu connais le scénario. C'est le même qu'il y a quelques années.

Skye ne lui demanda pas comment il savait pour Mitch. Elle ne prit pas non plus la peine d'argumenter sur le dossier concernant son état mental. Même s'il s'agissait de faux, les documents paraissaient authentiques. Son père avait le pouvoir et les moyens d'acheter des médecins prêts à attester devant un juge qu'elle était démente. Personne ne mettrait sa parole en doute — pour quelle raison Jed Tristan ferait-il passer sa propre fille pour une folle ?

Skye pensa à Erin, là-haut dans sa chambre, sans doute occupée à lire un livre sur les chevaux. Son amour pour elle était aussi grand que sa peur.

— Si tu essaies de t'enfuir, je te retrouverai et je me servirai de ces documents, menaça Jed. Je te ferai enfermer pour le restant de tes jours. Je dépouillerai Mitch Cassidy de tout ce qu'il possède et j'obtiendrai la garde de ta fille. Tu me crois maintenant ?

Des années plus tôt, il avait menacé de lui retirer son amour, si elle ne lui obéissait pas. Et de peur que ça ne suffise pas, il avait aussi menacé de s'en prendre à Mitch. Aujourd'hui, il possédait une arme encore plus puissante. Erin.

Skye avait envie de hurler qu'il était injuste. Elle aurait voulu le frapper de ses poings. Elle aurait voulu le faire souffrir autant qu'il la faisait souffrir.

Si seulement elle en avait eu le courage… Mais elle savait aussi que Jed était capable d'aller à des extrémités qu'elle n'imaginait même pas. Son père était d'une cruauté sans limites.

Fuir était la seule solution. Elle avait cependant besoin de temps pour s'y préparer. Du temps pour faire en sorte que Jed ne puisse pas la faire interner et lui enlever sa fille.

— Alors, Skye ? s'impatienta soudain son père. Tu commences à m'agacer. J'attends ta réponse.

— Je sortirai avec Jack.

Bien que la pièce fût silencieuse, elle aurait juré avoir entendu une porte claquer. Sans doute la porte du piège conçu par son père qui se refermait sur elle.

— Parfait. Tu ne le regretteras pas.

Elle regrettait déjà.

La nausée au bord des lèvres, Skye quitta la pièce. Dans le couloir, elle s'adossa contre le mur pour reprendre sa respiration.

Elle avait perdu. Elle avait essayé de résister, mais elle avait compris la règle du jeu trop tard. Elle avait compris trop tard que son père était prêt à tout pour gagner. Prêt à sacrifier n'importe qui, y compris elle. Peut-être même surtout elle. Parce qu'elle était la plus facile à soumettre.

Et maintenant, il allait la forcer à se jeter dans les bras d'un autre homme. Mais ce n'était pas le plus terrible pour Skye. Le plus affreux, c'était de devoir renoncer à Mitch. Le perdre une nouvelle fois. Et cette fois, elle allait devoir le repousser de telle sorte que ce soit pour toujours. Elle ne pouvait prendre le risque de le placer dans la ligne de mire de Jed Tristan.

Frissonnante, elle croisa les bras, et adressa à Mitch une prière muette pour qu'il lui pardonne un jour.

Sa décision était prise.

Chapitre 19

Dana Birch faisait de son mieux pour dissimuler son impatience. Leonard lui avait déjà demandé de cesser d'arpenter la chambre de long en large parce que ça le rendait nerveux. Le malheureux n'arrêtait pas de lui jeter des coups d'œil inquiets par-dessus son épaule, comme s'il craignait qu'elle ne lui fende la nuque d'un coup de hache. Avoir l'air intimidante s'avérait parfois un sérieux handicap.

Dana posa les yeux sur sa montre, puis sur Leonard. Voilà bientôt douze heures que le petit génie de l'informatique pianotait sur son PC. Elle avait bien essayé de dormir, mais elle était trop tendue pour fermer l'œil. Il fallait que ça marche. C'était la seule façon de coincer Garth.

Trois heures plus tard, alors qu'elle était quasiment groggy de fatigue, Leonard fit un bond.

— Je l'ai ! hurla-t-il. J'y suis !

— Sérieux ?

Dana se précipita à côté de lui.

Ils se trouvaient dans une chambre d'hôtel exiguë, à proximité de l'autoroute — le genre d'endroit pour voyageurs de passage qui offrait non seulement le petit déjeuner, mais aussi une connexion Wi-Fi gratuite. Personne n'avait fait attention à eux, et le temps que le pirate informatique à la solde de Garth s'aperçoive de ce qu'ils fabriquaient, ils auraient disparu depuis belle lurette.

Dana se pencha sur l'écran.

— Je ne comprends pas. L'écran est toujours le même. Comment es-tu sûr d'être chez notre pirate ?

Leonard leva vers elle un regard espiègle.

— Parce que ce que tu vois là, ce sont ses données, pas les miennes. Je suis dans son disque dur. Regarde.

Il cliqua sur un menu et obtint un accès à l'un des fichiers personnels du pirate.

Passé le premier instant de stupéfaction et d'incrédulité, Dana s'absorba dans la découverte du contenu du disque dur et se mit à prendre des notes.

— Vois si tu peux trouver quelque chose sur Garth Duncan.

— Comme quoi ?

— Tout ce que tu peux. Les détails d'un plan diabolique par exemple, ce serait génial.

Au bout d'une petite heure passée à surfer sur les fichiers du pirate, ils avaient obtenu suffisamment d'informations pour pouvoir l'identifier et le localiser. Mais toujours rien concernant Garth.

— Ça ne m'étonne pas, soupira Dana. Ce gars-là ne laisse aucune trace derrière lui. Je finirai tout de même par l'avoir, même si je dois aller le traquer au fin fond des égouts de la ville. Je l'attraperai par la peau du cou et je l'enchaînerai à l'ombre, derrière des barreaux, pour un bout de temps.

Leonard lui glissa un coup d'œil inquiet.

— Tu sais que tu fais peur ?

— Je sais. C'est un de mes meilleurs atouts.

Tôt le matin, Mitch était sorti faire le tour des pâturages à cheval. Il y avait longtemps qu'il ne s'était senti aussi heureux de démarrer une nouvelle journée. Tout était clair à présent dans son esprit.

Quand Skye lui avait dit qu'elle l'aimait, il n'avait pas osé prendre le risque de la croire… Neuf ans plus tôt, il lui avait ouvert son cœur, il s'était donné sans réserve et elle l'avait rejeté. La souffrance était encore vive, mais ils n'étaient alors que des gamins, trop jeunes pour se marier. Bien sûr, Skye avait eu tort de se plier aveuglément au bon vouloir de son père, mais lui aussi avait sa part de responsabilité. Il n'avait pas cherché à comprendre ce qui l'avait poussée à changer aussi brusquement d'avis. Son orgueil et sa fureur avaient pris le pas sur leur amour et il l'avait perdue.

Et pendant toutes ces années, le souvenir de Skye l'avait torturé. Il n'avait jamais pu trouver le plaisir dans les bras d'une autre femme, encore moins l'oubli. Skye était l'amour de sa vie. Il n'avait jamais cessé de l'aimer. Le temps et l'éloignement n'y avaient rien changé.

Il traversa le troupeau, examinant de près les bêtes pour s'assurer qu'aucune d'entre elles n'était blessée ou malade. Le soleil était déjà haut dans le ciel. Aussi haut que ses espoirs et ses certitudes.

Il était amoureux de Skye. C'était elle qu'il voulait épouser. C'était avec elle qu'il désirait des enfants — des frères et sœurs pour Erin, songea-t-il, souriant à cette idée. Il souhaitait vieillir aux côtés de Skye.

Comme il s'apprêtait à rebrousser chemin pour aller prendre un solide déjeuner préparé par Fidela, il aperçut une silhouette à cheval.

Skye.

Il pressa Bullet à sa rencontre. Quand il ne fut plus qu'à quelques mètres, il lui sourit.

Il ouvrait la bouche pour lui demander comment elle se sentait, quand il réalisa que quelque chose n'allait pas. C'était comme si toute vie s'était retirée du visage de Skye. Elle avait l'air épuisé.

— Tu es pâle comme un linge. Tu n'as pas dormi ?

— Non, mais ça ne fait rien. Il faut que nous parlions.

Une sensation de froid s'empara de Mitch. Lui en voulait-elle de n'avoir rien dit après qu'ils avaient fait l'amour ? Sans doute aurait-il dû lui dire qu'il l'aimait à ce moment-là.

— D'accord, dit-il en descendant de cheval.

Elle en fit autant. Comme il s'approchait pour la prendre dans ses bras, elle recula d'un pas.

— Ne fais pas ça, murmura-t-elle.

— Skye, qu'est-ce qui ne va pas ?

Il lut sur son visage les traces d'une souffrance qu'il n'y avait encore jamais vue.

— Il y a un problème avec Erin… avec Izzy ?

— Ni l'une ni l'autre.

— Alors, quoi ?

— Il s'agit de nous.

Il lui avait fait de la peine, c'était évident. Il était resté silencieux, alors qu'elle avait besoin de l'entendre dire les mots qu'elle attendait. Elle lui avait ouvert son cœur et il n'avait pas répondu.

— Hier soir, je n'aurais pas dû attendre…

Il se rapprocha et la regarda dans les yeux.

— … pour te dire que je n'ai jamais cessé de t'aimer, Skye. J'ai eu beau essayer de t'oublier, je n'y suis jamais parvenu. Tu as toujours été là. Dans mon cœur.

Elle chancela et recula d'un pas.

— Ne dis rien, Mitch. Je t'en prie.

— Mais je t'aime, Skye. Je veux t'épouser.

Il vit le désespoir dans ses yeux.

— Non ! s'écria-t-elle. Je ne t'épouserai pas. Jamais. Tu m'entends ? Jamais. J'avais tort. Je ne t'aime pas. Je ne peux pas. J'en ai pris conscience la nuit dernière. Regarde-toi ! Un infirme. C'est d'un homme entier dont j'ai besoin. D'un homme qui puisse prendre soin de moi. Tout ceci n'était qu'une énorme erreur.

Les mots avaient jailli avec la violence d'une lame. Tous les cauchemars de Mitch prenaient corps.

Il n'avait jamais su s'il se souvenait réellement de l'explosion ou si ce n'était qu'une impression parce qu'on lui en avait parlé. Quoi qu'il en soit, la souffrance avait été bien réelle. Au début, il n'avait rien senti, mais ensuite ses nerfs et ses tendons exposés à l'air libre avaient réagi. Les gens avaient l'habitude de décrire cette douleur comme une brûlure atroce. Eh bien, c'était la même chose maintenant. Des flammes qui le dévoraient. Sauf que c'était pire parce qu'il n'y avait pas d'issue, aucune échappatoire.

Il recula vers son cheval, brisé, liquéfié, et surtout, conscient de l'insupportable gaucherie de sa démarche. Il lui semblait qu'il n'avait jamais eu autant de mal à se déplacer. Il monta en selle, et éperonna Bullet, essayant de maîtriser la douleur atroce. Il pouvait à peine respirer.

Regarde-toi ! Un infirme.

Les mots tourbillonnaient dans son esprit, insoutenables.

Elle lui avait dit qu'elle l'aimait, il l'avait crue. Ensuite, elle l'avait tué d'une balle en plein cœur.

Skye s'assit au chevet de sa sœur, en s'efforçant de faire comme si tout allait bien.

Facile de tromper Izzy, assommée par les drogues et aveuglée par des pansements. En revanche, Lexi était parfaitement lucide et la voyait très bien. Elles se regardèrent dans un silence gêné.

— Qu'est-ce qu'il y a ? s'impatienta soudain Izzy. Je vous sens bizarres toutes les deux. J'ai un bout de salade coincé entre les dents ?

— Rien à signaler de ton côté, répondit Lexi. En revanche, ce n'est pas le cas du côté de Skye. Qu'est-ce qui ne va pas, sœurette ?

Rassemblant son courage, Skye força un sourire sur ses lèvres.

— Rien. Tout va très bien.

— Même sans te voir, je sais que tu mens, déclara Izzy. Qu'est-ce que tu as ? Dis-le-moi, je t'en prie, ne me fais pas attendre. Je suis blessée. Peut-être même sur le point de mourir.

— Ne raconte pas n'importe quoi, protesta Lexi en levant les yeux au ciel. Tu n'as rien d'une agonisante.

— Qu'est-ce que tu en sais ? Allez, Skye, parle.

Skye ne savait que dire. Toute sa vie, elle se souviendrait de l'horrible scène, de la stupéfaction et de l'incrédulité sur le visage de Mitch tandis qu'elle lui infligeait la plus cruelle humiliation. Elle l'avait convaincu de lui faire confiance, puis elle l'avait trahi. Une fois de plus…

— Je crois que je vais vomir, murmura-t-elle.

— Tu es enceinte ? questionna Lexi.

— Quoi ? Bien sûr que non ! C'est juste que je suis une horrible garce.

Sa voix se brisa.

— J'ai été d'une cruauté sans nom avec Mitch.

Elle se couvrit le visage de ses mains. Elle aurait voulu pouvoir pleurer, mais elle n'avait plus de larmes. Entre l'instant où Mitch l'avait quittée et le moment où elle était rentrée à Glory's Gate, elle avait pleuré toutes les larmes de son corps.

— Qu'as-tu donc fait de si terrible ? s'enquit Izzy, en cherchant sa main.

— Je lui ai dit que je l'aimais, que je n'avais jamais cessé de l'aimer. Je l'ai supplié de me croire. Et quand finalement, il m'a crue, je lui ai lancé en pleine figure que je ne voulais pas vivre avec un infirme.

Skye sentit la bile remonter dans sa gorge. Elle déglutit.

— Comment ai-je pu dire une telle horreur ? C'est affreux… Il était anéanti.

— De quoi Jed t'a-t-il menacée ? l'interrompit Lexi.

Skye releva les yeux sur elle. Sa sœur avait compris.

— Il a menacé de me faire interner dans un hôpital psychiatrique.

— Le salaud ! rugit Izzy. C'est quoi son problème ? Il est complètement malade !

— Je ne peux pas le croire, murmura Lexi, sidérée. Mais pourquoi a-t-il fait une chose pareille ?

— Pour me forcer à sortir avec un certain Jack. Et l'épouser, bien sûr. Il a tout un dossier me concernant, contenant des lettres de médecins et des résultats d'examens psychiatriques. Je ne sais pas comment il s'est procuré ces documents, mais je ne peux pas prendre le risque de perdre Erin. Parce que c'est bien de ça qu'il s'agit. Si je n'obéis pas, il menace de me faire enfermer et d'obtenir la garde d'Erin.

— Pfft ! Quiconque te connaît sait qu'il n'y a pas plus équilibrée que toi. Tu en es même ennuyeuse, maugréa Izzy.

— Mais le juge ne me connaît pas. Il saura seulement que j'ai été traumatisée par la découverte du corps de notre mère qui s'était suicidée. C'est écrit noir sur blanc dans le dossier que Jed m'a montré.

Retirant sa main de celle d'Izzy, Skye se couvrit de nouveau le visage.

— Il faut à tout prix que je trouve un moyen de partir d'ici. Je dois trouver refuge dans un endroit où il ne viendra pas nous chercher.

— Pas question de t'enfuir ! s'écria Izzy. Tu dois te battre.

— Elle a raison, renchérit Lexi, le regard étincelant. Tu dois te battre et nous t'y aiderons. Jed n'a pas le droit de t'obliger à épouser qui que ce soit. Tu n'es pas son esclave, tu es sa fille !

Skye laissa retomber ses mains sur ses genoux et regarda ses sœurs.

— Que se passera-t-il s'il m'enlève Erin ?

— Nous l'en empêcherons, décréta Izzy.

Jed Tristan était un homme puissant. Skye doutait que qui que ce soit puisse sortir vainqueur d'un affrontement avec lui, même si Garth était en train d'essayer de démontrer le contraire.

— Non. Pour le moment, je n'ai d'autre choix que de lui obéir, en attendant de trouver un moyen de disparaître.

— C'est ça, capitule, lança sèchement Izzy. A croire que tu te complais dans les rôles de martyrs. Tu n'es donc pas capable de te défendre, espèce de poule mouillée ?

— C'est facile pour toi, protesta Skye, blessée et désemparée par la brutalité des paroles de sa sœur. Tu n'as pas d'enfant.

— Ouais et surtout, je ne veux pas de Glory's Gate, ricana Izzy. Avoue que c'est la maison qui t'intéresse.

— Tu crois que je tiens à cette maudite baraque ? s'écria Skye, indignée. Je m'en fiche comme de l'an quarante ! Tout ce que je veux, c'est protéger Erin. Personne ne m'enlèvera ma fille. Alors, garde tes idées stupides pour toi.

— Mieux, commenta Izzy avec un sourire.

— Beaucoup mieux, renchérit Lexi.

Puis s'adressant à Skye qui les regardait, interloquée, elle précisa :

— C'est comme ça qu'on veut te voir réagir. On préfère que tu te mettes en colère plutôt que de te voir courber l'échine.

En effet, la rage qui enflait en elle ranimait son courage, lui redonnait des forces. Skye se leva.

— Vous avez raison. Je ne fuirai pas. Jed n'a pas le droit de me faire interner. Je ne suis pas folle. Je le prouverai.

Lexi contourna le lit pour venir la serrer dans ses bras.

— Bravo ! Nous sommes avec toi.

— Vous vous embrassez ? demanda Izzy d'une voix boudeuse. Ce n'est pas juste de laisser la pauvre aveugle sur la touche.

Skye posa un baiser sur son front.

— Merci, Izzy, pour m'avoir mise en colère.

— De rien. Ça ne me demande aucun effort. Tu comptes toujours te sauver ?

— Non, répondit Skye. Je reste.

Le sentiment de puissance qui l'animait disparut brusquement au souvenir de ce qu'elle avait infligé à Mitch.

— Oh, mon Dieu, gémit-elle en s'effondrant de nouveau sur sa chaise. Mitch… Il ne me pardonnera jamais. J'avais tellement peur que j'ai tout gâché.

— Tu n'en sais rien, observa Lexi. Si tu lui expliques, je suis certaine qu'il te pardonnera.

Skye n'en était pas si sûre. Ses paroles, la façon dont elle s'était comportée… c'était impardonnable.

Quelle que soit l'issue de sa confrontation avec Jed, il avait déjà gagné sur un point. Le point essentiel. Il avait rendu impossible tout avenir avec l'homme qu'elle aimait.

S'efforçant de dominer son chagrin et ses émotions, Skye avait convoqué le personnel de la fondation à une assemblée générale pour leur exposer la situation.

— Comme vous le savez tous, depuis quelque temps, nous sommes confrontés à des rumeurs malveillantes. Nous avons d'abord été accusés de blanchiment d'argent. Une fois ce problème réglé, des journalistes ont prétendu que certains membres auraient reçu des primes importantes. Le bruit court également que j'aurais puisé dans la caisse pour mon usage personnel. Je tiens à mettre les choses au clair.

Elle toussota pour s'éclaircir la gorge avant de poursuivre :

— Combien d'entre vous ont reçu une prime ?

Il y eut un moment de surprise, puis tous échangèrent des regards, mais personne ne leva la main.

— D'accord, soupira Skye. Levez juste un doigt. Qui a reçu une prime ?

Seul le silence lui répondit.

— C'est bien ce que je pensais. J'ai engagé un cabinet comptable indépendant pour examiner ma situation financière. Il pourra certifier que je n'ai pas non plus touché un centime de la fondation. Alors, que se passe-t-il ?

A présent venait la partie difficile. Que pouvait-elle dévoiler et que devait-elle passer sous silence ?

— Il y a une trentaine d'années, mon père a eu une aventure. La plupart d'entre vous le connaissent. Et ceux qui ne l'ont jamais rencontré ont certainement lu des articles à son propos. Alors, vous ne serez sans doute pas surpris d'apprendre qu'il avait choisi de ne pas épouser la jeune femme qu'il avait mise enceinte.

Il y eut quelques exclamations. Deux femmes se mirent à chuchoter entre elles.

— Après toutes ces années, le fils illégitime de Jed Tristan a décidé de se venger. Voilà la raison de nos problèmes. Il s'est juré de tous nous détruire et vous avez pu constater par vous-mêmes de quoi il est capable. Une enquête interne a signalé l'existence d'une comptabilité parallèle. Si nous n'avions pas eu Leonard, notre crack de l'informatique, nous n'aurions jamais découvert l'origine du deuxième fichier comptable. Nous n'aurions pas l'ombre d'une preuve permettant de défendre notre réputation.

Skye balaya l'assemblée du regard.

— Ces informations doivent rester confidentielles. Je vous en fais part afin que vous compreniez ce qui se passe. Nous allons certainement être confrontés à de nouvelles difficultés. La réputation de la fondation risque d'en souffrir. Or, nous savons tous que le succès d'une association comme la nôtre repose essentiellement sur sa réputation. Par conséquent, certains d'entre vous pourraient être tentés de partir. D'autres encore pourraient être tentés de parler à la presse. Je ne peux pas les en empêcher.

Skye sourit.

— J'espère cependant que vous resterez. J'espère que vous vous souviendrez que notre mission est plus importante que tout le reste. Sauver des enfants, voilà ce qui compte ! Mon demi-frère est décidé à employer les grands moyens pour détruire ce que nous avons bâti ensemble. Je ne le laisserai pas faire, mais pour cela j'ai besoin de votre aide.

Elle s'interrompit pour reprendre son souffle. Trisha, sa directrice financière, se leva.

— Nous sommes avec vous, Skye Tristan ! lança-t-elle haut et fort.

L'un après l'autre, les membres du personnel de la fondation se levèrent pour applaudir.

Skye réprima un soupir de soulagement et se surprit à espérer.

Chapitre 20

Depuis qu'il était revenu au Texas, c'était la seconde fois que Mitch commençait la journée avec une gueule de bois. Il ne se souvenait plus vraiment de la nuit précédente, si ce n'est qu'il l'avait passée en compagnie d'une bouteille de scotch avec le besoin brûlant d'oublier.

Une douche lui permit de recouvrer en partie ses esprits. Il descendit dans la cuisine où il se contenta d'un café noir en guise de petit déjeuner. Comme il s'apprêtait à sortir, Fidela s'approcha, l'air soucieux.

— Qu'est-ce qui ne va pas, mon garçon ?

— Excuse-moi, je n'ai pas très envie d'en parler.

Tendrement, elle prit le visage de Mitch entre ses mains.

— Tu es triste à cause de Pete. Les blessures guérissent avec le temps. Toujours.

Le temps pourrait-il jamais effacer sa blessure ? songea Mitch, le cœur lourd.

— Pete ne connaîtra pas son enfant, marmonna-t-il.

— Il est au ciel et, de là-haut, il voit tout, répliqua Fidela. Ne me dis pas que tu ne crois pas en Dieu, Mitch. Tu as fait la guerre, tu as vu bien des souffrances, mais aussi des miracles.

Mitch l'embrassa sur la joue.

— Tu as raison.

— Alors, tu dois croire en l'avenir.

Mitch hocha la tête parce qu'il était plus facile d'acquiescer que d'argumenter.

Hier encore, il était prêt à croire en l'avenir. Hier encore, il était persuadé que, quoi qu'il arrive, il y aurait toujours de l'espoir — parce que avec Skye, ils s'aimaient et qu'ils avaient simplement besoin l'un de l'autre... Mais aujourd'hui, le monde lui paraissait un endroit sordide, répugnant, et il regrettait d'être revenu. S'il avait cru en Dieu, il lui aurait proposé un marché ; la place de Pete contre la sienne ici-bas.

Quand il sortit, le soleil lui fit cligner les yeux. Il se traîna jusqu'à son bureau.

Oublier était impossible, songea-t-il avec amertume. Pas tant qu'il serait ici. Il allait devoir de nouveau quitter le ranch, trouver un endroit quelque part sur cette Terre où rien ne lui rappellerait Skye. Un endroit où il pourrait s'isoler. Arturo s'occuperait très bien du ranch sans lui. C'était ce qu'il avait toujours fait.

— Salut !

Erin se planta devant lui.

— Je n'ai plus école. C'est *l'été*, gloussa-t-elle devant son air étonné, comme si ne pas savoir que les vacances d'été avaient commencé était la chose la plus drôle au monde. Maman a dit que je pouvais passer toute la journée ici à faire du cheval.

Mitch pressa les doigts sur ses tempes. La voix haut perchée de la fillette lui vrillait le crâne.

— Tu peux réduire le volume, s'il te plaît ?

— Le volume de quoi ? s'enquit Erin, l'air interloqué.

Mitch se laissa tomber sur sa chaise.

— Rien. Je ne sais pas où est Arturo.

— Il est parti vérifier les clôtures. C'est Fidela qui me l'a dit, précisa Erin en s'affalant aux pieds de Mitch. On va faire un tour à cheval ?

— Non.

— Mais il fait beau !

— Je ne me sens pas très bien. J'ai mal à la tête.

Erin fronça le nez.

— Il faut prendre un cachet. C'est ce que maman fait quand elle a la migraine. Je pourrais aussi vous apporter une compresse d'eau froide. Oui, c'est ce qu'il vous faut ! décréta-t-elle en bondissant sur ses pieds. J'y vais !

Mitch leva une main pour l'arrêter.

— J'ai seulement besoin de calme.

Ignorant l'ordre implicite, elle se laissa retomber sur le sol.

— Je peux rester calme.

— J'en doute.

— Vous êtes triste ?

— Non. Pas du tout.

La tristesse, il la ressentirait plus tard. Pour l'instant, il était au-delà. Mais pas au-delà de la souffrance. La douleur était toujours là, bien présente, fouaillant son cœur, lui rappelant à chaque seconde qu'il avait perdu Skye.

Erin aussi, il allait la perdre, réalisa-t-il en regardant sa frimousse inquiète. Il aurait tant aimé faire partie de sa vie ! C'était une enfant formidable. Il l'adorait. Il aurait tant voulu être là pour elle — l'aider à grandir, lui apprendre à conduire et à faire fuir les petits copains un peu trop pressants ! Qui s'en occuperait ?

— Vous vous êtes encore fâché avec maman ?

— Pas comme tu imagines.

— Hein ?

— Non. Je ne suis pas fâché avec ta maman.

Mitch se massa la nuque en se demandant pourquoi il n'avait pas avalé une douzaine de cachets d'aspirine avant de quitter la maison.

— En tout cas, elle n'a pas peur de vous, reprit Erin. Moi

non plus. Tante Izzy m'a expliqué que je ne devais surtout pas avoir peur, quand les adultes se disputent.

Cette dernière phrase retint l'attention de Mitch.

— Pourquoi aurais-tu peur ?

Erin ne répondit pas. Elle avait baissé les yeux et regardait à présent le bout de ses sandales. Mitch se pencha vers elle.

— Qui est-ce qui te fait peur ?

La fillette releva la tête et fixa sur lui de grands yeux apeurés.

— Grand-père, chuchota-t-elle. Quand il crie, je me cache dans la penderie.

L'ordure ! jura silencieusement Mitch en se baissant pour prendre Erin sur ses genoux. Il s'efforça de la rassurer tandis qu'elle se blottissait contre lui.

— Il est grand et costaud. Mais c'est ton grand-père, il ne te fera pas de mal.

Sinon, Jed aurait affaire à lui.

Mais Erin insista, sincèrement inquiète.

— Hier, il était très en colère après maman. Vous croyez qu'il va lui faire du mal ?

La question était simple : Jed serait-il capable de faire du mal à Skye ?

Mitch sentit son estomac se nouer. Bien sûr que le vieux en serait capable ! S'il n'avait pas le choix, Jed était prêt à écraser quiconque osait se mettre en travers de son chemin. Même sa propre fille.

Soudain, la vérité le frappa… Il se souvint de la façon dont il avait fait l'amour avec Skye. De ce qu'ils avaient partagé. La douceur de leurs caresses. Elle l'avait vu nu et elle l'avait accepté tel qu'il était. Elle n'avait montré aucune réticence. Rien dans ses gestes, dans l'ardeur qu'elle avait mise à lui rendre ses baisers, ne pouvait être guidé par autre chose que l'amour. Mitch le savait dans ses tripes, dans son cœur. Elle ne l'avait pas repoussé. Les horreurs qu'elle lui avait dites n'avaient été dictées que par la peur.

Elle était terrorisée.

Et une seule chose pouvait terrifier Skye au point de la faire renoncer à l'homme qu'elle aimait : perdre Erin.

— Mitch, est-ce que grand-père pourrait faire du mal à maman ? répéta la fillette.

— Non, répondit-il d'une voix ferme, en la remettant sur ses pieds pour se lever. Plus jamais.

— Je ne comprends pas.

Mitch s'accroupit devant la fillette, posa les mains sur ses épaules frêles.

— Tu es la petite fille la plus formidable que je connaisse.

Il aurait voulu lui en dire plus. Lui dire qu'il les aimait, elle et sa maman, plus que tout au monde. Qu'il les protégerait toutes les deux de toutes ses forces. Mais ce n'était pas le moment. Il devait d'abord parler avec Skye, lui dire qu'il avait compris et qu'il serait toujours là pour elle. Quelles que soient les menaces de Jed, ils les affronteraient ensemble. Ils se battraient ensemble. Skye ne devait plus jamais avoir peur.

— Tu vas retourner à la maison aider Fidela à préparer des cookies. Nous irons faire un tour à cheval plus tard. D'accord ?

— D'accord.

Il se redressa et sentit qu'Erin glissait sa menotte dans sa main, comme si c'était la chose la plus naturelle au monde. La main d'Erin était si fragile. La fillette était sans défense, songea-t-il. Alors, une chaleur soudaine se répandit dans la région de son cœur. Désormais, il était là pour les protéger, elle et Skye.

Il la ramena à la maison. Prenant Fidela à part, il lui expliqua qu'il avait besoin qu'elle s'occupe d'Erin un petit moment. Fidela lui saisit le bras.

— Quand Skye a déposé sa fille tout à l'heure, elle avait l'air inquiet. Elle m'a demandé de veiller sur Erin. Qu'est-ce qu'il y a, Mitch ?

— Je ne sais pas exactement, mais ça a forcément à voir avec Jed. Ne t'inquiète pas. Je vais aller voir ce qui se passe et essayer d'arranger les choses. Je ramènerai Skye.

— Jed Tristan est un homme puissant.

Mitch sourit.

— Moi aussi. La dernière fois, je l'ai laissé m'enlever Skye. Je ne referai pas la même erreur. Je ne sais quelle emprise il a encore sur elle, mais aujourd'hui, je compte bien la briser une bonne fois pour toutes.

Glissant un coup d'œil vers Erin, il ajouta :

— Prends soin d'elle. Je lui ai dit que vous alliez préparer des cookies.

Fidela le serra contre son cœur.

— Sois prudent.

— Si tu dois t'inquiéter pour quelqu'un, c'est pour Jed, déclara farouchement Mitch.

Lambrissé de bois sombre, le bar accueillait exclusivement une riche clientèle d'hommes d'affaires influents. Jed commanda son whisky habituel. Il avait rendez-vous avec son avocat pour le déjeuner. Le genre d'entrevue dont il se serait volontiers passé, mais ces derniers temps, il n'avait pas le choix.

Comme il prenait son verre et se dirigeait vers une table inoccupée, il aperçut un homme assis dans un coin de la salle. Leurs regards se rencontrèrent. Jed changea de direction pour aller vers lui.

Le voyant s'approcher, Garth Duncan se leva. Il glissa quelques mots à la personne qui l'accompagnait et s'avança.

— Bonjour, lança-t-il, l'air sûr de lui, un léger sourire aux lèvres, comme s'il détenait un secret connu de lui seul.

Nullement impressionné, Jed le dévisagea.

— Tu ne gagneras pas, déclara-t-il sans détour. Tu n'étais pas encore né que je jouais déjà à ce petit jeu. Et je m'en suis toujours sorti.

Le sourire de Garth s'élargit.

— Vous avez de l'aplomb pour un vieil homme accusé de haute trahison. Les jeux sont faits, Jed. Simplement, vous n'en avez pas encore tout à fait pris conscience. Mais, je vous en prie, continuez. J'adore la bagarre.

Derrière le sourire, il y avait de la colère ; et, dans les yeux de son fils, Jed lut la rage et la détermination. Etait-ce uniquement à cause de lui ?

— En blessant ma fille, tu as franchi la ligne rouge, dit-il calmement. Faire sauter la plate-forme de forage était une grave erreur de ta part.

Garth le regarda fixement.

— Je suis d'accord. Il fallait être fou pour faire une chose pareille ; et ce n'est pas moi.

Jed secoua la tête, l'air méprisant.

— Tu me prends pour un idiot ?

— Je réfléchirai à cette question une autre fois, répondit Garth avec désinvolture. Je ne renie pas mes actes ; vos filles savent désormais à qui elles ont affaire. Quant à Izzy, elle ne possède rien qui puisse m'intéresser. Je ne m'en suis donc pas occupé. Je n'ai rien à voir avec l'explosion. Vous allez devoir chercher votre coupable ailleurs.

Jed eut un petit rire grinçant.

— Pourquoi devrais-je te croire ?

— Je me fiche que vous me croyiez ou non. Ce n'est pas moi, point. Pour le reste, j'assume.

Se penchant vers lui, Jed baissa la voix.

— Je te ferai mordre la poussière.

Plus amusé qu'effrayé, Garth répliqua :

— Nuance, vous allez *essayer.* Vous ne faites plus le poids, Jed. Vous ne savez même pas ce que je veux. Alors, comment pourriez-vous m'arrêter ?

— Tu te trompes, mon garçon. Je sais ce que tu veux. Tu veux tout. Exactement comme moi. Tel père tel fils, non ?

Le sourire de Garth s'effaça pour faire place à une expression glaciale.

— Je ne suis pas comme vous, Jed. Vous avez hérité d'une fortune que vous avez fait fructifier. Et après ? Moi, je suis parti de rien et j'ai bâti un empire. Vous ne m'arrivez pas à la cheville.

— Alors, pourquoi cherches-tu à me détruire ?

Le sourire se dessina de nouveau. Un sourire cruel.

— Parce que j'en ai le pouvoir.

Skye se sentait oppressée. Elle s'obligea à se concentrer sur son objectif. Partir de Glory's Gate. Sa fille était en sécurité au ranch Cassidy, loin de Jed, c'était tout ce qui comptait. Malgré le mal qu'elle lui avait fait, Skye savait que Mitch donnerait sa vie pour protéger Erin. Parce que c'était un homme bien. Le meilleur qu'elle ait jamais connu.

Plus tard, se morigéna-t-elle en rassemblant les affaires de sa fille pour boucler une valise. Les livres et les jouets étaient déjà dans le coffre de la voiture. Jed ne reviendrait probablement qu'en fin d'après-midi, mais Skye préférait ne pas prendre de risque.

Sa décision était arrêtée. Elle allait se battre pour ne pas perdre sa fille et pour reconquérir le cœur de Mitch. Mais elle devait d'abord partir de cette maison.

L'ironie de la situation lui arracha une amère grimace. Elle avait passé sa vie à essayer d'être digne de cette maison. A essayer de faire comme si elle appartenait à Glory's Gate.

Alors qu'en réalité, tout ce qu'elle cherchait, c'était l'amour de son père. Un amour qu'elle n'avait pas trouvé. Peut-être parce qu'il n'existait pas.

Elle était sa fille, certes, seulement ça ne comptait pas pour Jed. Peut-être l'avait-elle toujours su au fond d'elle-même et n'avait pas voulu s'y résigner. Alors, si elle lui avait déjà vendu son âme une fois, elle n'allait pas refaire la même erreur.

Une fois la valise faite, Skye la descendit dans le hall. Il ne lui restait plus qu'à prendre sa trousse de toilette et elle pourrait…

— Tu vas quelque part ?

La voix de son père la fit sursauter.

— Ta voiture a l'air bien chargée.

Skye redressa la tête.

— Je pars. Erin et moi, nous déménageons.

Jed avait les traits tirés et les yeux rougis. Que se passait-il ?

— Si tu sors de cette maison, tu sais à quoi tu t'exposes, Skye. Je ne te préviendrai pas deux fois. Fais ce que je te dis, sinon…

Elle lui coupa la parole.

— Je connais la chanson. Tu me feras enfermer, des médecins témoigneront, et je perdrai la garde d'Erin.

Jed lui décocha un regard furieux.

— Qui es-tu pour me parler sur ce ton ?

— Je suis ta fille. La fille dont tu te sers pour satisfaire tes ambitions, celle dont tu profites et que tu rabaisses systématiquement.

Il y eut un silence. Skye soutint le regard de son père, attendant qu'éclate la rage qu'elle lisait dans ses yeux.

— Je ne sais pas si tu es consciente de ce que tu fais, Skye. Tu vas immédiatement remonter et défaire ces bagages, ou bien je te le ferai regretter.

Le ton était sourd, plein de colère contenue. Skye serra les poings. Sa peur était toujours là, mais sa détermination aussi. Elle ne serait plus jamais l'esclave de Jed Tristan.

— Non ! J'aurais préféré que ça se passe autrement. J'aurais voulu que nous formions une véritable famille, mais ce n'est pas possible. Tu exiges tout, tu prends tout, et tu ne donnes rien.

— Pauvre petite chérie ! railla Jed. Quelle vie difficile tu mènes ! Une demeure, une vie de luxe, trop d'argent peut-être... ?

L'air menaçant, il fit un pas en avant.

— J'ai pris soin de toi et satisfait tous tes besoins. Ce que je te demande en retour, c'est...

— Mon âme, acheva Skye.

Jed haussa les épaules avec un petit rire grinçant.

— Tu as toujours eu tendance à dramatiser. Tu tiens ça de ta mère.

— Une femme que tu as poussée au suicide.

— Pru était déséquilibrée.

— Non, elle s'est isolée dans le chagrin et elle en est morte. Elle avait compris que tu ne l'aimerais jamais.

— Je ne pouvais tout de même pas me forcer.

— Je sais. Dieu sait que je t'ai admiré... Il m'aura fallu toutes ces années pour comprendre que tu n'es qu'un pauvre égoïste, qui ne se soucie de personne d'autre que de lui-même. Je te croyais fort, mais tu es un homme vide et froid qui se sent obligé de me menacer pour me garder sous sa coupe.

Elle avait frappé fort et Jed accusa le choc, Skye le lut dans son regard. Puis elle le vit se rembrunir et s'assombrir de colère. C'était de la rage pure.

— Je jure que je te ferai enfermer, Skye. Tu regretteras de ne pas être morte. Peut-être finiras-tu par te suicider comme ta mère, conclut-il.

Skye resta impassible. Qu'il parle, qu'il crache, cela ne la touchait plus, désormais. Il ne pouvait l'atteindre qu'à condition qu'elle le laisse faire, et elle n'en avait pas l'intention. Calmement, elle répliqua :

— Il te sera difficile de me faire interner, parce que je vais me battre. Tu es seul ; pas moi. Moi, j'ai le soutien de mes sœurs. Ensemble, nous t'empêcherons de nuire. Tu as acheté des médecins ? Très bien. J'en achèterai moi aussi.

Jed haussa les épaules, l'air méprisant.

— Tu n'as pas assez d'argent pour cela.

— Erreur. J'ai fait d'excellents placements financiers. De toute façon, tu auras du mal à t'attaquer à moi, du fond de ta prison. Car c'est bien là que le gouvernement envoie les traîtres comme toi, n'est-ce pas ?

Jed étouffa de rage.

— Tu sais très bien que je n'ai joué aucun rôle dans cette histoire.

— Moi, je le sais. Mais les gens de la rue ? Ceux qui lisent les journaux et regardent la télévision ? Que vont-ils penser si tes propres filles ne te soutiennent pas dans cette affaire et te tournent le dos ?

— Tu *oses* me menacer ? rugit Jed, blême.

— Ça y ressemble. Alors, quel effet cela fait-il, « papa » ?

Skye éprouvait un étonnant mélange d'angoisse et d'euphorie. D'angoisse, parce qu'elle était consciente de prendre de gros risques en provoquant son père. D'euphorie, parce que lui tenir tête la libérait enfin de ses chaînes !

— Que les choses soient claires, reprit-elle, soutenant le regard de son père. Je ne me sauve pas ; j'emménage simplement chez Lexi, le temps de trouver un endroit où m'installer avec Erin. J'aime ma fille plus que tout au monde, je suis prête à toutes les audaces pour elle. Et ça, c'est quelque chose que tu ne peux pas comprendre.

— Tu ne survivras pas une seconde sans moi.

— Tu as une vision exagérée de la place que tu tiens

dans ma vie. N'aie crainte, je m'en sortirai très bien. J'ai une fondation à faire tourner, une fille à élever et un homme à reconquérir.

— Tu parles de ce pauvre Mitch, je suppose ? ironisa Jed, refusant de s'avouer vaincu. Pourquoi voudrais-tu encore de lui aujourd'hui ?

— Parce qu'il est ma vie. Je ferai tout ce qu'il faut pour le convaincre que j'ai agi par faiblesse, par peur. Il me pardonnera.

Elle l'espérait. En réalité, elle n'en était pas aussi convaincue qu'elle voulait bien le laisser entendre.

Jed ricana.

— Ne te fais pas trop d'illusions !

— Je lui pardonne.

La voix avait résonné tout près d'eux.

Skye retint son souffle et se tourna ; Mitch se tenait debout près de la porte d'entrée restée entrouverte.

— Tu pars ? demanda-t-il.

— Pas très loin. Je quitte Glory's Gate seulement.

Que signifiait sa présence ici ?

— Je vais m'installer chez Lexi.

— Elle ne m'a rien dit.

— Tu l'as vue ?

— Nous avons passé une partie de l'après-midi ensemble.

Mitch brandit un dossier.

— Intéressant. Les soi-disant experts psychiatres n'existent pas. Lexi est venue ici ce matin pour relever leurs noms ; des noms que nous avons vérifiés un par un.

Il posa un regard implacable sur Jed.

— Voilà des bouts de papier sans valeur.

— Il ne peut rien contre moi ? s'enquit Skye d'une voix étranglée.

Jed concentra son regard furibond sur sa fille et lança avant de s'éloigner à grands pas :

— Je te détruirai !

Skye, quant à elle, ne pouvait détacher les yeux de Mitch.

— Quelle idiote ! Comment ai-je pu le croire ? gémit-elle.

— Il menaçait de t'enlever Erin. Tu ne pouvais pas raisonner.

Skye le regarda avec surprise.

— Attends une seconde. Comment es-tu au courant ?

Mitch baissa la tête, un peu embarrassé.

— Ta fille est venue me voir ce matin. En parlant avec elle, j'ai deviné que Jed manœuvrait. Qu'il te manipulait.

— Je suis désolée, Mitch. Tellement désolée…

— Je sais.

Elle s'approcha de lui.

— Je ne pensais pas ce que j'ai dit. J'étais terrifiée et je t'ai fait du mal. Pardonne-moi, Mitch. J'en suis malade.

Si elle l'avait pu, elle se serait cachée dix pieds sous terre. Elle se sentait tellement… minable.

— Pardon, Mitch.

Il laissa tomber le dossier et enveloppa Skye de ses bras.

Elle leva les yeux sur lui.

— Je t'aime, murmura-t-elle. Je ferais n'importe quoi pour que tu me croies. Même te supplier à genoux.

Mitch esquissa un sourire.

— Je ne t'imagine pas en train de te traîner à mes genoux, ma belle. Quoique…

Il prit le visage de Skye entre ses mains.

— Chérie, j'ai compris de quelle façon ton père exerçait son emprise.

— Ça ne se reproduira plus.

Mitch plongea les yeux dans ceux de Skye.

— La prochaine fois, viens me voir ; nous arrangerons ça tous les deux.

— D'accord.

— Tu comptes réellement t'installer chez Lexi ? Vous ne serez pas un peu à l'étroit ?

— Il s'agit de la maison de Cruz, précisa Skye. Elle est immense.

— Je pensais que… tu préférerais peut-être rester avec moi.

— Tu veux toujours de moi, alors ?

— Skye, je t'aime. Tu ne t'en es pas encore aperçue ?

Sous l'effet du soulagement et de la joie, Skye sentit son cœur s'épanouir comme une fleur. Elle embrassa Mitch.

— Oui, chuchota-t-elle contre ses lèvres. J'aimerais rester avec toi.

— Si tu veux, je te construirai un autre Glory's Gate.

Skye prit un peu de recul et pivota lentement sur elle-même, balayant du regard les hauts plafonds, les meubles d'antiquaire, le sol de marbre… Dire que, trop longtemps, cette demeure avait représenté pour elle un foyer ! En fait, Glory's Gate avait bien failli lui faire perdre Mitch.

— Ce ne sont que des murs de glace, dit-elle. Je ne veux pas d'un autre endroit comme celui-ci.

— Tu as pourtant toujours dit que tu adorais cette maison, s'étonna Mitch.

— Je l'ai cru. A tort. Ce n'est pas d'un château que je rêve, mais d'un foyer. Un foyer comme celui dans lequel tu vis aujourd'hui, avec Fidela et Arturo.

— Tu sais que nous élevons des bœufs bio et des poulets de plein air ? s'amusa Mitch.

— Je l'ai entendu dire. Et ça me va, répondit Skye, les yeux brillant de joie et d'émotion.

Elle l'embrassa encore.

— Comme je t'aime, Mitch…

— Moi aussi, je t'aime. Maintenant, allons prendre le reste de tes affaires, puis partons retrouver Erin. Et ce soir, nous irons tous les trois faire une balade à cheval au soleil couchant. Exactement comme dans les vieux westerns.

Skye éclata de rire.

— Voilà une fin parfaite.

Retrouvez Izzy, Skye et Lexi le mois prochain dans Prelud'
et, dès maintenant, découvrez en exclusivité un extrait
de la suite de la saga écrite pour vous par Susan Mallery…

Dans les films, il y avait toujours des signes avant-coureurs à la catastrophe imminente. La musique montait *crescendo*, le brave garçon promettait que tout allait bien se passer et le travelling de la caméra passait au ralenti.

Dans la vie, ces signes n'étaient pas aussi nets.

Izzy Tristan était assise sur le bord de la fenêtre, comme elle le faisait chaque jour, depuis un mois, à s'apitoyer sur elle-même, les yeux baissés sur un monde devenu flou. Même si ce n'était pas le genre de carrière rêvée, ça occupait ses journées.

Elle ignorait les suppliques de ses sœurs l'implorant de déjeuner avec elles, de venir faire les boutiques ou simplement de sortir prendre l'air dans le jardin. Bref, de vivre comme une personne normale. Quand elles devenaient trop insistantes, elle leur faisait remarquer qu'elle n'était *plus* une personne normale. Et si ça ne marchait pas, elle leur claquait la porte au nez et tournait la clé à double tour jusqu'à ce qu'elles s'en aillent.

Elle s'était toujours donnée à fond dans tout ce qu'elle entreprenait, alors, naturellement, elle était prête à devenir la reine de l'auto-apitoiement.

Finalement, ses sœurs avaient cessé de l'embêter, ce qui aurait dû lui mettre la puce à l'oreille.

Il n'y eut aucun avertissement, aucun signal d'alarme. La minute précédente, elle était assise à sa place habituelle, la minute suivante, quelqu'un la soulevait et la jetait sur son épaule — une épaule d'homme, très large et très musclée.

— Mais qu'est-ce que vous faites ? hurla-t-elle, la tête en bas.

— Mon boulot. Allez-y, tapez-moi, si vous voulez, vous ne me ferez pas mal.

C'était le genre de défi qu'Izzy ne pouvait ignorer. Mais quand elle essaya de frapper son « agresseur », il enroula un bras autour de ses jambes, l'obligeant à se tenir tranquille. Se tortiller était inutile. L'homme avait des muscles d'acier et un bon mois d'immobilité à se lamenter sur son sort avait laissé Izzy aussi faible qu'une fillette.

— Vous savez qui je suis ? hurla-t-elle.

— Izzy Tristan. Salut, Skye !

Salut, Skye ?

Izzy redressa la tête et essaya de distinguer ce qui se passait autour d'elle. Malheureusement, tout était flou.

— Skye ? Où es-tu ?

— Je suis là, intervint Lexi, son autre sœur. Nous avons fait appel à Nick. Il nous a été chaudement recommandé.

— Quoi ?

— Ecoute, Izzy, voilà un mois que tu restes cloîtrée dans ta chambre, poursuivit Skye. Nous ne pouvons pas te laisser continuer ainsi.

— Vous me faites enlever par un inconnu, juste parce que je n'ai pas voulu aller faire les boutiques avec vous ? Non, mais vous êtes complètement folles !

Ils s'étaient avancés dans le couloir. Puis, ils s'engagèrent dans l'escalier. Elle avait l'impression d'être secouée comme un prunier. Si elle avait cédé aux crises d'hystérie de ses sœurs et pris un déjeuner, elle l'aurait vomi sur-le-champ.

— Arrêtez immédiatement ce cirque ! hurla-t-elle. Je ne plaisante pas. Nick, je me fous de ce que mes sœurs vous ont dit, je ne suis pas d'accord ! Reposez-moi par terre ou je jure de vous faire enfermer à perpétuité derrière les barreaux.

— Vous avez signé une décharge, répondit calmement l'homme aux muscles d'acier, tout en poursuivant son chemin à travers la maison.

— Quoi ?

— Vous avez signé une décharge. Je l'ai dans ma poche.

Izzy se retint pour ne pas le mordre. En effet ! Skye lui avait, le matin même, fait signer... Quoi, d'ailleurs ? Elle avait cru régler ses factures !

— Elle m'a trompée. Je ne savais pas ce que je signais !

— Il ne faut jamais signer ce qu'on ne peut pas lire, répliqua Nick.

L'amusement qui perçait dans sa voix la fit enrager. Quelques secondes après, Nick ouvrait une portière de voiture et laissait tomber Izzy sur un siège en cuir. Mais avant qu'il ait pu refermer la porte, la jeune femme le bouscula... et se rua vers la liberté.

Hélas pour elle, elle n'avait pas fait trois pas qu'il l'attrapait par la taille et l'attirait contre lui.

C'était comme d'être pressée contre le flanc d'une montagne... et de façon peu agréable. Izzy lança des coups de pied en essayant de se dégager. En vain. Alors, se tournant vers la maison — ça, au moins, c'était suffisamment gros pour qu'elle puisse le voir —, elle supposa que ses sœurs regardaient la scène depuis le porche.

— Comment pouvez-vous me faire ça ?

— Parce que nous t'aimons !

Incroyable ! se dit Izzy, en espérant que la culpabilité étoufferait sa sœur pour le restant de ses jours.

— Nous ne savions plus par quel bout te prendre, ajouta Lexi.

— Je ne vous le pardonnerai jamais ! s'égosilla Izzy. Jamais !

Elle ne put en dire plus, car elle fut de nouveau jetée dans la voiture. A l'arrière, cette fois. La porte se referma avant qu'elle puisse amorcer une nouvelle tentative de fuite. Elle chercha la poignée, sauf qu'il n'y en avait pas. Pas plus qu'elle ne pouvait ouvrir la vitre.

Et juste après, elle découvrit qu'il y avait une épaisse paroi vitrée entre elle et le siège du conducteur. Elle était prisonnière !

Pendant les trois heures suivantes, Nick Holister conduisit seulement vingt kilomètres à l'heure au-dessus de la vitesse limite. Il aurait volontiers appuyé sur l'accélérateur, mais il savait qu'il n'échapperait pas à l'inévitable. Sa jolie captive regardait dehors par la vitre avec une détermination qui disait très nettement qu'elle aurait pu l'étrangler.

— Vous pouvez pleurer si vous voulez, lui dit-il. Ça ne me gêne pas. J'ai vu pire que des larmes.

Izzy ne prit même pas la peine de tourner la tête vers lui.

— Je ne vous donnerai pas cette satisfaction.

— Vous croyez que je me réjouirais de vous voir pleurer ?

— Ce n'est pas ce que font les brutes épaisses dans votre genre ?

Elle avait redressé le menton tout en parlant, dans une attitude instinctive de défi. Bien, songea Nick avec un sourire déterminé. C'était signe de caractère.

— Brute épaisse ? répéta-t-il en riant.

Le fait est qu'il avait fait irruption dans sa vie pour l'emmener loin de tout ce qu'elle connaissait. Néanmoins…

— Vous ne dramatisez pas un peu ?

— C'est vous qui m'avez jetée dans ce fourgon, non ?

— Un 4x4.

— Peu importe, il s'agit d'un kidnapping.

— Pas du tout. Vos sœurs savent très exactement où vous êtes et ce qui va se passer quand nous serons arrivés à destination.

— Et que va-t-il se passer? Non, ne dites rien : je ne veux surtout plus vous entendre!

— Je m'appelle Nick Hollister, dit-il du même ton qu'il utilisait pour calmer les chevaux rétifs.

Izzy continuait de regarder par la vitre, et fit mine de l'ignorer.

— Vos sœurs m'ont demandé de m'occuper de vous pour quelques semaines, poursuivit-il calmement.

Il lui jeta un coup d'œil dans le rétroviseur.

— Elles s'inquiètent pour vous.

Cette fois, elle tourna la tête vers lui et il la vit lever les yeux au ciel.

— J'ai été soufflée par une explosion, dit-elle en insistant sur chaque mot, comme pour s'assurer qu'il comprenait bien. J'aurais pu y laisser ma peau.

— Mais vous vous en êtes tirée. Et vous faites la chochotte.

Nick jeta un nouveau coup d'œil dans son rétroviseur, juste à temps pour voir sa passagère plisser les yeux.

— Je fais la *chochotte*? répéta-t-elle doucement.

— Eh bien, oui. Vous savez? La poule mouillée. La froussarde.

— Ça suffit! s'écria Izzy. Laissez-moi sortir de cette voiture. Tout de suite! Ou je jure de vous tuer de mes propres mains. Je vous écorcherai vif avant de vous livrer aux serpents.

— Les serpents ne sont pas fans de chair humaine.

— Taisez-vous!

— Skye ne m'a pas dit que vous étiez du genre hystérique.

— Laissez-moi sortir!

— Enfin, elle m'a tout de même prévenu que vous seriez difficile, précisa Nick. J'ai d'ailleurs facturé un supplément pour ça.

Atterrée, cette fois, Izzy s'effondra sur la banquette et se remit à regarder par la vitre.

— Vous avez quoi… vingt-cinq ? Vingt-six ans ? Et vous baissez déjà les bras.

— Allez griller en enfer…

— J'en viens.

Nick s'engagea bientôt sur le chemin privé qui conduisait à son domaine. Les éleveurs voisins utilisaient ses pâtures pour leurs bêtes et lui laissaient en échange vingt acres d'étendues sauvages et désertes. Il possédait une douzaine de chevaux.

Il se gara devant la maison et coupa le contact.

— Nous y voici ! dit-il. On commence tout de suite ?

A paraître le 1er juillet

Best-Sellers n° 427 • thriller

Piège de feu - Alex Kava

A peine remise d'une grave maladie, Maggie O'Dell, profiler au FBI, est appelée dans le Minnesota : un attentat vient d'avoir lieu dans un centre commercial. Sur place, elle découvre avec stupeur que son enquête va prendre une tournure très personnelle : des sources anonymes semblent en effet impliquer Patrick, son jeune demi-frère désormais introuvable. Dès lors, comment le convaincre qu'il doit absolument venir la trouver et lui faire confiance plutôt que de fuir en cédant à la panique ? Prête à tout pour le sauver, Maggie sollicite l'aide de Nick Morrelli, un expert en sécurité qu'elle connaît de longue date et à qui elle a toujours accordé une confiance absolue.

Best-Sellers n°428 • paranormal

L'émeraude des ténèbres - Gena Showalter

Depuis que sa sœur, sa mère et sa grand-mère ont été faites prisonnières d'un groupe de guerriers qui se disent immortels, Danika Ford tente de ne pas se laisser abattre. D'autant qu'elle a bon espoir de pouvoir leur venir en aide, car elle a un allié parmi ces créatures inquiétantes. Un homme qui, au péril de sa vie, lui a déjà permis d'échapper à sa bande : Reyes. Un guerrier taciturne et envoûtant, prince des seigneurs de l'ombre, dont l'image hante chaque jour un peu plus ses rêves. Pourra-t-il de nouveau lui venir en aide ? Rien n'est moins sûr, car en cherchant désespérément l'occasion de délivrer les siens, Danika, traquée de toutes parts, comprend que pour y parvenir, il lui faudra d'abord trahir Reyes.

Trilogie Les seigneurs de l'ombre, *volume n°3*

Best-Sellers n°429 • thriller

Et vous serez châtiés - Erica Spindler

L'inspecteur Mary Catherine Riggio est au désespoir : en l'espace de quelques jours, Dan, son fiancé, et Tommy, son jeune cousin, ont été abattus chacun d'une balle dans la tête. Anéantie par le chagrin, Mary Catherine n'a plus qu'une obsession : mettre la main sur celui qui a détruit sa vie et le lui faire payer. Mais l'enquête est confiée à sa coéquipière et amie de longue date, Kitt Lundgren. Et si Kitt, compatissante, l'autorise à participer aux investigations, Mary Catherine sait pertinemment qu'au moindre dérapage, elle en sera écartée.

Best-Sellers n°430 • thriller

Je te volerai ta mort - Karen Rose

A la demande d'une amie légiste, Sophie Johanssen, archéologue et historienne du Moyen Age, accepte sans hésiter d'intervenir sur une scène de crime. Mais l'excitation cède rapidement place à l'effroi car sur place, elle déterre les fruits d'une tragédie : neuf tombes contenant les cadavres positionnés selon des rites funéraires médiévaux que Sophie, en tant que spécialiste, repère immédiatement. Dès lors, comment pourrait-elle, malgré ses réticences, refuser son aide et son expertise à l'inspecteur Vito Ciccotelli – un homme qui lui a inspiré confiance dès le premier regard ? D'autant plus qu'il faut agir vite, car sept autres tombes sont déterrées – vides, elles semblent attendre les prochaines victimes.

Best-Sellers n°431 • roman

La saison des fleurs sauvages - Emilie Richards

Encore sous le choc d'un divorce douloureux, Tracy Deloche part s'installer dans la presqu'île de Happiness Key, le seul bien qu'il lui reste et que lui a transmis son ex-mari. Là, sous le soleil de Floride, elle espère prendre un nouveau départ. Mais à son arrivée, rien ne se passe comme prévu : au lieu des villas luxueuses qu'elle s'attendait à trouver, elle découvre quelques maisons au charme suranné et des habitants qui semblent se méfier d'elle –en particulier le séduisant inconnu qui vit non loin de la maison où elle s'est installée. Désemparée, Tracy ne sait pas encore qu'elle va tisser de nouveaux liens qui vont à nouveau bouleverser son existence et lui entrouvrir les portes du bonheur.

Best-Sellers n°432 • roman

Retour à Blossom Street - Debbie Macomber

Trois ans après l'ouverture de la boutique de Lydia « Au fil des jours », il se dégage toujours de Blossom Street une ambiance chaleureuse et enjouée. Car Blossom Street, c'est tout un univers. L'univers de Lydia, qui tente d'aider sa famille à traverser des moments difficiles tout en construisant avec Brad de nouveaux projets. Celui de Margaret, la sœur de Lydia, qui, inquiète pour sa fille, traverse une profonde crise personnelle. Celui de Colette, enceinte, qui tente de fuir son passé et de démarrer une nouvelle vie. Mais aussi celui d'Alix, qui a accompli de grands rêves mais qui court le risque de renoncer au plus beau d'entre eux.

Série Blossom Street, *volume n°3*

Best-Sellers n°433 • historique

Sous l'emprise du destin - Susan Wiggs

Séparée de ses parents dès son plus jeune âge, au cours d'un naufrage, Pippa de Lacey a grandi dans les rues de Londres parmi les jongleurs et les comédiens. Mais voilà qu'un jour, son insolence de fille des rues heurte un gentilhomme parmi les badauds, la condamnant au pilori. Arrêtée, Pippa ne doit son salut qu'à l'intervention d'un seigneur irlandais, Aidan O'Donoghue. Séduite par son sauveur, elle accepte avec reconnaissance la protection qu'il lui offre et la proposition qu'il lui fait ensuite de l'aider à retrouver sa famille. Un cadeau inespéré que le destin lui retire lorsque Aidan est jeté en prison sur ordre de la reine ! Révoltée, Pippa décide de le faire évader. Même si cela doit la conduire à l'exil… et compromettre sa seule chance de revoir un jour ses proches.

Trilogie La Rose des Tudor, *volume n°3*

V

Composé et édité par les
éditions Harlequin
Achevé d'imprimer en France (Malesherbes)
par Maury-Imprimeur
en juin 2010

Dépôt légal en juillet 2010
N° d'imprimeur : 155503 — N° d'éditeur : 15075